当代中国文学书库

东官大道

白　茅 ◎ 著

中国文联出版社

图书在版编目（CIP）数据

东官大道 ／ 白茅著．-- 北京：中国文联出版社，
2023.1
ISBN 978 - 7 - 5190 - 5042 - 9

Ⅰ.①东… Ⅱ.①白… Ⅲ.①长篇小说—中国—当代
Ⅳ.①I247.5

中国版本图书馆 CIP 数据核字（2022）第 245923 号

著　　者　白　茅
责任编辑　周　欣
责任校对　阮书平
装帧设计　中联华文

出版发行　中国文联出版社有限公司
地　　址　北京市朝阳区农展馆南里 10 号　　　　邮编　100125
电　　话　010 - 85923025（发行部）　　　　85923091（总编室）
经　　销　全国新华书店等
印　　刷　三河市华东印刷有限公司

开　　本　710 毫米×1000 毫米　　1/16
印　　张　16.25
字　　数　245 千字
版　　次　2023 年 1 月第 1 版第 1 次印刷
定　　价　78.00 元

谨以此篇献给创业路上不畏艰辛、悉心坚持、笃诚守信的中小微企业主

市井里的异乡，异乡中的市井

——一部底层视角下的"城市融入"小说

吴士田

马克思曾经说过："现代的历史就是乡村城市化。"但对于二十世纪九十年代以来的中国来说，现代的历史不仅仅是乡村就地的城市化浪潮，还是一波波从乡村向城市移动、回流、再移动、移居再到定居的旋转。如果说高晓声的长篇小说《陈奂生上城》是农民以猎奇的心态揭开城市一角的话，那么路遥小说《人生》中的高加林回到土地离开土地再回到土地，则是在大胆迈出这一城乡跨越后的踌躇与畏缩。工业化推动了城市化的迅速扩张，农民告别了土地，以工人身份在沿海地区打工，并以候鸟式的迁徙辗转于城乡之间。打工文学因此随之兴起。

二十世纪九十年代末至二十一世纪初的打工文学描绘了城市漂泊者的艰辛，如欧阳一叶的小说《浪子飘》，他们的目光还是凝视着远处的乡村，只因那里安放着他们的灵魂，但当破败的村落已让他们无法回去时，他们将目光打量了一下所在的城市，城乡巨大的鸿沟依然存在，城市对打工人依然陌生，余华的《别人的城市》就表达了这种思想。毕竟理想与现实的落差阻挡不了年轻向上的心灵，虽然有行走于"别人的城市"间的迷茫，却在内心深处渴望着"下一站"出现奇迹。张伟明的小说《下一站》正是这段纠结的镜像。随着奋斗并选择在城市的水泥中扎根下来的人越来越多，他们的内心也完成了从异乡到城市的嬗变。许多作家也在用自己的文笔记录着这一切，广东作家白茅就是其中一位。

白茅生于重庆万州的一个清秀又贫瘠的山村，高考后走出大山在国企工作，经历了打工、创业，从一个销售员成为企业家，成绩斐然。这段不寻常的生命历程与改革开放三十年的城乡大变动相平行。他的"成长三部曲"真实记录了个人与城乡的成长史。《水井湾》是他站在黄土地上对城市的仰望，《英子》是一脚踏在城市、但向着乡村的方向深情的回眸。而《东官大道》则是他奋力融入城市所奏的一首高亢之歌。

小说讲述的是万州人区亮在东官城中艰苦创业的故事。故事中真兄弟、亲同学、骗子、劫匪、老鸨各种角色轮番上场，事业起起伏伏，跌跌宕宕，每一个转折点都扣人心弦。

小说采用都市平民与万州土语的语言进行叙述，在主题选择上也有突出的特点，他并没有选择具有重大社会意义的时代题材，而将注意力转向在市井社会里默默生存的外来移民。这种底层视角又因作者采用的章回体写作方式而显得格外契合。作品有着一种传统市井小说的强烈故事性和传奇色彩，为吸引读者，设置悬念的手法处处可见，又极其自然。例如范童创业初期的大顺为其面临的陷阱设下伏笔，而其失败后区亮的仗义纾困又让范童的突然返回变得有理可寻。

小说中区亮的家庭与事业两股叙述线索有条不紊地交织着，节奏也把握得比较到位。例如区亮帮采购搬家，喻芳闹离婚，区亮收款遇老杨患病。线索的来回切换，将读者的阅读感受充分调动，毫无疲倦之感。这一点比《水井湾》以新异之事来引发兴趣要高明得多。

小说语言明白如话，但在白描似的写作手法后也颇多精致之处，如"关着门一家人，杨志瑜到楼下招呼客人，几个老熟人就关上门闹腾开来，刚才端着的架子、摆着的谱，全都跟着一把把瓜子壳、一张张擦汗和鼻涕的餐巾纸丢进了垃圾桶"。冷峻的语言风格中暗藏着反讽意味的幽默。

我们也看到在这陌生的城市里，异乡的味道不时袭来，文中常用的万州土语在昭示着与城市的疏离，城市主动提供的温暖也不多见，而更多的是老乡和家人的抱团取暖。身在异乡，城市的巨大能量与活力催生了小说中人物融入其中的无穷力量。小说主人公并没有在城市的重压下选择回归故乡，而是如南方的榕树一样，在大风中坚定地将根扎在脚下的土地。因此，《东官大道》既不是改革初期的"农民进城"小说，也不是描写城市的老区居民以及他们富有传统特征的生存方式和风俗习惯的"市井小说",更与描写打工族背井离乡、在卷入城市化进程后遭遇种种困境的"打工文学"不同。这是打工者抛弃打工方式选择创业并努力融入城市的奋斗史,所以将其称为"城市融入"小说更为贴切,这既是改革开放不断深入的必然阶段,也是这一阶段在文学上的必然反映。从这个意义上说,白茅的"成长三部曲"也是国家与城市成长的三部曲。

底层视角与日常生活视域将说书笔法与世俗情趣相结合,形成了白茅与作品的独特风格,这部作品也标志着其风格的成熟。小说的结尾写道:"区亮慢慢开着车,任一曲《春天的故事》迎风飞扬,一路向南,是公司的方向,也是家的方向。"是的,这条大道是每一个奋力"融入"城市者的创业之路、生活之路,承载着每一个向往美好生活之人的梦想。此刻,城市已经褪去了异乡的色彩,有了家的温度。

将这段"城市融入史"用文笔记录下来,是今天作家们的使命。白茅试着去做,他做到了。

2021 年 12 月写于拥翠斋

●●●●●● 目录

第一部　零也是个不小的里程数

第二部　谁都想用一圈轮辙辗过整个世界

第三部　不是每一条道路都能通向罗马

第四部　南辕永远走不到北

第一部

零也是个不小的里程数

第一章

金融风暴肆虐老谢方寸大乱
明君公司病危区亮化险为夷

　　盛夏之夜，东官市东官大道北尽头，三江新村二巷的一栋老旧别墅，二楼主卧里，靠墙一面的蚊帐，斑斑点点，花花踏踏。这些花纹是一巴掌一巴掌拍就的蚊子血。印着兰花图案的圆形吸顶灯，底部沉淀了一团黑色，这团墨色不是兰花的衰败枯萎，而是热爱光明的飞蚂蚁堆积的尸骸。日字格插墙式防盗网，倦懒地卷起了边角，褪去了昔日的容光焕发，见证着铁疙瘩的沧海桑田。虎猫已经流浪在外，一群消息灵通的灰毛大鼠，在洗手间里、天花板上、衣柜背后上窜下跳，间或露个尖嘴，吱吱大吵。谢建伟服过安眠药，仍是睡不着，半夜里爬起来，抱着《天下大是》坐立不安，不是思念那女人，而是寻思如何逃跑。

　　《天下大是》中说，次贷危机余悸尚存，美国总统小布什又头脑发热，非要实施七千亿救市计划，不顾他国利益，不顾国际金融秩序，以致一夜之间，金融风暴一触即发，中国不能幸免，制造业名城东官，由于外向型经济占主导地位，更不能幸免⋯⋯

　　也许是北京奥运会余热未消的缘故，东官城里的老百姓并未因此而恐慌，无论大街还是小巷，生活的热度丝毫未减，到处洋溢着对美好生活的向往——东城女人街，照样前胸贴后背，人声鼎沸；南城唐坝市场，各色海鲜，仍是要多生猛有多生猛；西城人民公园里，那些张着大嘴等着游人前来喂食的锦鲤，那密集，那拥挤，那拼抢，依然要多激烈有多激烈；而护城河岸边的绿道上，早起晨跑的青年，傍晚散步的老人，该多少里程还多少里程；爱心广场上，玩轮滑的翩翩少年，谈恋爱的帅哥美女，跳《凤凰传奇》的大叔大妈，该怎么快乐还怎么快乐；市图书馆大楼不倦的灯火，似乎也不甘落后，夜夜都亮如白昼；东官大剧院上演的《梁山伯与祝英台》《罗密欧与朱丽叶》，更不会想到世间还有别样的忧愁……

可凡事皆有例外。明君公司四男一女五张脸，最后一次晨会上，无一例外，全是菜色，苦瓜色，个个骂声不断。"今年是不是中国本命年啊！简直太不顺了！一会儿大雪灾，一会儿大地震，一会儿金融大风暴，全都是大的，还让不让人活呀！"仇小华仗着自己个高、力大、嗓门粗，整个会场就数他骂声最多、最大、最刺耳。

唯谢建伟不骂。谢建伟等大家从头到脚都骂舒服了才慢条斯理地说："跑吧。"

"不能跑。"区亮反对说，"要跑也得把欠账清了再说。"

书呆子！谢建伟掐灭烟头怒道："清个锤子清，那么多老板都跑了，谁清了？别管那么多，都给我卷铺盖卷儿走人，把公司丢在这儿，让它自生自灭，出了问题我负责。"

"你负责？你又不是法人代表。"区亮垂头嘟哝，声音不大，除了坐在他身边的仇小华听了个一清二楚，其他三人都只听了个一鳞半爪。

"你们三个也说句话表个态吧。"谢建伟也就火了那么一嗓，慢条斯理又回到了嘴上。

"行，要跑就跑快点。"杨志瑜摘下镀金眼镜，边揉眼边说。

杨志瑜看上去很文气，说话听声也很文气，嗓子尖尖的细细的，这会儿他恰好又被烟雾熏出了泪，带点哭腔，仇小华以为他伤心了难过了，赶紧附和："看样子真是锤子了，散就散吧，跑就跑吧。"

谢建伟、仇小华和区亮他仨像是在搞抽烟比赛，房间里烟雾浓得似沙尘暴不说，仇小华刚才喊跑，豁嘴上浓稠的白沫一伸一缩，好像河蚌泛泛的白肉。走路带风、最怕沙尘暴、最见不得那白沫蠕动的乐红，只好捂嘴闭眼"瞎"说："随便吧我。"

这会儿太阳大，风小，门和窗罢工，不对流，外面的新鲜空气进不来，里面的烟出不去，别说乐红脸色难看，就连会议桌上的那两盆鸿运当头都不如往日精神。

"要不这样，还是按老办法来，抓阄。"谢建伟那手模般的手指像弹钢琴那样，不停地叩击着《天下大是》，眼里闪烁着智慧的光芒，仿佛可以主宰一切似的。本来三人同意，一人中立，他完全可以按散伙跑路来终结这在他看来已毫无意义的会议，可他稍一思忖，总觉得还是应该给区亮一个台阶下才好——"做事留一线，日后好见面"。

"不行，不能如此儿戏。"区亮抬起头，阻止道，小眼睛里闪着凶光。

"不行，是吧？噢，那你来，说说你的高见。你别这样凶神恶煞看着我嘛，我说的可是真的呢。刚才是我太激动，欠考虑，不好意思，我也是心里烦。"谢建伟说完，埋头喝茶。柴米油盐酱醋茶，他都爱。茶是最爱。他曾坦言，"宁可三日不食，断不可一日无茶"。

"我来就我来，公司我要了！"区亮挺直身子，一拍桌子，喉咙顿时扯破天，仿佛是自己在给自己打气。

哟！谢建伟、杨志瑜、仇小华和乐红，眼球顿时鼓得溜圆，嘴巴大张，像吃了青柿子，一句话也说不出。谢建伟鼓得最圆、张得最大，一口茶水没咽利索，哽了好几下才哼哧哼哧地接上气来，原本白白净净的一张胖脸涨得通红，跟块猪肝似的。

"你们愿留则留，不愿留不勉强。现金分了。设施、设备、存货折成现金，先不给你们，算我借你们的，你们看怎么样？都想想。"区亮道。

"这还用想吗？这肯定好啊！我们肯定愿意呀！这个烂摊子，丢了也就丢了。我先表个态，我完全同意。但不好意思，就不留下来了，不是不愿意跟你合作，我打算去充充电，找找别的事干干，混混日子再说。"乐红噗地起身，伸长细脖快速说完，又噌地坐下，"咳咳咳"地咳了几声。坐下脸色速变，变得像是被冷鬼扇了一巴掌，冷冰冰的。她觉得区亮太迂腐、太感情用事，接下这么个烂摊子，怕是凶多吉少。

其他三人也不约而同地鼓起掌来，都表示同意，都在心里笑话区亮是个傻瓜，尤其是仇小华，更不屑，心想，哼，他要是能把这烂摊子搞起来，老子给他磕三个响头！

"那行，股权转让，喻芳一到，立马通知你们。"区亮依然决绝地说，两颗虎牙时隐时现。

至此，乐红和谢建伟对区亮的看法有所改变。乐红在心里感叹："大义凛然啊！"谢建伟暗自嗟叹："这小子平常没看出来，关键时刻还有点意思。"杨志瑜没变。仇小华也没变，还是傻瓜加仨响头。

"好，就这么来，晚上大家一起吃个散伙饭，老地方，六点。"谢建伟说完，缓缓站起来，扫视一圈，一身轻松地离开了会议室。

杨志瑜约了人，脚板跳得比兔子还快，竟抢在谢建伟前面，飞也似的出了门。

仇小华想说点什么，嘴角牵了好几下，却一个字没牵出来，也不知是难受了还是生气了，一个好端端的软面颊，硬是让他给拧成了大麻花。出门时，不知是他脚发痒还是门板挡了他的道，他竟踢了门板好生的一脚，疼得吸溜吸溜直叫，像孩子斗鸡那样单腿往外跳。

乐红赏罢仇小华的表演，慢慢回头，看向区亮。她也想对他说点什么，却也是只字难出。转身出门，竟不由落下泪来。

第二章

区亮忆明君眼明心亮
阳光伴孤身波诡云谲

空荡荡的会议室就剩下区亮一个人，他突然觉得自己像一座孤岛，云水苍茫，孑然无依。三江新村二巷的阳光，穿过锈迹斑斑的防盗窗，白亮亮地刺在他的绒衣上，也没能给他带来多少热度。他是个慢热型，还多愁善感，一时很难消化掉离愁别恨。他把眼镜摘下来，丢到腊月初一的台历面前，用他那曾经握过锄把多年的宽大双手，搓了几把又瘦又黑的长脸，才转动椅子，把他那干柴块似的身子往下一缩，看不出什么发型的脑袋顺势往靠背上一枕，举起四十二码的黑色皮鞋，双腿交叉着，搭在桌面上，双手锁进怀里，把左眼的单眼皮和右眼的双眼皮一闭，一幅幅浸入他骨子里的画面顿时次第铺开来。

二〇〇六年春节后，月光集团东官办事处正式投入运营，办事处就设在这栋小楼里。一楼室外的小院不大，仅能勉强容纳两台车。小院南端花池里的杨桃树，一年四季都开花结果，夏天大，冬天小，黄橙橙的又香又甜。两盆铁树俨然两个卫兵，精精神神立于铁制大门两旁。每盆铁树各配一个副手。左副桂花树，暖冬里也能闻到桂花香；右副木瓜树，木瓜微甜，清蒸、煲汤两相宜。

一楼两间卧室，一间做饭的阿姨王姐住，一间乐红住。一楼湿气最重，乐红年龄最小，才二十三岁，资历也最浅，当然是她住。

二楼三间卧室，主卧带卫生间，用作会议室，另外两间，归谢建伟和杨志瑜。夏季，二楼比一楼干爽、比三楼清凉。近五十岁的谢建伟，虽说只有个初中文凭，可他资格老，又是办事处主任；杨志瑜的年龄虽说和区亮、仇小华差不多，都三十四五，可他是工商管理硕士，而区亮才中专，仇小华更次，高中。因此，杨志瑜也理当住二楼。二楼客厅做综合办公室。推开客厅玻璃门窗，阳台上的龙骨、仙人球和虎刺梅，全有刺，房东说可辟邪。

三楼只有半楼，两间卧室，一主一次。仇小华下手快，占了主卧。区亮不争，次卧就次卧。三楼同二楼一样，也没有公用洗手间。三楼到一楼太远，区亮就去仇小华的主卧大小便。这样一来，仇小华就不能锁门。区亮喜欢夜里看书，经常看到深夜，他有强迫症，不管有没有尿意，睡前必上洗手间。这样，仇小华便没了私密空间，觉也睡不踏实，还要被迫接受区亮的"哗哗哗"和"滴答答"。仇小华苦不堪言。

三楼另一半露台上种着各式各样的花草，有月光的日子，五个人时常坐在露台上摆龙门阵，有时也搞搞烧烤，喝些碳酸饮料或啤酒什么的，给邻居们的感觉就像一家人。

办事处分工明确，谢建伟管全面，杨志瑜主要负责采购和出纳，兼做销售，仇小华和区亮不干别的，专做销售，乐红主要做会计，她大学学的是会计专业，也配合客户开发。她人生得跳，嘴巴又甜，一口一个哥，直叫得那些采购哥们心儿痒痒的。久攻不下的采购哥，她去晃一晃，什么都不干，不日订单就来了。

一九五一年建厂的月光集团在中国有八大销区，从计划经济到市场经济，一直都做着民用市场，而东官办事处干的是工业配套市场。对月光集团来说，这是一个全新的市场；对区亮他们来说，是一种全新的营销模式。从信息获取、上门拜访、打样、报价、合同签订、付款方式、收款方式到谈判方式、谈判技巧、资信调查、明折明扣、请客送礼等等，全都是陌生的。没有教科书，经验全靠自己一点一点去摸索、研究和总结。所幸，客户是最好的老师，教会了他们所有。

刚开始没客户信息，就翻黄页，上网查找，"扫大街"，一个工业区一个工业区扫过去，门卫不透露信息或不让进门，要么递包烟，要么递瓶酒，一递就灵。

公司不配车，出租车难报销，只好坐公交打摩的。这样虽苦虽累，但路都是自己一公里一公里走下来的，走了多少公里，经验自然就会获得多少，经验和里程成正比。他们都是明白人，自是没有抱怨。

不会讲东官本地话怎么办？那就多找外地来的采购，最好找老家重庆万州来的采购，一说家乡话，订单来得又快又大。万一遇到东官本地采购，那就多洗脚多唱歌……

大半年跑下来，几十条如何建立信任的妙招和一张十分全面的客户综合评价表，就乖乖地躺进了区亮的电脑里。准确填完这张表，就可通过客户的规模大小、开厂年限、行业地位、采购配合度、单月采购额以及客户对品质、单价、交期、服务和结算等的要求来判定这客户能不能做、能不能做好，怎么做，怎么做才好，更多时候是结合"5W1H"的方法来推进或终止。不仅学到了东西，总结了经验，客户也成交了几十个，月销售额已突破一百万元。

然而，此时的月光集团被去年新上任的空降兵董事长搞得一团糟，员工们怨声载道，效益一落千丈，倒闭趋势日渐明显。冬月的一天，饭桌上，聊着聊着，仇小华突然抱怨说："我们在这里努力拼命地挣，他们在家里头瞎整，凭啥？到时公司一垮，我们啥好处都捞不着，这些客户不是白搞了吗？我看这市场也不用跑了，整副麻将回来，打到公司哪天垮就哪天打道回府！"

"这主意不错，下午我就去买麻将机，三江牌坊边上的文批市场就有，刚到的新货，从浙江那边来的，巴适得很。老谢你想个报销的名目，看发票怎么开。"杨志瑜很高兴，眼里闪着明亮的光。

"志瑜，麻将可以买，账也可以报，你放心，这点儿小钱我还是摆得平的，但……"谢建伟把一杯酒送到嘴边，取下，又送到嘴边，抿得"叽叽叽叽"，其实也就抿了一小口。抿完也不搁杯，就那样端着，在指间转来转去，转了十多个来回才说，"市场还得加足马力跑，尤其是你和乐红，都尽量挤时间搞搞客户。我的想法是，既然公司不仁，那我们就不义，我们得为我们自己找条退路。这退路就是，我们自己去注册一家公司，新客户就以我们自己的公司来交易，老客户想办法尽快转入我们自己的公司名下。这才叫真正的无本经商。名字我都想好了，月光集团的这个月亮已经不够亮了，那我们得立马亮起来，董事长不懂事，昏庸，那我们得做明君，我们自己的公司就叫明君，你们觉得怎么样？"这些话差不多是一字一顿说完的，边说边观察每个人的表情。可他这看似从容、高雅的言谈举止，给区亮的感觉却是心里发虚，做贼心虚的虚。

"这哪里是无本经商啊？这比无本经商简直强多了！连工资、房租、水电、吃饭、交通、通讯等费用全都让月光给报销了，甚至连上厕所都可以撕张票回去报销。干！明天就去注册！这方面志瑜是专家，注册的事非你莫属。"仇小华噼里啪啦一气说完，不禁哈哈大笑，顺手就给杨志瑜肩胛骨一巴掌。杨志瑜的肩胛骨像一个圆锥，锥得他蒲扇般的大巴掌生疼，揉了好半天才能拿起筷子来。

"没问题。这事就交给我和乐红吧，乐红也是内行。金凤路干企业咨询的一大把，几千块钱就搞定了。"杨志瑜毫不推辞，白净小脸儿光彩夺目。

"那谁做法人代表呢？"这会儿一直不说话的乐红突然问道。

"谁做都行，又不犯法，怕啥？你说是吧，区亮？"仇小华见区亮不说话，想借此敲开他的嘴，看他的虎牙怎么说。

"你们四个干吧，我就算了，我老婆娃儿在家，我迟早得回去。"区亮老婆喻芳是一家保险公司的高级营销经理，月入过万，他不想因小失大。

"你眼里就只有你老婆，重色轻友！"乐红瞪了区亮一眼，眼神脉脉含着情，瓜子脸上不知何时竟起了红晕。

"你们要是非要我干，那我干就是了。"区亮又瞅了一眼乐红羞红的脸。

"要不让王姐做法人代表吧。"杨志瑜恍然大悟似的说道。

"嗯……不妥……不妥，这样搞，太复杂了。我看这样吧，股份呢，我们五个平均分，都各占百分之二十，谁也不占谁便宜。法人代表没人愿意当，我们就抓阄，谁抓到就谁当。反正只是顶个壳壳，权利义务责任啥的，都是我们大家共分共担。你们说怎么样？"谢建伟还把那杯酒端在手上，不过五钱，还没喝完。说完，这又才慢悠悠地抿一下。

大家认为这主意不错。于是抓阄。二〇〇七年一月五日，营业执照到手。与此同时，商标注册初审通过，网站建好，一切准备就绪。五个人又齐聚到金凤路肥妈川菜馆，热热闹闹庆祝一番。无一例外，全都喝了个酩酊大醉。乐红要区亮背她回家。区亮真背了，可一背就倒。第二天醒来，一切如常，昨晚的事，全都断了片儿，寻不到一丝踪迹。

有了自己的公司，他们干得更加起劲，一口气又拿下了几十家客户。这些客户主营 MP3、MP4、DVD、遥控器、无线鼠标、无线键盘等，电池用量大得惊人。一车车货送出去，腰包很快鼓起来。

可好景不长，二〇〇八年三四月间，仿佛就在一夜之间，经营 MP3、MP4 的企业几乎全部倒掉，DVD 厂家也倒闭不少。那些老板、采购、财务们全都不知去向。一个个电话打过去，全都是"您拨打的电话已关机""您拨打的电话已停机"。接着全球金融危机爆发，月光集团宣布破产，东官办事处撤销，无本经商化为泡影，鼓起的腰包瞬时瘪下去一大半，要是再不想办法找出路，窟窿将越耗越大，难说不会从娘家拿钱来填……

区亮回忆至此，倏地睁开眼。眼前，阳光里，滚滚烟尘波诡云谲，可他不在乎，抓来手机就给喻芳打。

第三章

喻芳闻区亮捡烂摊子闹心
区亮劝喻芳来前沿地劳神

喻芳接到区亮电话时，正从一个客户办公室逃出来，上气不接下气，那客户仗着他有几个臭钱，也仗着他是每年交保费两千多块钱的"上帝"，想吃她豆腐，吓得她险些把高跟鞋跑掉。这事难以启齿，尤其难以对区亮启齿，只好一边喘气，一边故作镇定听区亮讲创业计划。区亮计划讲完，她的气才喘匀顺，正好老怒新怒一起发，"疯啦！"喻芳仅吼一嗓，吼完便挂。

"我……"区亮仿佛被吼傻，手机死死贴在耳朵上，呆望着会议室墙壁上被涂画得伤痕累累的白板，半天说不出话来。

平复好心情，再次拨给喻芳，可还没来得及开口解释，喻芳又给吼上了："这么大的事，好歹先同我商量一下再做决定也不迟呀，老谢、老杨他们那么精明的人都不敢干，你凭啥子干？你是不是想当老板想疯了？要干自己干，别把我和妮妮扯进去！"说完又挂。

覆水难收。男子汉大丈夫，怎能做"屙尿变"？我干就我干，吓唬谁呀？气呼呼把手机往桌上一扔，一屁股歪下去。没想到仅歪到椅子边缘，他以为椅子还在原位，忘了起身时把椅子向后推了推，只听得"梆"的一声响，脑门碰到桌沿，立马鼓起个大包。

乐红听到响动，赶紧往二楼冲。其他人都出门去了。谢建伟去了老鸨家，他和老鸨同居已久。仇小华去了人才市场，他过年不回家，急须找份工作安定下来。杨志瑜去了三江新村五巷的麻将馆，他已离婚多年，搞破坏的第三者是麻将，眼下时光任他摆布，由他挥霍。做饭的王姐正在收拾行李，谢建伟刚才一下楼就辞退了她。

"你怎么啦?"乐红边扶区亮边惊问。

区亮抬起头来,看着乐红,却不想说话。

"搞啥名堂!"乐红再吃一惊,伸手去摸区亮的额头,边摸边问,"痛吗?"

"我要离婚!"区亮无厘头猛然嚎了一声。

"不会是撞鬼了吧?"乐红心头一颤,心想,一个唯老婆是从的家伙怎么可能说出这种鬼话?

"我是认真的!"区亮盯着乐红的眼睛,凶巴巴的,好像要吃人。

"为……为啥?"乐红突然紧张起来,好想把视线移开,可区亮的目光太谗,她感觉自己就像一个猎物,已深陷区亮布下的天罗地网,逃无可逃,只能眼巴巴地等着猎人扑上来。

"为了我们险些夭折的孩子。"区亮举起手,极庄严地说,"明君。"

乐红迟疑片刻才把长长的假睫毛笑弯,她说她仿佛看到一个系着红领巾的少年正在向少年先锋队队旗宣誓。可转眼她却低下媚眼嘟哝道:"我还以为是为了我呢。"

"还有我未来的财务总监——乐红小姐!"区亮没有听清乐红的嘟哝,只管接着自己的思路往下说,还是傻傻的。

"我……"乐红立马抬起头来,张大嘴巴,瞪大眼睛,拿拇指指着自己,红着脸说,"我可丑话说在前头哈,你是知道的,我这辈子只谈恋爱不结婚哈。你看我妈我老汉儿,婚前多难受,离了婚,多潇洒!"

区亮听得这话,也大张其嘴,大瞪其眼,正准备解释,不料手机响了,近前一看,不由叫出了声:"喻芳!"

"赶紧走,等会儿再摆。"区亮边说边把乐红往门外推,顺手反锁了门。他刚才说要离婚,不为别的,只为喻芳那句"牵连话",他也担心公司搞砸,欠一屁股债,连累喻芳和妮妮。至于说乐红这财务总监,他只是希望乐红能留下来,陪他一起创业。眼下他急需个能干的帮手搞内勤。他长期在外,野惯了,坐不住。也不喜欢和数数码码打交道,更不喜欢管钱。他家的钱,他从来不管不问,经常搞得自己身无分文。

"我还以为你使性不接我电话了呢。"喻芳收起劲爆爆的火锅脾气，露出清淡软嫩的本来面目。可区亮心中纵有千言万语，却依然不知从哪里说起，好像还没缓过神来，怔怔地看着紧闭的房门，担心乐红还站在门口没走，一张口秘密就让她给听了去。

"说话呀你，哑巴了吗？"喻芳见区亮不出声，赶紧追一句。她是个急性子，无论工作还是生活，有问题她都得立马解决掉，不解决就吃不香睡不着。

"那你莫闹了，让我慢慢跟你说，行吗？"区亮转过身去，背对着门说话，声音小得令喻芳心疼，她以为是她刚才的凶话把他给伤着了。

"你说吧，尽管说。要是你能说服我，我立马辞职。"喻芳这会儿一直在想，保险公司虽说收入高，可花费也高，连张纸都得自己掏腰包，真正落到口袋里的，并没区亮挣的多。这几年要不是区亮负责交房贷，光凭自己那点零头，这日子一定过不到现在这样滋润。他那公司虽说现在已变成了一个零，但毕竟开了个头，多少应该还是有些底子的，相对欠账而言，零也是个不小的数字（区亮后来说，较之开倒车，零也是个不小的里程数）。月光垮了，卖电池都卖十多年了，除了卖电池，别的他啥都不会，不卖电池还能卖啥？再说，打工也很难打一辈子，私企不像国企，干与不干、干多干少都可以干到退休，人一旦上了年纪，要是没有特别的技能、过硬的本事，那人家私企老板肯定嫌弃。如果区亮铁了心地要创业，那其实也还是可以试试的。

"我是这么想的，首先，"区亮还是有些紧张，生怕说不服喻芳，梦想泡汤，禁不住又咳嗽几声，借机将一将情绪，将好后才条分缕析往下说，"首先，这里人多，到处都是工业区，一下班，短短几百米的马路就能跑出几千上万人来，人山人海。有人的地方就有生意可做，人越多生意越好做，吃喝拉撒睡，哪方面都要消费。电池就是消费品，人人都需要。要我说，人家这个城市才真正叫城市，既有城又有市，相当有人气，旺旺的。再看看我们万州，没几个工厂，更没几个像样的工厂。万州就先进生产力来说，至少落后东官二十年。那就更别说产业链了。无论五金、塑胶、包材还是电子，东官这边的产业链都相当成熟，往往只须跑一条街、一个市场、打几通电话，就可以购齐所有原材料，方便极了。尤其是电脑、便携式笔记本和消费电子产品，已形成了庞大的产业集群。我们做的是工业配套市场，如果工业不发达，产业链不成熟，这生意就很难做。我感觉工业配套市场大有作为。我已经查过了，从最近这几年的海关数据看，电池出口涨幅每年至少都在百分之三十以上，没有几个行业像电池这样一直持续火爆，电池行业绝对是响当当的朝阳行业。许多专家一致认为，电池行业可持续高增长至少在三十年以上。但再朝阳，也得选对地方呀。东官就是对的地方。

"我也分析过，这些年，人类生活越来越趋向'自由化'，移动便捷的生产生活产品必将成为主流需求。凡是发光的、发声的、动力的、需要自由移动的电子电器产品，一定会越来越丰富。要想实现移动、便捷和自由，必须使用电池。先不说落后于我们国家至少二十年的非洲、中东、东南亚等国家和地区的市场的增长幅度有多大，也不说我国消费持续走强的城市市场，单说我们的'八亿农民'市场，就足以让电池行业赚得盆满钵满。不用我说，你都知道，现在有多少农村家庭还没有彩电、机顶盒、DVD、热水器、燃气灶、石英钟、电话机、手机等电子电器和通讯设备？简直多如牛毛。再加上，现在的老百姓，手头越来越宽裕，对这些电子电器产品的需求越来越大，这些产品全都需要——电池。""电池"两个字他拉长了音调，眼中闪着光。

"因此，接下来，我们不只卖干电池，还要卖铅酸电池、镍氢电池，甚至锂电池，我的梦想是有朝一日做成锂电池 PACK（组装或包装，业界都这么叫）行业的领先企业，锂电池作为新能源行业的主力军，必将成为二十一世纪最热门的行业之一。不管怎么说，反正我是不会回过头去做民用市场的了，更不会回万州做。民用市场讲品牌，而工业配套市场不大注重品牌，只要我们的电池能满足客户的要求就行，是不是知名品牌不重要，甚至是有无品牌都不重要，只要用户体验好就行。这对于我们这样的新公司新品牌是相当友好的。只要我们稍加努力，开源节流，这公司就一定可以持续做下去。"

他感觉口干舌燥，就让喻芳等一下。他接了杯温水，猛灌几口接着说："其次是观念理念。东官左手牵着广穗市，右手拉着深鹏市，在这对外开放的前沿阵地上，外资企业多如牛毛，很多新思想、新观念是内地人闻所未闻的。有的新思想、新观念简直可以让人飞起来。这种飞起来的感觉好极了，叫人欲罢不能。它就像一驾马力十足的引擎，带着人不间断地朝着既定的目标阔步前进，无论如何都停不下来。如果要说机会的话，这种美好的感觉本身就是一种机会。而由此还会创造出新的无穷无尽的机会。

　　"另外，我发现很多内地企业做得要死不活的，不是缺资源，而是缺乏正确的经营理念。当然，不得不承认，这种正确的经营理念本身就是十分宝贵的资源。这种资源在这沿海发达地区很容易获得。毋容置疑，这种获得感对于一个商人来说，是幸福的，满满的幸福。说实话，我现在很享受这种幸福。东官不仅天天都在热火朝天地制造着各种各样形形色色的电子电器产品，也在制造着新思想、新观念、新理念、新梦想，想停都停不下来，一浪接着一浪，不断地推着你、赶着你往前奔、往前跑。天天如此，月月如此，年年如此。三天不出门，这个世界就会变得让你不认识。你说可不可怕？你在听吗？"他的感觉越来越好，听到喻芳说在听，他的心花就更加怒放了。

　　"再次，我早已研读了《法人代表必读》这本书，我对做企业充满信心。虽说我从没当过啥大领导，也不懂啥生意经、管理学，但我真愿意相信'书中自有黄金屋'。明年我打算参加成人高考，学工商企业管理。你是知道的，我的学习能力、写作能力和逻辑思维能力还是不错的。举例来说吧，比如这次金融危机，一般人肯定会把它当成危机，当危机当然也没错，的确是金融危机嘛。但我不这么悲观，我会把它当成机遇。就拿 DVD 这个行业来说，如今做电池的同行们，一个个提起 DVD 行业就摇头，说坚决不去碰、谁碰谁死。可我偏不，接下来偏要去碰。不仅要碰，而且还要狠狠地碰，碰出火花，碰出个遍地黄金来！你知道吗？这次金融危机实际上是帮我做了个大扫除，帮我扫除了所有糟粕，我不用做调查，闭着眼睛就知道，这些九死一生活下来的 DVD 企业，一定全都是精华。甚至是精华中的精华。请你相信我，不出五年，我们就可以在东官买车买房，保证把你和妮妮安顿得巴巴适适的。别看东官这么发达，离广穗市、深鹏市又这么近，房价却不高，比广穗市、深鹏市便宜一半都不止。简直就是一块居家过日子、创业谋发展的黄金宝地。妮妮在干吗？"

　　喻芳说去外婆家了，区亮就放心地接着往下讲："最后我想说的是，也是我最想说的，那就是妮妮。我们赚钱干吗？改良社会？改造世界？先不说得这么高大，先光说我们这个小家庭，社会的最小细胞。没错，为了父母，为了我们自己，但更为了妮妮。我们一定要让妮妮受到最良好的教育。教育当然也包括家庭教育。可是，她不在我身边，我怎么施展我的教育计划？她爷爷让我拿出百分之七十的时间和精力来教育，你们不来东官，我怎么教育？妮妮已上二年级了，我早就想把她弄到东官来读书了。你和妮妮都来过东官，你们都看到了，在我们万州没有这么好的图书馆、科技馆和少年宫等公共设施吧？还有，到处都是公园、广场和篮球场，健身、娱乐设施也比比皆是。这些都是改革开放三十年来，东官政府送给市民的福利。这种福利不是全中国每个地方都有的吧？说白了，得有钱。东官特富有！A 类地区和 C 类地区肯定不一样，差别实在太大了，这种差别从某种程度上说，那简直就是千差万别。

"还有，这里的孩子都说普通话，妮妮现在上学还是说万州话吧？我希望妮妮将来有一口标准的普通话，还有一口纯正的英语。东官这边从小学一年级就开始上英语课，我们万州没有吧？世界这么大，我希望妮妮将来能走出国门，到海那边去走走看看。这里是面向世界的窗口，开放、包容、海纳百川。这里的本地人，一点都不排外，除了个别中老年人说话声音大了点，其他真的都挺好的，尤其务实。再说，本地人都被外地人稀释了，在人群中也见不到几个本地人。不用多说，反正这里简直就是孩子成长的沃土，发展的天堂。来吧，你们两个都来，择一城，谋一事，过一生。面朝大海，春暖花开。"电话讲完区亮就挂了，整个人好似虚脱一般，一屁股瘫坐到椅子上，大口大口喘气。

第四章

区亮融资八方遭拒
文总来电一心相助

窗外横七竖八的电线上，一群麻雀叽叽喳喳、上蹿下跳、飞来飞去，跟蔚蓝天空下的那几堆一动不动、似在睡大觉的堡状云一样，都显得格外的无忧无虑。区亮瞧得正带劲，不想喻芳竟把电话回拨了过来："你变了!"

仅此一叹，也不质问区亮为何挂了电话。她没想到区亮这样能说，简直像个演说家。又想，这人真是善变，以前在月光都不怎么说话，像只不爱叫的珍珠鸟，怎么才去东官两三年就变成嗷嗷叫的狼狗了呢?

"适者生存。不扯这些没用的。你们到底来不来?"区亮又打起精神来，他还有很多话要说。他刚才挂掉电话不是无意误挂，而是有意为之。他想回头检查一下，看看这番话有没有漏洞和缺陷。没有。

"你猜。"喻芳已打定主意到东官相夫教子，可她还想吊吊区亮的胃口。她又变回了妻子，变回了小鸟依人，不再河东狮吼。

"你这人，又来了。你账上有多少钱? 给我带二十万过来。等一下，我上二楼寝室再说。"区亮说完这话，突然伤感起来，他和喻芳从相识、相恋到婚后的林林总总，又一股脑儿地跑了出来，一幕幕地在他那多愁善感的脑海里腾挪翻转。

他迄今为止只谈过一场恋爱，喻芳是他的初恋。他俩是中专同班同学，相恋时，喻芳才十八岁，他二十二岁。他八岁上学，小学留级，初中留级，高中还留级，正好相差四岁。他是农村来的穷小子，喻芳是地地道道的城市人。中专两年，他缺衣少食，没少找她要饭票。去掉"票"字，便是"要饭"。他今天找她要钱，同当初找她要饭票的感觉好像没啥两样。

他俩谈恋爱，喻芳的家人和三亲六戚全都反对，都说找这样一个穷小子不划算。可喻芳不顾家人反对，执意嫁给他。他十分感动，发誓不离不弃，一辈子对她好。

婚后，为了对得起喻芳，也为了证明自己是只"潜力股"，他以苦为乐，不放过任何一个挣钱的机会。卖报纸、摆地摊、写稿子……生活改变了他的用途，很快把他改成一块做生意的料，且很快完成"原始积累"。完成原始积累他就去贩卖水果，做服装生意，开出租车……啥来钱干啥。除了做服装生意停薪留职一年，其余全都是业余干成的。好在苍天不负他，妮妮出生不久，他就买了一套商品房。要知道，那可是万州城里的第一批商品房。他终于在喻芳家人面前抬起了头。可他依然不骄不躁。他曾经无数次地要求自己："区亮，你这辈子必须努力地埋头创造财富，但你又必须视钱财如粪土。"他今天要创一番更大的业，决定把头埋得更低一些。他跟自己发誓，就算低到尘埃里，也要坚强，更要坚持。坚持坚强。

"好了。"区亮钻进卧室，关上房门，坐进被窝里，收拾好心情，才又举起手机来，"二十万没问题吧？"

"我们的家底儿你又不是不晓得，最多十万。"喻芳懒洋洋地说完。

区亮立马就说："那把房子卖了吧。"

"想得美！要是生意做赔了，我们回家连个落脚的地方都没有。你把我卖了都行，这房子说啥都不能卖！你趁早死了这条心！"喻芳又火了。

"我说你这是头发长见识短嘛，可能你还不信。这房子是个死家伙，生不出钱，只有钱才能生钱。你做了这么多年保险，怎么连这么简单的道理都想不明白呢？再说，这房子太老了，现在都流行电梯房，再不卖，到时你想卖都卖不了。难不成你还想它升值？别做梦了，听我的，准没错。到时赚了钱，想买哪儿的买哪儿的，想买几套买几套，何必死守着这么个老房子不放呢？"区亮尽管有些生气，但说话的语气还是比较温和的。

"你就别给我画饼了，这事没得商量，别的我都依你，这房子我说了算。好了，不说了，我要去接妮妮了。"喻芳说完就干净利索地挂了。

也是，万一砸了咋办？大人好说，可妮妮还小，不能苦了她。好吧，再从别的地方想想办法。

首先想到银行。可打听来打听去，都是嘴上热闹心里凉。朋友呢？找了七八个，都穷，存折上有四位数的不多，大多是负数。亲戚也问了好几个，得到的回答是"听说区亮这娃儿在东官那边做传销"。他十分有把握借到钱的人是他老姐。可老姐前不久才被几个劫匪洗劫一空。老姐去广穗机场，在旧塘上了一辆黑出租，途中上来两男子，把她蒙眼带到一座空山上，逼她说出银行卡密码，取钱走人，弃她于荒野。因此，别说老姐原本没多少钱，就算有，他也不忍心开口。钱于现下的老姐来说，是个伤心字，提不得。

还想到一条路，也是最长久的路：一方面，多开发新的供应商，老供应商差不多都因欠钱欠死了，人家不给赊货了，新供应商的货款一定不能再拖欠，说好的付款日，只能提前，不能延后，把商誉做起来，把口碑立起来，让圈里的人都知道，明君公司不缺钱，更不缺德，付款最准时，不用催款，明君人个个都讲信用；另一方面，加强客户资信调查，不给老赖们任何机会，只要有疑点，绝不赊货。多做现金交易，提高资金再利用率。总之，力争在短期内做到应付大于应收。只要做到应付大于应收，根本不需要多少库存资金。十万块就十万块吧，买辆既能装货又能装人的面包车绰绰有余了。

区亮理顺了思路，吃方便面的愉悦感便胜过吃饕餮大餐。一饼无头无序的方便面，只要稍加调理，精心品味，再乱也能滑进胃肠，再多防腐剂也能吃出人间美味。他正打算拿笔沿着这条思路再整理一番，不料手机响了。一瞧区号，老家的，号码不熟悉，垃圾吧？烦，不接。这就取来笔和本，打算写日记，可才写完二〇〇八年十二月二十七日，电话又响了。谁呀？抓来手机一瞧，来电显示"文总"。啊，文总。"你好，文总！"他突然兴奋起来。文总是原月光集团的技术副总，他和文总都是直肠子，哥们感情处得不错，说啥都能说到一块去。月光倒闭后，他俩各奔前程，再也没联系过。

"你好！"

"刚才那电话也是你打的吧？"

"是的。"

"不好意思，垃圾电话太多了……"

"没关系，我也经常这样。"

"你在万州啊？"

"机场旁边开了个小厂，还是碳电。"（碳电是区别于碱性电池的碳性电池。碳电、碱电的化学名称都叫锌锰干电池。家家户户遥控器所用电池几乎都是碳电，碱电极少。）

"出货了吗？"

"不多，几百箱。你那边还好吧？我都听说了……"

"啊，听说了？呵呵，好吧，我招……可我现在成孤家寡人了，你得帮帮我呀。"

"不是我帮你，是你要帮我，帮我把电池卖到东官去。今儿个找你就为这个。"

"这里工厂都月结呢，短则三十天，长则九十天，半年结的都有。"

"没事儿，都是自家兄弟，尽管拿去卖。"

……

这通电话，迄今为止，于区亮而言，应是最有价值的一个，不然他也不会喜得挂了电话还握着手机瞧了又瞧。十年一剑，他想，这十年与文总不以利交、仅拿情交的交情总算修成了正果。

正果就俩字：相信。

第五章

散伙饭现稀客一个
谢建伟叹怪事一桩

太平路与天堂路之间的金凤路，不过两三百米长，却有饭馆大大小小七十五家。区亮说，如果算上街心那个流动肠粉摊，就是七十六家。在金凤路上，全国各地的美食几乎都能找到。夜幕降临，华灯初上，忙碌了一天的人们，不论本地人还是外地人，都匆匆赶来，寻找各自心仪的美食。东西南北中，一个不放过，啃了万三蹄，再涮麻辣烫；嚼了叉烧包，还要狗不理。区亮他们几个挨门逐户一路吃过去，最终锁定肥妈川菜馆。肥妈川菜馆门脸不大，菜品也很一般，桌子板凳更是土里土气，可他们就是喜欢。早会谢建伟讲吃散伙饭的老地方，就这儿。

谢建伟总是第一个到，今天的散伙饭也不例外，说好六点，他五点半就到了。他今天不是一个人来的，他把那老鸨带来了。区亮他们都知道有这么个女人，却从没见过。

可老鸨不像老鸨，穿着打扮朴素而时尚，脸蛋、身材那都没得说，配人高马大帅帅的谢建伟都还有剩余，开口吐语也都十分得体，怎么看都是一大家闺秀。看毛点，也就二十来岁。若容人细看她眼角的鱼尾纹，那没办法，三十肯定出了头。

仇小华第二个到。他在门口遇见了肥妈。肥妈神秘兮兮地告诉他来了个"稀客"，他的兴奋劲一下就蹦到了脑门，好像稀客也是这餐桌上的一道美食，他也有份似的。他原本很兴奋，他找到了新工作，在木头，木头是东官西边的一个小镇，做生产主管，很满意。他见到老鸨张口就喊："嫂子好！"

老鸨不认识他，看向谢建伟。谢建伟一时没反应过来，捋了捋，笑道："叫黄姐。"指点完仇小华，转头向黄姐介绍："这是小仇。"黄姐皱起眉头看着谢建伟不说话，谢建伟琢磨琢磨，赶紧补充说："报仇的仇。"

"你好！"黄姐理好超短裙站起身来，把手伸给仇小华，笑盈盈的。

这是一只光润纤长的玉手，挺展得像截嫩藕。仇小华这辈子还从没握过女人的手，就连他老婆的手都没握过，他这人天生不懂浪漫，结婚就结婚，不喜整那些拉拉扯扯、叽叽歪歪没用的。面对这截嫩藕，却像一支匕首，他断然不敢擅自做主，他怕伤着自己，也伤了别人，他问过自己嘭嘭乱跳的心，也拿眼神反复问了谢建伟。他原本站得笔挺有力，只要把手掌伸过去，微微弯曲一下五指就完事。可他偏不，竟软塌塌地一屁股坐了下去。

黄姐不胜尴尬，以为仇小华嫌她脏，要真是把匕首，她一准儿甩出去，把这该死的不懂事的二货给毙了。可她甩不脱，收了半天才入鞘。一气之下竟把笑容、话匣子都入了鞘。

谢建伟也不胜尴尬，也以为仇小华嫌她脏。可他面不改色，嘴上不乱："小华你的手还抽筋吗？我老家那小狗，去年抽筋，你猜为啥？兽医说，缺钾。你去看看医生，看要不要补点钾。喝两瓶氯化钾口服液应该就没事了。"

仇小华坐下就发觉失礼了，明明知道谢建伟骂他是条狗，却也只好借话说话："平常没事儿，一激动就抬不起手来。刚才太激动了。不好意思啊，黄姐。"

"不碍事，等你不激动咱们再握就是。"黄姐是个聪明人，知道谢建伟说的是圆场话，却也不计较，初次见面，不想把场面弄尴尬。她说话时虽面带微笑，可仇小华还是听出了讥讽之意，还有盛气凌人、居高临下。

谢建伟平了尴尬，顺带辱了仇小华，心情自然好多了。可他没想到仇小华的回答竟如此巧妙。他想，仇小华要不这样回答，等会儿吃饭恐怕该用脚拿筷子了；黄姐更棒，一语三赢，既平了她自己的尴尬，也讥笑了仇小华，还顺了我意。于是他便当仇小华不存在，面带微笑，深情款款地盯着黄姐不转眼，可他心里却有波涛在汹涌。

黄姐是北方人，前夫是个富翁，离婚后她带着儿子来到东官，在借酒浇愁的日子里，糊里糊涂就干上了鸨母这个行当。几年下来，感觉不好也不坏，感情上的事，不闻也不问，像个圣女。自从遇上谢建伟，那爱情的小火苗才又徐徐燃烧起来。早已离婚的谢建伟当初只是想玩玩，可玩着玩着就动了心思。一来二去，不出半年，他俩就同了居。同居后，他从黄姐朋友口中得知，黄姐的存折至少七位数。打听到七位数他便对黄姐更体贴更入微。此时他心里汹涌的就是这条长长的数字。

黄姐一直想到办事处看看，看看谢建伟对她是不是真心，可谢建伟总是想方设法地用尽甜言蜜语一推再推，他担心区亮他们不会说话，坏了他的好事。今天带她来让大家认识，是谢建伟主动提出来的，他想到吃过这顿饭，大家都散了，以后自然没什么交往，坏不了什么事。黄姐对此很高兴，见到大家就像见到了谢建伟的娘家人。

杨志瑜和乐红并肩而来。早上乐红被区亮推出会议室后，也去了人才市场，找到了工作，做会计，在东官北部的奇石镇上，一家生产无线鼠标、无线键盘的公司。她乘奇石到福门的公交车于南城医院下车，步行至肥妈川菜馆门口，恰遇刚从出租车上下来的杨志瑜。

杨志瑜和乐红见到黄姐，并不惊讶。他俩打招呼，都叫"黄姐好"。黄姐很高兴，心想，看来老谢早把我介绍给他们了，我在他心中是有地位的。事情并非黄姐想象的那样，谢建伟不想黄姐再次尴尬，分别给杨志瑜、乐红和区亮发了短信，讲了同黄姐共进晚餐的事。

女人和女人碰一处，似乎都是见面熟，天生有话说，总能聊到一块去。三个男人聊社会、聊经济、聊发展、聊未来……两个女人就聊眼前的发型、面膜、高跟鞋……黄姐夸乐红肤白有弹性，乐红就赞黄姐有气质；黄姐夸乐红短发精神，乐红就赞黄姐大波浪长发有女人味；黄姐夸乐红胸大，乐红就赞黄姐腰细……夸完赞完，就讨论心情口红，口红颜色随心情好坏而变化，好心情淡且亮，坏心情浓且暗；黄姐说假香奈儿不耐久，半把个小时就没了香味，乐红就说美甲灯还是立量牌的好用，光听这名字就让人心动，关键是他们家的锂电池耐用；黄姐说洗澡后擦上橄榄油睡觉有益皮肤健康，乐红就说冬天出门也要擦防晒霜；黄姐说每年去越南洗个两三次泥浆浴挺好的，乐红就说去温泉之乡曲江泡泡温泉也不错……

乐红和黄姐聊得正起劲，见区亮走进来，也就不聊了。黄姐打量区亮，一种莫名的亲切感涌上心头，不由腾地起身，张口就来："区总，你好！"边说边伸手。区亮不管那么多，重重地满握了"匕首"一把。什么感觉都没有。边握边说："黄姐好！该叫嫂子了吧?"

"不……不……叫黄姐，叫黄姐亲切。"谢建伟说这话有些结巴，不是故意放慢节奏，而是紧张。黄姐伸手，他在心里骂"脸皮厚"！他十分担心脾气古怪的区亮也拒绝握手。

"亲切是亲切，可问题是，我两难啊。你说问问年龄吧，女人的年龄保密，问不得。不问吧，也许人家比我还小，叫姐，万一把人家叫老了怎么办?"区亮故作夸张难受状，逗乐了大家。

"这有啥不好问的? 问吧。嗨，太乱了，不用问了，三十六!"黄姐心直口快，丝毫不扭捏，笑呵呵的。

乐红说不信。仇小华张大嘴巴不说话。杨志瑜闷着，他还在回味他最后和的那把杠上花。谢建伟竖起大拇指，给区亮狠狠点了个赞，心想，算你狠！区亮笑了笑，嚷道："那是得叫黄姐了。来来来，大家，一起，敬黄姐!"

这几年黄姐做鸨母把酒量练大了，喝白酒，五十三度的，两瓶；喝啤酒，至少一箱，二十四瓶装的。而区亮、仇小华和杨志瑜酒量都不大。乐红敢举杯，可一举就醉。黄姐、谢建伟尚未尽兴，他们四个却滑到了桌子底下。

这散伙饭吃得有惊无险，正合谢建伟意。他丢下几个醉鬼，拉起黄姐就回到了温柔富贵乡。

这一去，再见已是两年后，连股权转让他都没回来，区亮只好找到他之前的签名，贴玻璃上临摹。

这是后话。

第六章

区亮招工招来警察
范童求职求出泪雨

昨天夜里下了场暴雨，去巷子口吃早餐，不得不骑自行车，排水口又堵了，巷道里水尚未排尽，下不了脚。自行车只有一辆，被杨志瑜骑走了。区亮、乐红和仇小华都打电话让杨志瑜买份早餐回来，可杨志瑜却说三缺一，没空。没想到麻将一大早就开打了。区亮、乐红和仇小华无法，只好饿着肚子盘点。

谢建伟打来电话说他要去东官南部的福门镇办事，他跟杨志瑜一样，不论盘点结果如何，都认。

结果是，每人可分得现金一万二千多，区亮欠其他四人各八千多，考虑到区亮后续还要做大量善后工作，就去掉了零头，只给整数，八千。

下午，巷道里脏水排尽了，仇小华去新公司报到。谢建伟给区亮打电话，说一万和八千都不要了，权当大哥对兄弟创业的一点支持，以后要是发了财，请他喝杯小酒就成。平时区亮和谢建伟拌嘴最多，他实在是想不到谢建伟会来这么一手。谢建伟说得坚定而恳切，他只好收下。

接着，乐红也出了门。可她刚走到三江牌坊又折了回来，把一万块钱塞给区亮说："拿去应个急。"说完就走。区亮追到大门口，拉住她说："不用。"乐红就说："借你的，记得还我。"说完，转身又走。可才走几步，又折回来说："能抱我一下吗？"区亮很为难，但到底还是给了一个松松垮垮的拥抱。松开来，乐红就说："这个拥抱值八千，我那八千你不用给我了。"说完，不等区亮还嘴，拖起行李就走。这下是真走了。区亮目送乐红的背影匆匆消失在巷子口，一回头，两行泪，酸酸的，甜甜的。

杨志瑜早就打好招呼，他暂时不挪窝，等过足麻将瘾，春节后再作打算。

区亮回到屋里，天阴沉着，没开灯，屋里光线有点暗，走几步停下来，瞅着东一个西一个的桌子板凳发呆，耳朵里有一种丝丝拉拉、奇奇怪怪的声音，好像是房间里的东西发出来的？

区亮正疑惑，突然，一只肥嘟嘟的老鼠从厨房蹿了出来，在储物柜前大摇大摆地逛来逛去。他可有些日子没见着老鼠了。他儿时抓过老鼠，炖过鼠肉，至今想来还回味无穷。他看着老鼠翻箱倒柜，竟咕噜咕噜吞咽起口水来。老鼠时不时抬头望他一眼。他知道老鼠比他还近视，根本瞧不见他。他极慢极慢地向老鼠靠近。他并不想把它怎么样。他感觉有这么一个活物陪着他，也挺好的。他只想试探试探它的反应。他离老鼠已很近很近，可老鼠没有丝毫反应。"老鼠的嗅觉不是很灵敏吗？它怎么还闻不到我身上的味道？难道小时候吃的鼠肉长在我身体里了？它把我当成了它的同类？"想到这，禁不住大吼一声："嘿！"老鼠受了惊吓，慌不择路，掉头时脚踩虚，一下就从高高的柜台摔到硬邦邦的水磨石地面，"咚"！呀！好疼！老鼠叽叽叽地叫不停，一个鲤鱼打挺爬起来，转眼就跑不见了。

老鼠精彩的跳台表演逗乐了区亮，他终于笑了。可笑得太过分，以至于爬楼梯时喘得慌，哼哧哼哧的怪难受。他上到二楼办公室，看着没精打采、扯得乱七八糟的六个卡座、五台电脑，更难受。他坐进自己的卡座，看着窗外叽叽喳喳打打闹闹的绿绣眼在榕树间飞来飞去，好一阵才在笔记本上快速写下"给几个供应商打电话。处理库存。招人"。他认为当务之急就这三件事。

可他最终没给供应商打电话，担心说不清，供应商不信任。他做了个付款联络函，说明公司变动和眼前困难，承诺半年内结清欠款，签字盖章，扫描后一一发送。担心人家收不到，邮件、传真一并发，双保险。这联络函是他父亲教他发的。他小时候经常听父亲说"有钱钱打发，无钱话打发"。总之，欠钱，若连招呼都不打下，肯定是要不得的。

忙完供应商，再忙客户。为了尽快结清供应商货款、消化库存、盘活资金，他给所有客户都发了个促销联络函。联络函说，凡是在春节放假前定货的，一律成本价。

他想到一个光杆司令很难成事，尤其是眼下，要是出门去，办公室连个接电话的人都没有。于是就狠下心来，无论如何得招个业务员。就一个，多了养不起。等业绩做成个七七八八再招，到时一口气招它几十个，一年做它几个亿。要真是这样，那该多好啊！

心动不如行动。他去人才市场跑了三天。他不愿花钱租摊位，像个游击队员，东打一枪，西放一炮，见到提包的就上前搭讪。三天带回五个。其中四个摇摇头就走了。剩下一个没摇头，直接摇了110。告他是骗子，说这长期关门插锁的民房很有可能是个传销窝点。

还好，警察并没把他怎么样，盘问一番，咔嚓咔嚓拍几张，走了。

他很想大哭一场。可哭没用，哭吸引不来业务员。冷静下来，他躺在床上想了一整夜。这一夜，不同寻常，对他后面整个经营可谓意义非凡。

他自创了一副对联。上联：明人不做暗事。下联：君子当修正途。横批：明君助你飞。红纸黑字，往围墙上的大门一贴，喜庆。

接着又用 KT 板做了经营理念，十个大字：专业、创新、明确、主动、高效。往一楼储物柜上方一蒙，精神。

一不做二不休，给二楼办公室也糊几张。"不等不盼全靠自己干。""要成功，先发疯，撸起袖子往前冲。""客户虐我千百遍，我待客户如初恋。""钱是个王八蛋，没有了就去赚。"四面墙都有了，齐了。糊完付之一笑，"呵，企业文化，总共不到一百块。"

且慢，会议室也不能穷徒四壁。于是又给会议室挂了几张地图，世界的、中国的、东官的……一共十张。挂完就想，十张地图，十全十美，这下总算可以了吧？

莫慌，干脆再给公司写首歌。连司歌都有，这公司不可说不大、不可说没文化吧？我就不信还唬不住几个业务员。

歌名：明君之歌

走过冬夏

远离低洼

28

东官大道盛开明君之花

流金岁月

谁与争先

我们拥有灿烂明天

让前行的脚步更加笃定

典范的事业不畏艰辛

握别失败

牵手四海

明君之泉惠泽长城内外

胆剑心琴

去伪存真

我们书写精彩人生

让青春的颜色永驻明君

高翔的翅膀出众超群

明君　明君　明君

继续打游击招人。这回没再空手去，他印了一百张传单。一百张传单只招一个。他兴致勃勃地给这事起了个名字：百里挑一。

之后一天傍晚，他送完电池回家，刚走到门口，发现一小伙坐地上，背靠铁大门睡大觉。小伙怀里抱着个黑色旧包，瘪瘪的，便不由瞧了瞧自己斜挎在肩上的包，差不多，也是瘪瘪的。小伙身高看上去和他也差不多，一身二不跨五的西装，头发又多又长，像假发，皮肤黝黑，睡得可香了，叫他不忍弄醒。也许人家正在做一个美梦呢。可不得不弄醒，除非不进门。

轻轻拍打小伙肩膀。小伙睁开眼，蓦地站起来，"啊！鬼！"边叫边后退。可退不动，逼得铁门吱吱唧唧牢骚满腹。他刚才正在做一个鬼梦，长血舌、獠牙齿、僵尸爪……

区亮在公司这头装了车像石头一样重的电池，在客户那头又卸了车像石头一样重的电池，一个人装卸搬运，一趟只能运两箱，每一趟都要走几十步，一车货运完不知走了多少步，汗渍花脸，电池脏衣，再加上头发蓬乱，又架一副茶色眼镜，看上去的确有几分鬼样。他正张嘴，小伙子却堵住了他的嘴："你是谁？"

区亮这些年养成了一个习惯，见人就递名片，他不管小伙子是谁，只管边递名片边说："你好，我是明君公司总经理区亮。"

"啊！区总！你好你好！不好意思，不好意思，我叫范童，范进中举的范，童年的童。我是来应聘业务员的，业务员，业务员还招吗？"范童有些激动，也还有些迷糊，看过名片，边伸手边说。一口齐整的牙齿，白得发亮。

哟！口齿还挺伶俐，看样子是块做业务的料。区亮心一动，赶紧说："噢，'饭桶'，来吧，跟我进来。"

"不，不不，区总，不是饭桶，是范童。"范童微笑道。

"不好意思，你看我这万州普通话……其实我也不姓 qu，姓 ou。"区亮说完，也笑笑。

"记住了，区总，那我们扯平了，你大人不计小人过，往后还望你多多批评指教。"范童见区亮的穿着打扮平易近人，一点都不怯场，说说笑笑就跟区亮到了会议室。

嗯，这小子还有点情商，真是人不可貌相。

"你怎么知道我这里招人？"

"这个，地上捡来的。"范童边说边把招聘传单递给区亮。

"我们公司目前就我一人呢。"

"我来了不就是两个了吗？"

"底薪不高哦。"

"不要底薪，包我吃住就好。只要你不嫌弃，让我干啥都行。"

范童去了十多家公司，没一家看上他，有的公司连面试的机会都不给。他口袋里所剩无几，要是再找不到工作，怕是该饿肚子睡大街了。

太阳不会是打西边出来了吧？区亮掐了下大腿，看看还有没有知觉。嗯，痛，但爽。

"哪能不给工资呢？先给五百，后面看表现再涨。"市场行情至少一千二。

"行！住哪儿？"

"你哪里人？"

"给，真的。"

范童越急于住下来，越说身份证是真的，区亮心里的闷鼓就打得越响。"这小子不会是来借屋躲雨的吧?"他有些犹豫了。可转念一想，躲就躲吧，反正损失不大，房子空着也是空着，吃几顿便饭更不是啥问题，干两天就能看出问题来。

"三楼，我也三楼。"他原本打算让范童住一楼，可"犹豫"叫他担心这小子半夜里拉着一楼的电池逃跑了。

"还没吃饭吧?"看过房子，区亮问。

"我不饿，你去吃吧。"范童说完，喉结像个活塞，一上一下好几个来回。

这自然逃不过区亮的眼睛。看来多虑了，这小子是本分的，不愿无功受禄。再说，一个只有二十一二岁的小年轻人，能坏到哪里去? 看他那面黄肌瘦的样子，一定是给饿的。他想到自己小时挨冻受饿的情景，心里不禁又哀叹起来，唉，这穷人家的孩子呀。

"走，不饿也吃点，陪陪我，我其实也不怎么饿⋯⋯"说着便拉上范童出了门。

结果，不饿的范童一口气扒了八碗白米饭。

区亮看着《新闻联播》里天空纷飞的大雪，"心"空却下起了泪雨。

第七章

区亮迎家人惊喜皆有
喻芳遭抢劫心胆俱裂

　　鸡才叫头遍区亮就起床了，比以往要早多了，以往就算对面楼一楼不知是谁家的公鸡此起彼伏叫到天光大亮，他也是睡到七点才起床。范童见区亮起床了，他也一骨碌爬起来。他的心情估计跟区亮一样，也有些激动得睡不着。

　　为了进一步验证自己的判断，早餐区亮不再到外面吃肠粉，他自己做，特地下了碗挂面，他和范童一人一碗。每碗都加大棚苦瓜和清源县土鸡蛋。

　　范童搅拌好碗里的面，喝口汤，称赞味道不错。接着丢片苦瓜到嘴里，眉头深锁，赶紧夹箸面，和着苦瓜一起嚼，吞咽完，再喝口汤。他就这样一片苦瓜、一箸面、一口汤搞定了"味道不错"，没叫一声苦。最后才吃鸡蛋。鸡蛋很香，香到极致的那一瞬间，仿佛这个鸡蛋就是他的整个世界。以汤涮口，把牙缝里的蛋白、蛋黄统统涮进肚里。咕咚咕咚喝完汤，整个碗瞧上去跟狗舔似的。他洗好自己的碗，等着，等区亮的碗。两个景德镇金边细料大碗洗得干干净净，如同他那双又大又亮的眼睛一样干净。

　　饭后，区亮立马找来培训资料，他要给范童上课。他下定决心要把范童培养成才。

　　一天，两天，三天，天气越来越冷。上课时，区亮发现，范童的牙帮骨抖得像筛糠。他俩身材差不多，衣服可互换。区亮给范童一件毛衣。范童毫不推辞。区亮讲课很投入，正讲到登门拜访应该注意的"五步八点"，门铃响了。他以为是杨志瑜，就把白板笔往会议桌上使劲一扔，让范童下楼去开门。

他点上一支烟，猛吸一口，不料范童在门外大叫："区总，嫂子来了!"他一激动，吞吐不利索，一口烟呛下去，喉管火辣辣的难受，"咳咳咳"地弯腰咳嗽了好一阵，才费力不讨好地答上了话。"来了……来了来了……"边答边向楼下冲，心中满是甜蜜。散伙饭后，他天天都在盼望这个时刻。人的一生有很多个重大时刻，区亮说这个时刻同他出生、结婚、生子、买房子等时刻一样重大。

"不是说好后天才到嘛，怎么提前了?"区亮抱起妮妮，边亲边问。

"嫂子肯定是搞突然袭击，幸好我是个男的。"范童抢完话，咯咯咯地笑。看着条子、模子都火辣靓丽的喻芳，范童心情很激动，一激动就管不住自己的嘴巴了。

"就你会说，赶快把这大包小包给我拿到二楼去。"区亮弹了范童一个脑瓜崩，也禁不住笑了起来。

"没错，我就是这个意思。"喻芳也笑了。

妮妮不知大人们在说啥，挣脱下地，一溜烟跑进屋，上上下下、里里外外一通乱窜，像个视察官。

"你不是说急嘛，再不来，工商、税务、银行都放假了……"喻芳进屋解释一通。

"你怎么不叫我去接呢，你看这大包小包的，怎么过来的?"区亮没想到身高不足一米六的喻芳能搬来这么大个"家"，还带个孩子。他有些心疼，也有些感动。为了自己的一时"冲动"，把老婆孩子都搭上了，这背井离乡的，这大包小包的，活像两个叫花子。

"你不是忙嘛，我都来过，轻车熟路，打个车就到了，何必折腾。再说，你又没车，多一个人，东西反倒没地方搁了。我们住几楼?"喻芳边说边看区亮的"经营理念"。

"住二楼。我现在还住三楼，等下搬下来。我让老杨搬到一楼。走吧，上去收拾一下，还要给范童上课。吃了午饭还要去送货。午饭就到外面随便对付一下。晚上你给我们做大餐。"说这话时，他俩已手牵手爬上二楼。

"这些都是你弄的吗?"喻芳看完办公室和会议室，指着墙上的"企业文化"，开心地问。

"瞎搞的,有何指教?"区亮明知喻芳比较满意,却故意谦虚地问。

"还行,接地气,至少比我们保险公司墙上那几句干巴巴的口号要强。有保险柜吗?"从大门一直看到这里,喻芳对区亮更加有信心了,她决定彻底放弃保险公司,破釜沉舟,帮助区亮把公司好好干起来。

"查账啊?"区亮有些吃惊。

"这……个。"喻芳担心范童听见,轻声说完,递给区亮一个脏兮兮的蛇皮口袋。

区亮皱眉打开一瞧,禁不住叫出声来:"你疯啦!"

"这有啥子嘛……一个烂口袋,谁会注意它?我不是想到异地取款要手续费嘛,节约一个是一个噻。"喻芳一向会过日子,总是很节省,凡事都精打细算着,一个钱总是捏了又捏,有时都捏出水了也不肯花。一把牙刷要用两三年。家里废旧的东西到处是,一样都舍不得丢。有一次,区亮嚷着一定要把过期的治疗前列腺炎的药丢了,可转眼药就不见了,怎么找都找不到。喻芳见区亮急得团团转,这才凶巴巴地说:"别找了!我吃了!啥啥都只晓得往外丢!"区亮听得这话,立马急成了兔子眼,不由破口大骂:"你……你……不要命了啊你!"喻芳却全不当回事地说:"丢了算怎么回事,吃了总有点好处。"

"你这胆子也太大了吧!哎,哎哎,不对呀,不是说只有这个数吗?怎么多出来一半儿?"区亮点完数,边说边拿两个食指一交叉,做了个十字。

"借的。"

"谁呀?这大方。"

"小兰。"

"噢,她,闺蜜,还是你的人缘好……"

喻芳确实人缘好,她对朋友总是温和的,不争不辩,不说长道短。在区亮的记忆中,喻芳从没得罪过任何一个人。

"总共就这么多,自己看着花,趁早还人家。"喻芳满足了区亮的要求,心情格外舒畅。

"放心吧,我会努力的。"区亮得到了喻芳大力支持,十分感动,他把保险柜钥匙交给喻芳,那感觉就像当年岳父把喻芳交到他手上那样庄重。

接下来，区亮把股权转让、工商、税务、银行、做账、接电话等事宜全交给喻芳，自己带着范童到处拜访客户，他要求范童在三个月后独立开展业务。

喻芳虽对这些业务一窍不通，可她学习能力强，再加上是给自己干，经过几天的接触、观察、询问和专研，来一个问题点，吃透一个面，再把这一个个面连成一片，很快就理出了头绪。不仅学会了开发票、报税、汇款等，还发现了代理公司做的账漏洞百出。她打算春节后去考会计证，把账本收回来，自己做。

春节放假在即，大多数员工的心思都不在工作上，都想早点回家过大年。不景气的公司，为省成本，都已放假好几天。区亮决定再送一车货就放。

二〇〇九年一月十九日，是区亮节前最后一个送货日，也是伤心日。

这天下午，区亮和范童到上步镇送货回来，步行到三江牌坊，电话响了，一个陌生的固定电话。他犹豫了一下，最终还是接了。一接起来，一个如狂风暴雨般的声音立马切断了他耳朵以外的所有感官，一个女人在电话里狂嚎："老公！老公啊！完啦！完啦！我们的钱遭抢啦！全部都没有了！完啦！你在哪里呀！快来啊……"

这不是喻芳吗？天啦！怎么回事？区亮只觉脑子里嗡地一声响，二十万没了？抢了？他感觉大事不妙，恐怕要出大事，弄不好要出人命。也不知是什么力量让他反应敏捷，又快速冷静下来，赶紧问："你在哪里？"

"工行！工行！牌坊下面的工行！"

"别哭啦！别哭啦！我已经到牌坊了，你别动，就在那里等我，我马上就到……"

"那你快点！快点！快点！我们去追！快点……"

"来啦来啦！别哭啦！别动！别哭啦！别动哈！没事的！没事的……"

区亮边跑边安慰，他感觉喻芳情绪失控，像疯了一样。他不让喻芳哭，自己却要哭了。可他强忍住了泪水。他强烈要求自己必须坚强、挺住。

范童跟在后面跑，他读懂了区亮的惊恐，虽不知道到底发生了何等不幸的大事，可他已做好战斗准备，不管是上刀山还是下火海，他都要义无反顾。

区亮在工行前面的公用电话亭找到已哭脱人形的喻芳。喻芳一见到区亮，如同见到了救星，立马来了精神，拉着区亮就朝建设路跑，边跑边喊："快！快追！他们就是从这条路跑了的……"

"跑就跑了，这么久了，还追个屁呀？你冷静点！求你了！别哭了……"区亮心如刀割，痛极失控，竟然也咆哮起来。他一把拉住喻芳，顺势将她搂进怀里。

喻芳浑身都在颤抖。他下意识地紧紧地再紧紧地抱住她，仿佛是要给她力量，又仿佛是要给自己力量。他稳住她，抚摸她，自己也慢慢平静下来。一平静下来就轻轻拍打喻芳的后背，贴着她的耳朵安慰："好了好了，没事了没事了，都过去了都过去了，天塌不下来的，就算塌下来，不还有我嘛，我顶着，你啥都不用怕，我走南闯北这么多年，啥事没见过？啥事没经历过？别怕别怕，你给我说说，到底是怎么回事？"

"我不干了！我要回老家！我要回老家！我要回老家！"喻芳推开区亮，突然又爆发了，痛失亲人般的号叫声，滔天巨浪撞击岩石般的呼喊声，声声都叫区亮战栗。

"好好好，我们回老家！你先别哭了，你看看，这么多人看着我们。你冷静点！你清醒一下！这点钱不算啥，丢了就丢了，就当打麻将输了，破财免灾，办公室的墙上不是说得很清楚嘛，钱是个王八蛋，没有了就去赚嘛。只要人没事，这点小钱根本就不是个事，一个订单就赚回来了。想开点儿想开点儿，没事了没事了，啊，啊，啊……"区亮拿住喻芳的双肩，不住地劝慰。他生怕她一时想不通，一口气没顺过来，真疯了。

见到此情此景，范童也禁不住流下泪来，他已从目击者口中得知，喻芳的挎包遭抢了。他这会儿寒战不止，不知是因为担心害怕，还是因为呼呼的冷风钻进了他单薄的衣衫。

"求你啦，我们回家吧，不干了！真的不想干了，我害怕，这里简直太乱了，太危险了。太危险了……"区亮的劝慰开始起作用，喻芳的情绪稍稍稳定了些。

"好，回老家，不干了，但你得先告诉我到底是怎么回事呀，我们得去报警呀，不能在这里干着急。走，我们走，这么多人……"区亮提到报警，像个孩子似的喻芳仿佛又看到了希望，立马不哭了，一五一十地讲述了事情的整个经过。

　　原来，她把工行卡里的两万块钱取出来，准备存到离工行不过两百米远的农商行。农商行是公司的开户行，急需存入这笔钱。刚走出工行大门十多米，一辆坐着两个大汉的摩托车急驰到她身边，一下就把她的挎包抢走了。等她反应过来，追出去，摩托车一溜烟就跑不见了。包里不仅有两万块钱，还有手机、身份证、公章、财务章和保险柜的钥匙等。

　　"这摩托车就是我出工行大门时看到的那辆，没有别的摩托车，就只有这一辆。开车的人是个斗鸡眼，脸上有个疤，弯弯的，有金橘瓣儿那么大，一看就不是个啥子好东西。要是在路上遇到他，我一定认得出来。"喻芳说完又伤心难过一阵。

　　她心痛这来之不易的两万块，更害怕丢了公章、财务章和保险柜钥匙，公司会遭大殃，不知损失有多惨重，也担心区亮因此反应过激，责怪她，甚至打骂她。

　　这当然只是她情急之下的想法，区亮断然不会打骂她。区亮从没打骂过她。区亮有着"千金散去还复来"的豁达心胸，也自信有能力让它复来。他从不喜欢吵架。遇事，只要喻芳一发火，他就噤声，他深知"时间会抚平一切""万事尽头终将如意"。喻芳非要拉着他吵，他就做做样子，配合配合。对此，喻芳没少骂他"怪人"。

　　尤其是此刻，那就更怪，他听说只有两万块，心中的惊恐立马化作一缕烟尘，只轻轻一叹息，便排到了刺骨的寒风里，于是停下来，不走了，反倒像捡到巨款一样兴奋，很大款似的说："不去了不去了，回去回去，两万块算个球！"

　　"还是去吧，万一追回来了呢？关键是公章、支票和钥匙……"喻芳强烈要求报警。范童也说要报警。这样，他就又不争了，又顺了喻芳的意，平静地说："范童，你就别去了，你先回去，妮妮一个人在家。回去记得给昨天拜访的那两个采购员寄盒腊肠。再不寄，人家都回家过年了。"

　　派出所让他俩前去做笔录。区亮说走路去，喻芳说打车去。结果自然是打车去。

第八章

民警助区亮取失物步步惊心
区亮思未来避风险事事挂怀

风很大，把道路两旁的香樟树吹得东倒西歪，没来得及清扫的落叶，卷来卷去卷得满天都是，活像一群迷失了方向受惊的鸟。区亮和喻芳赶到派出所时，俩民警正在拉话。一个说："都禁摩这么久了，打得这么凶，怎么还有人敢顶风作案？"另一个说："是啊，看来还得加强巡逻才行啊！绝不能掉以轻心，当心死灰复燃！查一查，看看工行门口这一片今天是哪个执勤。"

民警见区亮、喻芳走进来，便不再拉话。一个做笔录，一个接水，暖暖的两大杯。

笔录还没做完，范童竟打来了电话，很激动地说道："有人打电话到公司来了，叫我们快点去拿包，在护城河边梨园立交桥下，应该就是嫂子的包！"

一个民警说："走，快点，带你们去。"另一个民警说："我去开车。"边说边跑。

快到梨园立交桥的时候，车停下，民警说："你们去拿，别怕，我们到前面去视察一下周边情况，你记下我手机号，拿到后给我打电话，我们送你们回去。"

区亮拉着喻芳下车来，目送警车消失在梨园立交桥转弯处。他俩知道，这是民警同志的一种隐蔽作战方式，应该归属于"暗中保护法"，不用担心，不用害怕，若有意外，关键时刻，民警同志一定会给犯罪分子致命一击的。

可区亮还是多长了个心眼，他不敢确定送包的一定是好人，要是送包人和抢劫人是同伙怎么办？他让喻芳不要靠近，学民警那样，远远地看着，要是真有危险，她就呼救，打民警手机。他把展业包、手机和民警的电话号码交给喻芳，然后才像探查地雷似的走向目标。

目标是一辆四轮小货车，就停在前面不到一百米远的护城河边。

喻芳死死盯着区亮背影，感觉心脏就快跳出胸膛。她既担心区亮，也担心即将拿到手的包里，公章、财务章、保险柜钥匙、手机、身份证和准备退回银行作废的三张支票是否还在。

这会儿还没到下班时间，加上风大，又是单行道，路上车辆很少，行人更少，紧张、寒冷和安静，叫喻芳浑身颤抖起来，眼睛越来越模糊。她取下眼镜，翻出衬衣来擦拭。没用，还是模糊。她原本高度近视，加上紧张，越来越模糊实属正常。可她不会想这么多，也想不到这么多，只想着一定要把区亮死死盯住，不然，万一有危险，又看不清楚，那麻烦可就大了。她因此忘了区亮的叮嘱，不自觉地向前挪动，始终清楚地盯着区亮。

五十米。三十米。二十米。区亮离小四轮越来越近。他反复核对了车牌号。没错，就是它。他更加兴奋，也更加紧张。他能很清晰地听见自己的心跳声。可别无选择，只能往前走。剩下只有不到五米时，他收住脚步，停止向前。他想再镇定一下，竭力装出一副社会"大哥"的模样来，再观察一下周边环境，要是有危险，看看如何逃生才好。他回头看向喻芳，举起手来，做了个"OK"手势。接着，一转头，一狠心，一咬牙，昂首挺胸，大步走了过去。

小四轮开着窗，车上只有司机一人，一个头发零乱、皮肤微黑、胖胖的中年男人。区亮微笑着，先说谢谢，再说来由。司机把包递给区亮，没啥新表情，说不用谢，举手之劳，他也是无意中发现的，就在建设路的人行道上，见到公章，问了114，才打电话到公司去的。

区亮见司机是好人，赶紧掏出两百块钱，说要感谢感谢，可感谢的理由还没讲完，司机一踏油门，走了。钱没送出去，区亮有些失望。

喻芳快速跑到区亮面前，夺过包，一通毛翻，又锁上拉链。"都在！都在！"喻芳兴奋地说道，可片刻后却说，"呀！不对！手机呢？身份证也不在了！没事没事，补办一张就是。"

紧张后突然松弛下来，区亮感觉整个人软绵绵的不得劲，只感叹了声

"世上还是好人多"，便不想再多说什么。他又有了新忧愁。他俩并排着走，表面上是喻芳挽着他，跟着他走，实际上是喻芳拉着他走。喻芳好似"活"了过来，有说有笑，步子踏得脆脆的。

回到家，区亮只想睡一觉，睡醒了再好好想一想，这到底是个什么样的社会？

妮妮早已等在家门口，见到喻芳，冲上去抱住她腿，不说话，板着脸。喻芳问她怎么了，她也不应答。喻芳把她的手解开，抱起来，往里走，心想，一定是范童对她说了什么。

女人的心真是陶瓷做的吗？不然，怎么一碰就碎。喻芳想到妮妮一定也受了惊吓，禁不住又流下泪来。妮妮见喻芳流泪，赶紧拿手去擦，边擦边说："妈妈不哭，等我长大了，给妈妈报仇。"

喻芳放下妮妮，擦干眼泪说："妈妈没事，你看，包，东西，都在。不用妮妮报仇，有警察叔叔管着他们呢。你只管好好读书，别的啥都不用担心。那几个抢妈妈包的叔叔，也许他们的爸爸妈妈都不在了，没有饭吃了，没有办法了，一时冲动，才做了错事。他们都是可怜的人。这回他们知道错了，以后改了就是好人了。谁还不犯个错误呢？是吧？我们就原谅他们一回吧，好吗？"

"那好吧，听妈妈的，原谅他们一回，但下不为例噢。"妮妮说完，蹦蹦跳跳地跑开。

喻芳舒了一口长气，放好包，让范童不要打扰区亮睡觉，又叮嘱他以后不许对任何人提及此事，尤其不要随便吓唬妮妮。叮嘱罢，快步走进厨房。

饭后上楼，喻芳发现包不见了，赶忙问区亮。区亮气嘟嘟地说："扔了，眼不见心不烦。"喻芳想，也好，扔了就扔了吧，反正也挎不出门了，漆都擦掉了。

区亮撒谎了，包没扔。他把包藏进了他办公桌的抽屉里，不让喻芳看见，确实是为了她"眼不见心不烦"。可他要让自己看见，随时可见。饭前他根本没睡着，一张张面孔，一桩桩事，扰得他心烦意乱，简直不知未来到底还有多少凶险。他现在不得不承认这公司不是那么好搞的了，也不得不相信，"不上路，不知坎坷；不涉水，不识滩险"。他害怕了，害怕做没了父母的养老金，害怕做没了妮妮的书学费，害怕给喻芳一生幸福的承诺化为泡影……

那就放弃吧。现在放弃损失不大。喻芳照样可回到保险公司，她还没离职；妮妮也照样可回到原来学校，还是公办，还不用花钱；我回去随便做点什么小生意，养家糊口还是不成问题。一切都还来得及，我们都还回得去。房子也还没租出去，家里什么都是现成的。我们两个的养老保险也都快交满十五年了，商业保险也买了不少，不愁吃来不愁穿，生病有报销，老了有退休金，何苦在这里担惊受怕？他想明白了这些，似乎了结了一桩心事，解决了一个麻烦，可以高枕无忧了。

可眼睛闭着，心却睁着。要是不干了，那么多客户该怎么办？还有一家供应商的货款没结清，又该怎么办？范童该怎么办？都和文总讲好了，开年就定货，不干了，他该怎么看？我还有资格做他哥们吗？乐红、老谢都那么支持我，我怎么可以辜负？当初我是怎么喊出那句"这公司我要了"的？我没有儿戏。我是经过反复思考、反复评估才下定决心的。我是认真的。

想到这里爬起来，把十个手指深深插进浓密的头发里，使劲地抓绕。不，我不能放弃，开弓没有回头箭。回家？不可能。

于是，他不得不再次动用他脑子里的那个"百货仓库"去整合资源，认认真真、一个一个地梳理，唯恐漏掉任何一个环节和细节。

他理出两个关键词。一个安全意识，一个危机管理。这个曾被一伙劫匪、甚至可以说是被一个危险社会抢夺过的包，是个警钟，他要让它随时提醒自己，使他在接下来所走的每一步，都像履薄冰、临深渊那样，时时在意，步步留心，未雨绸缪，把一切不安全、不安定的因素都消灭在萌芽前。

想明白了这个事，他精神倍增，很快做出一个势在必行、理当速行的大胆决定。

第九章

遇保安话家常聊得喜事一件
买名车打嘴仗牵出怪事一桩

一个"鸟枪换大炮"的决定。区亮不打算买奥拓小面包了，他要买奥迪。昨夜整晚他都在想象有了奥迪之后的诸多美好，直到天亮也没合眼。他索性不睡了，爬起来做早饭。

喻芳也许是实在太累了，区亮起床、下楼都没把她闹醒，直到区亮上楼叫大家下楼吃饭，她才懒洋洋地翻了个身。

吃过早饭，区亮拉上范童，说出去办点事，没说具体什么事。区亮不说，喻芳也不问，她还有些困，打算再睡会儿。

东官的门店睡得晚，起得也晚。这个习惯，区亮原本也知道，可老家万州城早关早开的营业习惯还长在他的生命里。当他和范童风急火燎赶到上步汽车城才意识到来得太早，还没开市。

汽车城大门入口广场上，满满当当停着各色轿车，看不清是新车还是旧车。要是其中有辆属于自己的，管它新车旧车，我都不在乎，呵呵……不行，得在乎，牌子还得奥迪才行……区亮这么瞅着想着，头顶突然响起哄闹声，抬头一望，嚯，原来是一群大雁，正朝着前方不远处的那片湿地飞去。天空很蔚蓝，阳光很和煦，微风很春意，这气候说变就变，昨天的冷，荡然无存，身在其中，想不精神都难。闲着也是闲着，不妨找保安先打听打听？

没想到保安竟是万州老乡。于是，三个人，一包烟，烟瘾嘴瘾一过足，几家奥迪车行的情况，也都大致了解了，顺便还学到了价该如何砍，车该如何选，额外的，还拿到了保安妹妹的手机号码。保安妹妹在上步镇下步村一家机顶盒厂做采购。保安哥说："要是能把我妹妹搞定，不，是把妹妹这个厂搞定，像这种十多万的二手奥迪，一年下来，可买两台。"

区亮立马回应："我只要一台，说话算话。"

保安哥瞪大眼睛，略显傻呆地问："那还有一台呢？"

"这还用问吗？"区亮笑了。

"那行！"保安哥咂摸咂摸嘴，随即也笑了。

"马上过年了，一起团个年，来我家，麻辣烫整起，我老婆刚从老家带来的火锅料，绝对正宗，巴适得很，烫它个几天几夜……"

"要得要得，那就恁个定哒。"

"区总！"告别保安哥，范童十分崇拜地看着区亮，竖起大拇指赞道，"牛！"

"学着小子，带你出来，你以为是让你来散心的呀，长长见识吧。"区亮高兴，毫不谦虚地说，"一张嘴，一包烟，一奥迪，就这么简单！"

"别高兴太早，还没成呢！"范童的二楞子毛病又犯了，一瓢冷水哗一下泼到区亮头上。

"呃！我说，大清早的能不能说点好听的呢？换个说法要死人啊！"区亮有些生气，却也认为范童说的还是有些道理，便不再计较，吼完就直奔他心爱的奥迪去了。

对比了三家，看上了两台。一台开了九年，三十万公里，卖价八万；一台开了四年，九万多公里，卖价十二万。外观都还行，都是黑色，看上去闪闪发亮，都没大撞过，也没泡过水。究竟买哪台，他不敢擅自做主，前车之鉴，怕喻芳要河东狮吼，只好打电话请示。

"啥？你要买车？奥迪 A6？你不会是发高烧说胡话吧？"喻芳吃惊地问。

"没发烧没说胡话，真的，我和范童就在上步汽车城。"区亮稳稳地答道。

"怎么突然想起买车呢？早上出门怎么不说？我看你是想一出是一出！都快过年了，年后再说不行吗？为啥总是那么急？又不是买萝卜白菜，怎能说买就买呢？真不晓得说你啥好！"喻芳越说越气。

"昨天的事还不够深刻吗？人跑不过摩托车，汽车总跑得过吧？"区亮提高了嗓门。

"那可不一定，摩托车能钻小巷子，汽车不能，只能干着急。"范童一本正经地纠正道。

"闭嘴！"区亮轻声吼完，狠狠瞪了范童一眼，才接着对喻芳说，"为了安全，就当是买辆运钞车吧。"

"那……那得多少钱？"喻芳不懂车，不清楚奥迪A6是个什么车，以为就是一般的面包车，想了想，才吞吞吐吐问。昨日之事还完整住在她心里，余悸尚存。

"你看选哪台？"区亮介绍完两车情况，让喻芳选。

"怎么这么贵？你不是不知道，我们保险公司年初买的那辆车，新的，还是小轿车，才八九万，你肯定遭人家蒙了！"喻芳又吃一惊，大胆断言。在她心目中，区亮的优点和缺点都长一个样——老实巴交。

"不会不会。你听我说，这也是小轿车，而且还是高档小轿车。你们保险公司那辆捷达根本没法和这车相比，简直是一天一地。"区亮故意夸大了说。

"那为啥不买辆新的，非买旧的？万一坏了怎么办？"喻芳已认识到为了安全、买车的确很有必要，就积极开动脑筋，尽量多想想坏处，以供区亮参考。

"别说旧的，坏的也比捷达好。怎么这么说呢？之前一个律师朋友跟我讲，同个案子，你开捷达去谈，人家给你五千，开奥迪就变成五万。这车是可以帮人说话的，也是可以给人标价的。谁会看你新的旧的，看牌子就行。再说，这车看上去和新的没啥两样。要我说呀，我还担心人家不当旧的看呢，旧的才能表明我们N年前就买车了，N年前买车了表示N年前就发达了，N年前发达了那现在肯定只会更发达。谁不愿意和成功人士打交道？客户更是如此。这同样也是一种安全。"

"这……"喻芳插不上话了。

"就拿小岭山镇那个客户来说吧，你是不知道，我们开个面包车去送货，不管狂风暴雨还是严寒酷暑，明明都认识很久了，明明我名片上都印着总经理，可人家保安就是装着不认识，你能把他怎么办？他不看你是什么总，只看车。只管把你这个开面包车的家伙拦下来登记。有时烟发慢了点，脸色说变就变，摆出一张臭脸叫你好看。我们乖乖地靠边停车登记，后面紧接着来辆奥迪，你猜怎么着？人家保安弯下脑壳一看，见是奥迪，赶紧把遥控器一按，那栏杆就'爱呀爱呀'地弹了起来，气不死你才怪。我当时觉得这简直太不公平了，但冷静下来仔细一想，又觉得它很公平。是啊，面包和奥迪怎么可以相提并论呢？那些干坏事的不大都是开面包车的吗？当然，这只是个别现象。为了安全，登记也实属应该，不管面包还是奥迪。但这个现象至少让我明白了一个道理，那就是，在商业活动中，体面和实力是合作双方能否建立起信任最关键的因素。尤其是我们公司的现阶段，必须得有这么一件硬货来表明体面和实力。否则，很难被人家瞧得上。瞧不上，信任也就无从谈起，自然也就不安全了。再说，没信任，哪来供应商？哪来客户？哪来优秀员工？不像大企业的那些大老板，他们就算是开个拖拉机也不会有人拦他们，人家只会微笑着赞美他们节约、低调、朴素，没有老板架子。要是我们也开个拖拉机试试看，那个别'狗眼看人低'的家伙，不把你骂成寒酸鬼、穷鬼才怪。"区亮越说越激动，好像受了天大的委屈一样。

"好了好了，别说了，买就买。不过，我还是得问一下，这个奥迪到底能装多少货？"喻芳耳朵听麻了，不想再听区亮那些乱七八糟的道理，赶紧打断。

"装个十件八件电池肯定不成问题！"区亮这口气在喻芳听来，好像十件八件很多一样。

"装这么少！那不实用，还不如买面包车，既可装人，也可装货。"喻芳说。

"我就知道你会这么想。可总不能啥事都讲实用吧？按你这么想，买钻戒干吗，又不能当饭吃，还不如买一堆鸡蛋。一个钻戒可以买几万个鸡蛋，就算天天吃，我们家都要吃上二三十年。再说，订单都没有，你买个面包车送啥货？哪来的货送？说实话，要是订单好搞，我连面包车都不想买，我巴不得就骑着我那五十块钱买来的二手自行车去拜访客户。我这人你又不是不了解，我是那种爱慕虚荣、贪图享受的人吗？我巴不得越简单越好。反正不管怎么说，相对面包而言，奥迪肯定更好办事。话又说回来，有了订单，还愁买不起几万块钱的面包吗？放心吧，面包会有的。"区亮虽激动，可还是没忘关照一下喻芳的情绪。

"唉，买就买吧，反正我也说不过你，反正你总是对的，反正就这么多钱，你自己看着办，到时要是真需要买个面包送货，看你找哪个来开。"喻芳投降了，可她也真希望事情能按区亮说的来，一切向好的方向发展。

"叫你妹夫来开，他不也下岗了嘛。"区亮见喻芳答应了，开心地说。

"你怎么不叫你姐夫来开？我才不叫呢，免得吵架！"喻芳气嘟嘟地说。

"好了，先不说这个了，到时再说吧。那你给我卡上转十三万过来吧。我还是觉得买那辆新点的好，只要发动机没问题，开个十年八年不成问题。这就算一步到位了。"区亮急于提车，不想讨论那八字还不见两面的面包车司机。

"保险一定要记得买哈，全买。"

"你是专家，听你的。"

打完嘴仗，两口子又笑笑呵呵的了。总是这样。

于是，交钱，过户，买保险，当天下午就把奥迪开进了家门。

一家人喜得不行，把奥迪摸了又摸，坐了又坐，那感觉就像皇帝第一次坐龙椅。尤其是范童，一高兴，竟不管脸皮厚薄，使劲说："这简直没得说，肯定是我给你带来的好运！区总，有我在，你放心，你肯定要发财！"

区亮这回不但没弹范童脑瓜崩，反倒鼓起掌来，接着把张旧报纸展到眼前，拿腔拿调宣读道："奉天承运，皇帝诏曰，请'饭桶'先生立马去菜市场割两斤猪头肉，顺道买瓶老白干。钦——此——"

第十章

过大年迎美女范童出洋相
送金橘见兵哥乐红扬春心

东官城里主要街道的行道树上，尤其是东官大道两旁的行道树上，都挂满了红红的大灯笼和五颜六色的灯珠，偌大的城池已是"火树银花不夜天"。大声小声的炮仗声，远远近近间或响几声。咸味、甜味、酸味、辣味、麻味、鲜味等各种腊味充满了巷道，一天天的越来越难以散开化尽，浓浓的年味不由让大伙都咯噔了一下，老杨呢？老杨呢？……

杨志瑜有好些天都没落屋了，自从股份转让后，就再也没见着他人影，不知去了哪里。区亮这几天忙得脚打后脑勺，也顾不上问候一声。明天就是大年三十，区亮打算把几个老同事和上步汽车城的保安兄妹都请来，热热闹闹地过个年。

杨志瑜电话关机。谢建伟说没空。仇小华说不想动。乐红说要得。保安兄妹说必须的。

保安兄妹迎着艳阳，早早的就到了，一人提一大包，像小时候在老家走亲戚似的。区亮和范童一人接一包。区亮接保安哥的，范童接保安妹的。范童接礼物时，嘴皮子又冒出油来，一句早已被大家讲烂的话，一下就滑出了口："呀，这妹妹我似曾见过！"

刚放下高中课本还不到一年的保安妹，听得这话，一张素脸一下生动起来，却也不怯场，大方回道："这哥哥尽瞎说！"

这时喻芳和妮妮也来到门口。区亮等大家笑好，赶紧介绍："这是大军，邓大军；这是大军他妹，玉梅。这是我老婆喻芳，这是我家宝贝妮妮。妮妮，快叫叔叔阿姨。"等妮妮用蹩脚的万州普通话叫了人，区亮才接着介绍："这个你都见过了，玉梅没见过，他叫范童。"介绍完，玉梅"噗嗤"笑出声来，赶紧把嘴藏进臂弯里，转过头去，不让大家看到她那张红得像胭脂萝卜的脸。

初次见面，大家都很热情，也有些激动，没空去想玉梅为何而笑，都热闹着往屋里走，把玉梅一个人剩在门外。

范童见玉梅没跟来，赶紧折回去，他突然想到玉梅笑从何处来。他埋头走到第二道大门口都还在想；玉梅埋头走到第二道大门口也还在笑。正好，一个想，一个笑，劈头一撞，一个停止了想，一个停止了笑，都摸着自己额头在心里尖叫。不过片刻，玉梅低下头，屁股一拧，绕过范童，碎步跑进人堆儿里。范童回过神来，迈开大步，疯也似的往楼上追去。

参观完楼上楼下，大家围坐进沙发，抽烟、喝茶、聊天、嗑瓜子、削水果，看电视……玉梅见喻芳一个人在厨房里忙，赶忙挨过去，择菜，洗菜，切菜……比喻芳还麻利。喻芳在心下说，"一看就知道是从农村来的"。

喻芳问："你原本这么高，还穿个高跟鞋，不累吗？"

玉梅说："没裤子穿，裙子不好配鞋。"

喻芳问："你和你哥都不回老家，你妈老头不欠（想念）吗？"

玉梅说："他们都在这边，老早都出来了，十好几年了……爷爷早走了，我是我奶奶带大的，奶奶去年也走了。"说到这里，鼻子酸酸的，难受，就不往下说了。

喻芳正在卤水锅里捞羊蹄、凤爪、鸡肫、猪耳等，没注意玉梅的表情，只管接着说："嘿，那怎么不叫上他们一起来呢？赶紧打电话，还来得及，不远。"

玉梅说："他们两个都晕车，一上车就晕，出不了门……"

玉梅还没说完，门铃又响了。喻芳说："肯定是乐红来了。走，差不多了，不切了，去看看。"

果然是长发飘飘、小西装大红裙的乐红来了。

"啊……你也太浪漫了嘛，居然坐个三轮车。"喻芳扯开嗓门大叫道。

"嫂子，过年好！哟，这是谁家的豪车呀？哟，来客啦？"

大大咧咧的乐红给大军、玉梅的感觉不像是客人，倒像是这里的主人。乐红来不及和其他人打招呼，赶紧转头吩咐："师傅，给卸这门口就好了。"

"我还正说吃了饭去东官广场迎春花市买两盆回来，没想到你就给我搬来了。"区亮笑呵呵地说。

"我谁呀？你肚子里的蛔虫呗！嫂子，饭做好没？饿死我了，早饭都没吃。"乐红不想和区亮说太多，担心喻芳吃醋。

"嘿，这大过年的，莫提死字，不吉利，要忌口。"喻芳拍了乐红一巴掌，眼里带着微笑。

"好的，嫂子，热死我了。"乐红笑着说完，见大军、玉梅和范童站在第二道大门口，也不管人家是谁，昂起细脖大嚷道，"来来来，看你们哪个力气大，把这两盆金橘给我搬到那两个门墩儿上去。"

听得这话，大军和范童几步冲到第一道大门外，一人抱一盆，蹒跚着回到第二道大门，放在俩门墩儿上。大军手力大，持得住，花盆没触到身子，皮夹克没事。范童手力不大，全靠身子来帮。放下花盆，一瞅，二不跨五的西装不仅糊满了泥灰，连扣子都磨脱了一颗。范童只觉腰杆子都快断了，过了好大一阵才挪动步子。"他奶奶的，充什么英雄啊我！"失了面子，范童后悔死了。

除了大军，其他人都给范童鼓掌，边鼓边哈哈大笑，连妮妮都笑弯了腰。妮妮看着范童一手扶墙，一手撑腰，侧弯着身子不敢动，皱着眉头，龇牙咧嘴，就觉得这造型十分可爱。

范童感觉自己在美女面前图表现的心思可能已经暴露，忙说："你们都别笑了好不好？你们看大军，他为什么不鼓掌？这金橘也太重了！手都麻了！不信你们问大军。大军，你说是不是？"

"大军是啥军？"乐红口气里夹杂着几分戏谑，可眼睛里却含着满满的欣赏。

"你还真说对了，他就是个当兵的，现在上步汽车城做安保工作。"区亮见大军突然腼腆起来，便抢了他的话。

大军索性不开口了，连范童提的问题也一并放过。只是笑。可笑得不如先前自然，有些羞涩。

"你们都还不认识吧？来，给你们介绍一下。"

"这还用介绍吗？刚才范童不是讲了嘛，大军！"边说边把手伸给大军。

"你好，兵哥哥，我正愁找不到兵哥哥呢！来吧，交个朋友，我叫乐红！"

大军没有思想准备，却也不想临阵脱逃，痴痴呆呆地把手伸出去说："不好意思，我手麻。"说完就悔。他原本是想说"没问题"的。

玉梅反应快，立马冲到乐红面前，伸出手，热烙烙地说："你好，乐红姐，我叫玉梅，我哥最近失恋了，心情不好，都是老乡，麻烦你帮我安慰安慰他呗。"失恋这事是瞎编的。

"哟，哟哟，那正好，我最近也失恋了……是啊，是啊，都是老乡，那……那就彼此疗伤吧。"乐红说完，禁不住瞟了区亮一眼。

"你们慢慢聊，我看下锅里。"喻芳说完，转身进了厨房。

"走，走，走，都进屋聊。"区亮热情地招呼着大家。

大家各怀心思，有说有笑往里走。范童一瘸一拐走最后。

"最近你和老谢、老杨、小华他们联系过吗？"大家坐下，区亮问乐红。

"老谢没联系过，倒是和黄姐联系过。黄姐说老谢一天到晚都在外面应酬，忙得很，每天回来都是醉醺醺的。好像是在谈啥圈地的事。不懂这些，没多问。"区亮接过乐红的话说，"老谢这人智商情商都高，应该能整成事。"

"你也能成事。"

"我就一电池搬运工，凭啥这么说？"

"就凭这奥迪。"

"我这是打肿脸充胖子。也是没办法，只能顶起碓窝唱戏。"

"我明白，啥都明白，不用解释。"乐红把"一个成功的男人背后必定有一个了不起的女人"这话在脑子里快速过了遍，又想了想喻芳，才接着往下说，"还是说说老杨和小华吧。老杨我给他打过一个电话，当时他在打麻将，不想多聊。一个女孩嗲声嗲气地叫了声'亲爱的'，老杨就忙说改天再聊。说完就挂了。"乐红说完，垂下眼帘，略思片刻，抓把瓜子摊手心，又说，"小华这家伙没事就给我打电话，老诉苦，说天天晚上都要加班，烦，打算过了春节跳槽。他老婆娃儿好像都过来了。"

区亮见范童和玉梅聊得起劲，不想冷落了大军，就说："我去厨房看看，估计差不多了。乐红、大军你们聊，我去去就来。"自然是一去不返，直到开饭才出来。

团年饭吃到太阳偏西才罢。大军、玉梅说要陪爸妈吃年夜饭，区亮也就没强留。乐红主动留下来，玩到正月初五才离开。

第十一章

喻芳送妮妮上学校透心凉
区亮拿家访做文章满眼笑

小院里的阳桃树，新枝又长高了一小段，在明艳的阳光下，嫩绿嫩绿的有些晃眼。区亮走过去，拧起蛇皮似的塑胶水管，打开树边的水龙头，把池子面上浮着的干土挨个儿浇湿，好让新绿茁壮成长。浇完，昂头朝二楼窗户催一声："快下来走了，第一天得早点儿。"

新学期开学了。

区亮和喻芳都去送妮妮，自行车送，喻芳坐后面，妮妮坐前面，迎着暖阳，沐着春风，满眼新绿，一路花香，每张脸上都充满了希望的气色。为啥不开奥迪送呢？一来学校离家不远，骑车也就十来分钟，二来这是一所"贫民学校"，学生都是穷苦人家的孩子，区亮不想张扬，也不想妮妮有优越感。

回家路上，喻芳很生气，不禁要问："东官这么大，漂亮学校那么多，为啥偏要选这么个烂学校？"

"性价比高嘛。"

"啥？性价比！做买卖呀？"

"可以这么理解。"

"那你说说，我倒要看看到底高在哪里！"

"真想听？"

"你说呢？"

区亮又瞅了瞅喻芳的阴郁脸，顿了顿，咳一声，这才正经说道："首先，贵族学校得住校，就这一条，我就不答应。我不想妮妮负担太重，也不想妮妮长时间待在学校。我认为这个阶段的家庭教育尤为重要。

"另外，我想培养妮妮的学习兴趣，使她热爱学习，并树立自信心。高分数、奖状、受表扬、做班干部，最易激发学习兴趣和树立自信心。我和妮妮没有办法让一个年级多达四十多个班的'贵族学校'做到这些，但我和妮妮一定会想出办法让一个年级只有四个班的'贫民学校'做到。

"还有，我要让妮妮腾出更多时间去少年宫玩，玩音乐，玩画画，玩舞蹈，玩主持人……我认为这个阶段玩比学更重要。

"再就是，如果非要算经济账，那也有得算，贫民学校一学期两千多，贵族学校一万多，五六倍。五年，差十万。而教学质量、校风校纪有如此之大的差别吗？肯定没有，至少是小学没有。在小学阶段，博士老师不一定就比中专生老师教得好。我坚信我这个中专生肯定要比任何博士都教得好。为啥这样说呢？因为我只教一个孩子，一对一；除了老师这个身份，我还有另外一个身份——父亲。不只我，还有你。不要忘了，我们两个可是二十世纪七八十年代的精英学生，我们两个轻轻松松就能给妮妮查漏补缺。我们现在就分个工，你负责数学和英语，我负责语文。

"我甚至认为，苦难是最好的老师，贫穷是最好的教育。难道不是吗？贫民学校没有贵族学校那么多攀比。贫民学校没有别的可攀比，就只能攀比分数和奖状。你说对不对？"

"想得倒是挺美的，结果一定就是你所说的这样吗？万一搞砸了怎么办？这可是妮妮一辈子的大事啊！我看你就是在赌！性价比，狗价比！"喻芳始终不相信区亮的"歪理邪说"。

可区亮却自信满满："相信我，准没错。"

回家的路尽是上坡，区亮载着喻芳费劲，就下车推着。路上这会儿人不多，人都坐进了写字楼，这一片到处都是写字楼，加上聊天、议事易打发时间，他俩不知不觉就到了家门口。于是，噤声。

下午放学，妮妮对区亮说："爸爸，今天摸底考试，语文、数学我都考了一百分。"

区亮先赞后问："太棒了！继续加油！那英语呢？"

妮妮不回答，绕着说："立老师说过两天要到我们家来做家访。"

"家访好啊，爸爸正想找你们立老师聊聊呢。"

"可是……"

"可是啥?"

"可是我英语这回考了个零分，我怕老师骂你们。"

"零分怕啥? 不怕。我们之前没学过，考零分不丢人。你放心，读完这学期，爸爸保证你能拿一百分。"

"真的呀?"

"真的!"

"那好吧，加油!"

"加油!"

区亮嘴上欢，心里到底还是凉了半截，生怕妮妮受到打击。

妮妮领着教语文的班主任立老师来访的时候，区亮、喻芳和范童正在卸电池。电池是文总从万州发来的，刚到。妮妮见大人们忙，扔下书包，也要搬电池，可怎么搬都搬不动。于是拖，可拖也拖不动。只好作罢。

喻芳边脱罩衣边让妮妮上楼写作业，不让妮妮听她和立老师谈话。她把立老师领进一楼王姐原来住的小房间，关上门。

立老师一头长发，眼大，肤白，喜欢笑，穿着打扮十分朴素，喻芳感觉很好打交道，于是就把昨晚区亮交代给她的私房话一五一十说给了立老师。

立老师说，放心，保证不会让你们失望。还说，下学期就有校车了，到时就不用天天接送了。

第二天，妮妮回家对喻芳说，她当了副班长和语文科代表，上自习课的时候，英语老师单独辅导了她。

喻芳心里笑道: "没想到区亮这家伙还真有办法。"

第十二章

乐红担忧惹恼两口子
老杨失踪牵动众人心

区亮和喻芳也开学了。

区亮上了成人高考补习班。喻芳上了会计培训班。学习地点一个在三江牌坊右边，一个在三江牌坊左边，都近，步行十多分钟就到。

补习班里都是二十岁左右的小青年，区亮，一个快四十岁的人，自是特别打眼，老师、同学都好奇：真的是要活到老学到老吗？老都老了，比老师还老，还要个文凭干什么？区亮起早贪黑，风里来雨里去，每天至少工作十六个小时，身心都累，怎么吃都长不胖，这人一瘦，自然显黑显老，加之白发不少，给人感觉至少五十岁，大家都怀疑他，这么大年纪，能学吗？能考上吗？

区亮的小文章写得还行，教语文的钟老师格外关照。钟老师是八〇后，在东官科技学院任教，业余到外面上课。区亮见钟老师课上得结实，人又好相处，就对她讲了他多年的梦想：写一本关于家乡的书。可信心不足，一直不敢写。"写，不怕，我来帮你。"钟老师鼓励说。为这事，钟老师还特地帮区亮梳理了一下人生，"建个家庭，幸福自己；做个公司，证明自己；写写文章，表达自己；学习学习，充实自己。以企业养文学梦，以文学养老。"末了，还说，"得空带你去见一位热心肠的老师，姓吴，吴老师。"钟老师特地强调了一下。

区亮做梦都没想到，短短几个月，竟然能结识下如此良师益友。于是毫不谦虚地自我调侃起来："这人真是动不得，一动就产生价值！"

考试结果终于出来了，区亮以全班第一名的成绩稳稳当当地考上了。更叫老师同学纳闷的是，一个放下高中课本长达十四年的"老人"，数学居然考了满分。

这样一来，在接下来的两三年时间里，除了法定节日和寒暑假，区亮将没有一个周末可休息。周一到周六上班，周日上课。又要做企业，又要写书，又要辅导妮妮，又要上课，他还有吃饭睡觉的时间吗？

喻芳想到这个，不由唠叨一句："这人一定是疯了！"

没错，区亮的确是没把吃饭睡觉当回事，可他没疯，他还知道正儿八经地和妮妮签一份协议。协议说，只要妮妮三年级上册期末考得三个百分，明年夏天，他就带她去上海旅游。妮妮喜欢旅游，二话没说就签了字。

签这个协议的动因是，妮妮上学期期末考试出了状况。连语文、数学都考得不理想，都只有八十多分，英语最差，七十多分。区亮安慰妮妮说，我们刚来东官，水土不服，过段时间自然好。妮妮信以为真。

一边安慰，一边签协议，相当于又打又摸。这招管用吗？区亮心里没底，却也拿不出更好的办法，只能摸着石头过河。

一晃秋季开学了。教室还是上补习班时的教室。区亮去交学费，邂逅乐红。乐红也是来上课的，考注册会计师。

"老杨有消息了吗？"区亮开口第一句话竟是这个，也不关心乐红来这里干什么。

"你来这里干吗？"乐红不答反问。

"我来上课，读工商企业管理。打听到老杨的消息了吗？"区亮无心聊学习，一心只想找到杨志瑜。

"那太好了，以后我们每个礼拜都能见面了。"乐红还没从邂逅的惊喜中清醒过来。

"呃，我问你老杨找到没，没听见啊？"区亮急切起来。

"听到了，你让我想想。中午放学我们一起吃饭吧，你现在就打电话给嫂子请假……打呀！愣着干吗？"乐红急巴巴的，竟搡了区亮一下。

"嫂子也在上课，考会计证，这会儿打，不好。"区亮只好耐着性子解释。

"那妮妮怎么办？"乐红突然惊问道。

"范童在家……哎呀，不聊了，要上课了。"区亮说完就要走。

"等等！"乐红一把拽住区亮，大叫道，"你们两口子胆儿也太肥了吧！怎么能把妮妮交给一个陌生人呢？而且还是一个男人！"

"你……这……范童怎么是陌生人呢？男的怎么啦？妮妮才多大？亏你想得出来！"区亮生气了。

"不行！我说不行就是不行！你是男人，你不懂！我现在就给嫂子打电话……这个嫂子！"乐红霸道地说，看她那样子，好像妮妮真要出事一样。

"真打呀！"区亮惊叫完，转身就走，气鼓鼓的，连学费都不交了。

乐红打完电话，回转身来，发现区亮不见了，也气鼓鼓地走了。

喻芳听完电话，已无心再上课，只想早点回家。"我在妮妮这么大的时候就被人欺负过，幸好我妈及时出现，才躲过一劫。从那以后，我妈走哪儿都把我带上，绝不把我一个人放一边。"喻芳上课的心思就是被乐红这话给吓没的。

乐红也吓着了，放学后，她比谁都跑得快，居然赶在区亮和喻芳前面，第一个冲进家门，看见妮妮安然无恙，这才笑了。

"你们休息，我来做饭，我下午没课。"喻芳说完，疾步走进厨房。

喻芳做饭超级快，几个锅灶一起上，不到半个小时就把饭菜端上了桌。

边吃边聊。乐红这才告诉区亮："我都八方打听了，连他前老婆都问过了，都说不知道。这个老杨……他龟儿是不是在哪里死球了哟！"

"那不可能，想多了。要是真死了，消息早传开了。"区亮不以为然地说。

"一切皆有可能。毁尸灭迹的事又不是没有听说过。"乐红反驳道。

"嘿，怎么越说越离谱了呢？老杨这人只是喜欢打个牌，从不惹是生非，无冤无仇、平白无故的谁会害他？不会不会，吃饭吃饭，别瞎猜了。"区亮劝阻道。

"哼，说得轻巧，只是打个牌，这只是打个牌吗？这叫赌博！你知不知道，赌博！再说，你又不是不知道老杨是怎么离的婚。那也只是打个牌吗？打个牌居然把老婆都打没了？他上回把老婆输给人家，这回难道就不会把自己输给人家吗？"乐红很生气，好像杨志瑜输掉的不是他老婆，而是她。

"啥上回这回的，上回是没错，那时候太年轻，不懂事。再说，他老婆也乐意改嫁，他老婆也有问题。表面上是老杨把他老婆输给了那男人，实际上他老婆和那男人早就勾搭上了。老杨只是中了他老婆和那男人共同设下的圈套。这回，哪来的这回？他是个知识分子，难道就不知道吃一堑长一智吗？明知山有虎，他会傻到偏向虎山行吗？好啦，不说他了，越说越不像话！"区亮放下筷子，气愤地说。

"要不就是泡妞去了，乐不思蜀了。"乐红积极开动脑筋，努力思考杨志瑜最有可能消失的原因。

"这也不可能，自从上次一碗酸辣粉就搞定的那个矮个子女孩要把娃儿生下来，要嫁给他，要死要活地大闹一通后，他就害怕了。他说他再也不敢了。他毕竟还是有人性的。"区亮这话给喻芳的感觉是，他这是在替天下所有男人诡辩。

"哼，他有啥不敢的，好了伤疤忘了痛！不敢了，这样的话他说的还少吗？哪一回出事后，他不这样保证？他就是个采花贼！说啥流水线上收入不高的妹妹们远离家乡和亲人，工作很艰辛，生活很有压力，情感很孤独，生理很需要，一采一个准儿！他都总结出一套一套的经验来了，还有啥不敢的！哼，人性，狗屁个人性！他就是个畜生！流氓！"乐红的情绪又张扬开来。

"呃，我说你们两个怎么回事，老是一见面就掐，不争个输赢就放不了手。以后不许提他了，是死是活，随他便。他都不主动给我们打电话，我们凭啥子还要那样担心他。乐红你也莫去打听了，把口水留着养精神。你要是精神好，以后多教教我做账。好了，真的不说了。吃饭吃饭，吃了去上课。"喻芳见他俩没完没了，生怕闹别扭，赶紧劝和。

"别别别，嫂子，怎么能不说了呢？多好听啊，我还没听够呢。"范童听入了迷，被喻芳打断，心里不舒服，脱口而出。

"啥子没听够啊？吃完饭该你洗碗！"喻芳笑着说。

"我也还没听够。"妮妮说的也是真心话。

"那你也洗碗！小屁孩，懂个屁！"喻芳揪了妮妮小脸一下。

乐红说话，最怕人家打岔，一打岔就很难再回到原话题。通常是这样：她不管人家说啥，只管赶紧把自己所想统统说完，然后才慢慢将人家所言，记得起的，直接回复；记不起的，来一句"你刚才说啥来着"？

可大家都不说话，这饭吃得也未免太压抑了吧？乐红第一个憋不住："行，嫂子，有问题你尽管问，莫跟我客气，就像刚才这样，我喜欢你不见外的样子。"

"我也不见外，那我来问你个问题吧。"区亮睬了喻芳一眼，快速接嘴道，"小华最近又去哪里高就了？"

第十三章

乐红大话仇小华暴恋情
区亮小诉生意场露设想

"别提他，提他像提醋，酸得很。"乐红说完，夹起一大块猪耳朵，快速送入口中，嚼得嘎嘣响。

乐红这话吊起了大家胃口，大家静待下文，连喻芳都搁了筷。可乐红却真"别提"，一心嚼着又香又脆的猪耳朵，丝毫没注意到大家的表情，也没感觉到这突然的安静有什么不对劲。如此，她嘴里的嘎嘣声更加悦耳。及至区亮故意咳嗽两声，才反应过来。"都看着我干吗？"乐红说完，放下筷子，快速抹一把嘴，一瞧，嚯，一手油。

大家乐得不行。她自己也笑。边笑边寻话来圆："这有啥子好笑的嘛，怪只怪嫂子做的菜太好吃了。好久没吃到这么好吃的了，吃相有点难看，也是可以理解的嘛，对吧？"

"不是，乐红阿姨，是酸得很！"妮妮一本正经地纠正道。

大家又是哈哈一阵大笑。

"啥子酸得很？"乐红停住笑，吃惊地问。

"就是你刚才说的那醋呀，你怎么才说就忘了呢？"妮妮更加急切地说。

区亮、喻芳和范童，听得这话，直笑到泪飙。乐红领会到妮妮所指之后，险些笑喷，赶紧捂住嘴巴。妮妮皱着眉头，始终没笑。

"好吧，看在妮妮面上，我说！"乐红尖起食指点了下妮妮眉头，"其实他也不是啥子酸得很，准确地说，是烦得很。你们是不知道，他每跳一回槽都要来请我吃一回饭。说是请我吃饭，其实是找我给他当参谋。我能参谋啥？

我也是一打工者，我就懂财会，别的啥都不懂。从开年到现在，也就半把年吧，他居然跳了十多次槽！一会儿南山，一会儿西山，一会儿深鹏，一会儿又广穗，干得最长的不到一个月，最短的居然只有两三天！你们想想看，我要吃他多少饭？吃得我们单位的同事都以为我和他在谈恋爱！传来传去，有的就干脆说他是我老公！你们说，烦不烦？简直……烦透了！我起初不好拒绝，前几天，我明确告诉他，以后别再来请我吃饭了，这饭吃得我男朋友都吃醋了！”他嘟嘟哝哝支支吾吾：“好的……好的……挂了！”

“啥？你有男朋友了？我就说最近你都不来我们家了噻，原来是交男友了呀！”喻芳好不吃惊地说。

“谁……谁说我交男朋友了？”乐红小声说完，稍一咂摸，低下头，捂住嘴，心想，哎，怎么这么不小心呢？这事迟早是要黄的呀！哎呀，妈呀，该死，真该死，臭嘴！

“是大军吧?!”喻芳这话疑问句不像，陈述句不是。

“范童，你娃嘴巴挺严的嘛，适合做保密工作。”乐红不想直接回答，故意绕弯子。可她没想到，这一绕竟把范童绕了进去。

“啊！范童和玉梅也……”喻芳再吃一惊。

“没没没，别听乐红姐瞎说。她和大军倒是真的。我只是经常给玉梅他们公司送电池，偶尔吃个饭。除了工作，没什么别的关系，更不是你们想象的那样。”范童急了，赶紧解释，他担心区亮不高兴。区亮曾告诉他，做生意千万不能掺杂见不得人的男女之事。否则，迟早会坏事。

“你和玉梅，一个未嫁，一个未娶，正正规规谈恋爱，有啥好怕的？只要不影响工作，尽管谈，怕啥？你说是吧，区总？”乐红见范童很紧张，就知道问题出在了哪里，也意识到自己口无遮拦，一不小心说漏了嘴，害了范童。因此索性挑明，说给区亮听，让区亮下不来台，不得不给她一个面子，从而不再跟范童计较。这是她第一次叫“区总”。

“乐红说得对，这又不是啥子见不得人的事。谈吧，反正现在你一个月也有四五千了，不缺恋爱资本。不过，我还是得提醒你一下，要谈就好好谈，千万别当儿戏，要对得住人家才好。”区亮没反对，乐红、范童自是很高兴。

“啥儿戏不儿戏，你以为现在还像我们那个时候啊，现在的年轻人，不谈个十个八个就收不了心，一句话说不拢就拜拜，好像谁都不用对谁负责！"喻芳气呼呼地说。

"嫂子的思想就是先进，能跟上时代。是啊，这都啥年代了啊！不错，前卫。不像某些人，像个老古董。"乐红别有所指地说。

"好啦好啦不说了，时间真差不多了，要上课了，走了。乐红，你走不走？"区亮说完，起身就走。边走边想，这个大军，但愿他莫陷太深，不然到时有他好受的。乐红也是，只恋爱不结婚，看你到时怎么交差……

乐红进厨房漱口后出门来，区亮已到巷子口。乐红拿出当年短跑冠军的速度，追上区亮，乐呵呵地说："你知道吗？听黄姐说，老谢最近可能有大动作噢。"

"啥大动作？"区亮很好奇，丢掉心事，赶紧问。

"哎哎，还是不说这个吧，一句两句说不清楚，等会儿放学再给你慢慢说。先说说你的事吧。饭前你说招不到人，我看啦，你最好还是搬去写字楼，说实话，这个地方真没个公司样，要换作我，我也不会来。"乐红现在对区亮的看法有了明显转变，她觉着在聪明、贤惠、能干的喻芳帮助下，他完全能把公司干好，却也十分担忧：如果区亮小富即安，不思进取，过于老实，不善改变，只做个"大业务员"，不好好发展团队，那这公司也没多大盼头。

"我何尝不想搬呢？可目前条件不允许呀。虽说不欠账了，可口袋里没钱啦。喻芳闺蜜那十万块，我想再用一年，可喻芳说啥都不同意。她这人怕欠账。我说合理的负债还是必须的。她说这年头钱不好挣，得稳点儿。这事我俩始终说不到一块儿去，没少起争执。

"不过，说实话，这生意的确也没有前两年好做了。大公司要这门资质那门认证，门不当户不对，啃不动；小公司倒是好做，可量小，做得热闹，骨头多，肉少，账上有，账下无，往往是有点汤喝就很不错；老板都很精，稍大点的单，都亲自过问，不信采购员。只要事情一到老板那里，那价格砍得，哎，不用说，定是血流成河，到嘴的肉都得吐出来，最后全剩一堆骨头。

"那到底做还是不做？做，找死。不做，等死。简直就是在牙缝里求生存。如不精打细算，看菜吃饭，稍不留神就亏本。我还算幸运，多少挣点儿，至少没亏。我是这么想的，今年快过完了，等明年吧，明年要是能做到五百万，后年一定搬进写字楼。"

"我不懂经营之道，只是提个醒，你自己看着办吧。我们厂的业务，我现在还说不够话，等打通关节再告诉你。"乐红还想说，可上课铃响了。于是分开，各进各教室。

课间休息，区亮收到一条短信，是仇小华发来的，说过两天无论如何得找区亮聊聊。自从仇小华转完股权离开三江新村后，就再也没回来过，也从没主动联系过区亮。"今儿个他怎么突然想起我来了？找我聊啥？遇到难事了？纯为叙旧？"区亮有些惊讶，却也没作细想，这条短信，就像此时他头顶飘过的那片不起眼的破片云，过了也就过了。

第二部

谁都想用一圈轮辙辗过整个世界

第十四章

区亮帮采购搬家不断惊魂
喻芳拒区亮说事非要离婚

东官的气候，季节性不强，秋天来了，却没个秋天样，难见一片金黄，更不见一片落叶。不论高大苍松还是矮小野草，到处绿绿葱葱，生机盎然，仿佛谁不都愿落后谁……区亮坐进教室，读着一段小文，正打算把手机调至静音模式，突然"叮咚"一声叫，吓他一跳。一瞧，又来一短信："区先生，能不能帮个忙，今天我搬家，一时找不到车，想借你车一用，行吗？要是没空，也没关系。"再一瞧，她！

这时老师还没进教室，同学们大都不在座位上，区亮收起课本，不要命地往外冲。

冲到校门外，回完短信，赶紧给胡师傅打电话，请求胡师傅无论如何得帮他跑一趟深鹏市，刻不容缓。

胡师傅同他老婆正在青少年宫陪女儿排练，一个少儿集体舞蹈。女儿要参加市里组织的国庆六十周年大型文艺表演，这是最后一次彩排，如表现不好，很有可能被刷下来。女儿很重视，希望爸妈都陪着她，给她打打气，加加油。胡师傅和他老婆也都很重视。他俩做梦都没想到，一个只住着十多平米出租屋的外来家庭的孩子，也有机会登上东官的大舞台。他俩都没啥文化，从湖南老家来东官城里打工多年后才结婚生子，为了给女儿创造一个较好的成长环境，才东拼西凑买了辆二手面包车，干了这来钱相对较多的拉货营生。

好在胡师傅是个热心肠。胡师傅挂了电话，丢下老婆孩子就跑了。

"胡师傅，你一定要记住哈，到了客户那边，千万不能叫我区总，叫区经理、区生、区亮，甚至叫小区都行，总之就是不能叫区总。因为这采购经理不知道我就是老板，只知道我是个业务经理。我见客户都递业务经理的名片，不好意思递老板的名片。没有哪个老板像我这样一天到晚搞得灰头土脸的，你说是吧？也担心大家把我们公司看小了，哪有大公司的大老板出来跑这等低级业务的？还有，你不能说你是外面拉货的，你得说你是我们明君公司的专职驾驶员，主要负责物流。是物流，不是送货。总之呀，职务往小说，实力往大说……"区亮不放心，一路上叮嘱了好几遍。

"这娘们也真是，早不搬晚不搬，偏偏要在这个时候搬，搬完估计天都黑了。"胡师傅还在牵挂女儿，有点小情绪，却没对区亮说女儿正在彩排的事，他不想给区亮压力。

"别讲了，我都记住了。"

"不出意外，搬完这个家，你我都有得忙了。"

"怎么说？"胡师傅顿时来了精神。

"我跟这采购经理打交道都快两年了，啥办法都用尽了，她就是油盐不进刀枪不入。她属于那种给你希望却总让你失望，到最后你不得不绝望的人，想骂骂不出口，想哭哭不出声。这回她既然主动找到我，肯定就有戏了。这戏不是小戏，是大戏，他们公司一年的电池采购额绝对不会低于一百万。这样我明年的目标任务至少就完成了五分之一。你想想看，你接下来是不是就更忙了？"区亮越说越兴奋。

"早说嘛，你放心，等会子保证把她这个家搬得巴巴适适的。"

"要得，要得。"

"锤子哦。"

胡师傅很高兴，见区亮又说家乡话"要得"，也跟着学一句"锤子"。说完，哈哈大笑。区亮也跟着哈哈大笑。

区亮敲采购经理房门时，听见房内有吵闹声，立马住了手。仔细听，一男一女。再敲，门开了。开门的男人恶狠狠地盯着区亮和胡师傅，像是要吃人。可也就盯了几眼，话不说屁不放，转身走了。区亮不知这待遇有几个意思，不敢贸然抬腿进屋。正犹豫，只听得那恶男一声大吼："滚吧！"接着采购经理就从房间里"滚"了出来，极快速地走到区亮面前说："谢谢你们！"

区亮说："没……没事儿。"咬字轻得有些沉重。

胡师傅一见到客厅里的大包小包，手就开始发痒，热情地问："这些都是我们的吧?"

话音刚落，站在不远处的恶男又吼上了："还说不是，都我们了!"

胡师傅受了惊吓，以为自己说错了话，慌忙放下包。

"不管他，我们走!"采购经理怒气冲冲地说。

区亮想到此地不宜久留，赶紧咬胡师傅耳朵："争取一次搬完。"

胡师傅曾在搬家公司干过，打包搬东西是行家里手，再复杂再难搬的东西，只要到了他跟前，都会服服帖帖。他一眼扫过去，一肚子的加减乘除，很快就算好了。

"你就背这包提这俩桶，剩下的我来。"

"开啥玩笑，你一个人扛这么多?"区亮勒紧嗓门轻声叫道。

"废话! 快帮我把这个布包绑左腿上!"胡师傅说这话时，已给自己右大腿绑了个布包。接着用绳子捆好两个中等个头的包，一个斜挎在右肩，一个斜挂在左肩，活动活动，感觉还行，就让区亮把那最大的包放到他背上，又把一个相对较小的包挂在脖子上，飘在胸前，然后一只手拉一个旅行箱。还剩下一个蔫巴屁臭的布包和一条精神饱满的毛绒狗，怎么办? 好办。包顶头上，狗衔嘴上。

采购经理背着个旅行包，手里提着两个小匣子，瞧样子，一个化妆品，一个首饰，见胡师傅"全副武装"走出来，先是一惊，接着就笑喷了。

不仅采购经理笑，连那一直站在客厅中央的"监工"恶男都笑了。

区亮只在心里笑，脸上始终绷着，给人一副十分卖力的模样。区亮瞧不见胡师傅的脸，不知道他笑没笑。

采购经理在前面带路，区亮走中间，胡师傅走最后。楼梯间有些逼仄，光线又不好，不能快下，只能一个台阶一歇脚。胡师傅更下不快，嘴里的狗挡住了视线，只能用脚看路。采购经理虽没负重，可她穿的是高跟鞋，也下不快。

"还好，就下一楼。"区亮正在心里感叹、替胡师傅紧张，不料手机响了。两手不空，怎么接? 不管它，让它叫，下楼再接。

手机铃声是那种急促的尖叫声。"电话一响，黄金万两"，区亮担心业务电话漏接，特地开了最高音。

急促的尖叫声，一声接一声，声声都叫急性子的胡师傅着急，巴不得一步下到楼底。手机尖叫一声，他心紧一下。再叫一声，再紧一下。叫叫紧紧，紧紧叫叫，渐渐地也就习惯了这种节奏，反倒不如起初那么紧张着急了。要是就这样一路尖叫下去就好了，可它偏不，眼看就要下到楼底，这该死的尖叫声却只叫一半，另一半出不来，一下就打乱了胡师傅的节奏。胡师傅心下一咯噔，腿一颤，脚一滑，一个趔趄就栽了下去。没长后眼的区亮和采购经理，仿佛就在刹那间，也一一栽了下去，像玩多米诺骨牌那样。顿时，大包小包、瓶瓶罐罐和着三个走不快的"瞎子"，没经几番沉浮，便归于一体了。三人呼天喊娘、魂不附体的尖叫声，也归于一体。

"完啦完啦完啦，要命要命要命……"区亮在心里一遍遍地哀叹着，无助极了。更要命的是，两个汗流浃背臭烘烘的老男人，区亮碰头，胡师傅追尾，竟结结实实趴到了采购经理的玉体上，闻得见那刚喷过的香奈儿。

三人奋力挣扎起来。还好，都没伤。可区亮的心却受了伤，他十分担心他的大订单因此泡汤，尽管采购经理不断说"不要紧，没关系……"直至搬家结束，狼狈钻进车里，他都还在担心。

胡师傅不管区亮担心，只管把他那兴奋的脚往油缸里伸。他已获知消息，女儿选上了。

一路畅通，车到皇江镇，区亮才想起看手机。没想到那个该死的未接来电居然是乐红打来的。不，人家哪里该死了？不是约好放学聊聊谢建伟的"大动作"的吗？你自己不打招呼提前跑了，还好意思怪人家？是的，该打。这就打。

"你也不看看，这都几点了呀，天都擦黑了！我已回到奇石了，下个礼拜再聊吧。"乐红很不耐烦，说完就挂了。

回到家里，区亮本打算先歇一歇，然后再把今天的遭遇讲给喻芳听，不料话还没起头，喻芳就不依不饶地扑了上来，非要他说个子丑寅卯来，不然就要离婚。可这种事怎么说得清？区亮急得双脚跳，不知如何是好。

这到底是怎么回事？事情是这样的，喻芳坐到区亮身边，打算问清为啥这么晚才回家。刚坐下，她就嗅到了区亮身上淡淡的香水味，还说出了香水的牌子和香型。

不用说，区亮身上的香水味来自采购经理。采购经理以前都把香水喷在腋下，这回走得匆忙，喷到了耳背。区亮刚才和采购经理"耳鬓厮磨"了一番，香水不请自来。可喻芳都把他逼问到了墙角，都闹到了要离婚的地步，他也还是不明白这香水到底来自哪里。他鼻炎较重，除了氨水、油漆、辣椒等特别刺鼻的味道外，其他诸如花香、汗味、煳味等较柔性的气味，不论香臭，一概闻不到，那就更别说淡淡的香水味了。相反，喻芳的鼻子比狗灵，再淡的香水味她都能闻到。

区亮认为喻芳完全是无中生有、无理取闹，不就没打招呼回来晚了嘛，不就没回短信嘛，多大点事呢？再说我都一五一十原原本本地解释过了，给人家采购经理搬家，中途出了点状况，甚至包括三个人撞到一起都说了，你为啥还不信呢？为啥非说我一定有外遇了呢？甚至都怀疑到乐红和钟老师头上去了！我要真是那样的人，还用费尽口舌把你从老家"请"来身边吗？

闹到最后，区亮就说："你不会是自己有了外遇，倒打一钉耙吧？离就离！谁怕谁！我就不信离了狗肉不成席！"

喻芳见区亮气成了筛子做的锅盖，丢下一句"你好自为之"就去开门，她打算把区亮先晾起来，之后再作打算，不巧遇到妮妮来敲门。

区亮见到妮妮，立马冲过去，俯下身子，抱起来，狂舞三圈，笑呵呵地说："宝贝作业做完了？走，去把杜甫的《登高》拿下！"不由边走边感叹，"无边落木萧萧下，不尽泪水滚滚来"。

喻芳借区亮和妮妮"演戏"之机，赶紧钻进洗手间，把一张泪痕斑斑的脸洗了又洗，擦了又擦。

该睡觉了，左等右等不见喻芳来。区亮不放心，打她手机。关机！一个鲤鱼打挺爬起来，出门去寻。

寻来寻去寻不见，才想起妮妮来。轻轻推开妮妮卧室门，只见，妮妮把喻芳搂得紧紧的。

第十五章

区亮兴奋过度险酿车祸
小华热情似火暴露家底

"何必累死累活，累死了给人家腾地，多冤，耍几天再说！"区亮翻来覆去睡不着，不仅喻芳让她不爽，蚊子也让他不爽。空调坏了没来得及修，蚊子十分猖狂。蚊香没用，电蚊拍更没用，就那繁殖能力，谁有那大本事给它打尽？打不尽也得打，哔哔啵啵的听着解气。没想到打着打着打疲累了，不知不觉竟睡着了。

第二天一睁眼，想到上午得去小岭山镇送货、收款，下午还要陪范童拜访深鹏市一大客户，又比急了的兔子跑得快了，吃过早饭就出了门，昨夜的气，似乎全消了。

而喻芳，一觉醒来，也是该干吗还干吗，早饭照样给区亮喂得饱饱的，昨夜之事，只字不提，好像得了健忘症似的。

新的一天注定有新的事情发生。送货路上，区亮接到"香水经理"的电话，她让区亮赶紧重新送样、报价，争取在一个月内把生意做成。"成啦！胡师傅！"区亮挂掉"香水经理"的电话，尖叫道，边叫边伸手去摇胡师傅的臂膀。胡师傅没防备，一下就把车头甩到了最右边的车道上，接着一个急刹，又猛打方向，不料车头又一下甩回左边车道，于是赶忙再向右边轻打，牢牢稳住方向盘，小面包这才一耸一耸地停在了路边。

"还好后面没车，电池装得不多，不然……"胡师傅边说边擦额头，区亮"嗯嗯嗯"的不停点头。两张臭脸青一块紫一块，活像此时天边的云彩。

区亮还没从惊愕中清醒过来，仇小华就打来了电话，说他已到三江牌坊，问区亮是在家里见，还是到外面喝茶。"啥事那急呀，这大清晨的！"区亮吼道。

仇小华丈二和尚摸不着头脑，毫不犹豫挂了电话，冲路边的一条流浪狗骂道："锤子！不得了！红苕屎还没屙干净呢，跩个锤子跩！"

仇小华是个地地道道的城市人，家里从小都有大米吃，他骨子里的那本老黄历，无论时代怎么变迁、岁月如何流转，始终撕不干净，一生气便瞧不上曾经只能靠吃红苕过活的农村人区亮。

仇小华挂掉电话，区亮也不计较，权当垃圾电话，连同他的余悸，一起丢掉，安安心心送货。

送完货回家的路上，胡师傅说："下月我就更忙了，你要拉货一定要提前给我打招呼，我怕忙不过来。"

"那是，下月我这里要送的货就多了。昨天那个家搬得实在是太值了。"

"我说的不是这个。"

"是啥？"

"我在庞贝市场弄了个摊位，卖菜，主要是我婆娘卖，我只负责进货。"

"那……那怎么搞？"

"没事啊，你的货我反正会拉呢，就是最好得提前说下。"

"行。"

"你家里是不是来客人了？"

"没有啊，怎么啦？"

"我想请你去帮我看看那摊位，你比我有经验，给我参谋参谋，看看到底卖些啥子东西来钱快。"

"呀，小华，天啦！"区亮突然想起"家里的客人"——仇小华，一面答应胡师傅改天一定去做参谋，一面拨打仇小华的手机。

仇小华见是区亮，良久不接，他还在怄气。那边区亮索性挂了，重打。仇小华瘪瘪嘴，到底还是接了："干吗？"

"不好意思啊，刚才差点出了车祸，没来得及给你回电话。你在哪儿？我去接你……"区亮似乎没有听出仇小华的怒意，说话客客气气的。

"肥妈这里，来吧，我请你。"仇小华接受了区亮的道歉，语气变温和。

　　肥妈望见区亮，迎出来，朝店里努努嘴，轻声说：　"别和他一般见识……"刚才仇小华在肥妈面前没少怨怼区亮。

　　"不好意思啊小华，让你久等了，今儿个好堵车，还不如骑自行车快。"区亮老远就打起了招呼。

　　"哟嚯，区总，这派头，混得不错啊！"仇小华换了副面孔，热情简直到了家，又是握手，又是拥抱，弄得区亮怪不是滋味。

　　区亮长期搬运电池，体力消耗大，饿得慌，不忌口，胡吃海喝，总当垃圾桶，结果很快脸和肚都鼓了起来。再加上前不久又换了个发型，中分改成倒背头，又打摩丝又喷亮油的，看上去的确像个混得不错的大亨。

　　"你就莫笑话我这个搬运工了。还是你好啊，潇潇洒洒的，想去哪儿就去哪儿。老子小时候放牛，被牛拴着，没想到工作了，被电池拴着。也不晓得啥时候才是个头。有时候甚至觉得，不是老子在卖电池，而是电池在卖老子。"区亮平时几乎不说这些在"外人"听来"不干不净"而在万州人听来却十分亲切的"万州言子"，可为了和仇小华"套近乎"，他不得不如此这般。

　　"你都在瞎扯些啥子哟……好啦好啦，不扯这些乱七八糟没用的，说正事。我这回来找你，没别的事，就想请你帮个忙。"

　　"啥忙？"

　　"我看好了一款车，二手的，手头紧，想找你先挪一万。也就挪个把月，顶多俩月……"

　　"啥时候要？"

　　"越快越好，最好就这两天。提了车，你随便开。我觉得你也该买辆车了，不要老是租那几万块钱的破面包，不体面不说，还不方便。"

　　"你这车多少钱？"

　　"要两万多呢！"

　　"肥妈，加点酒！"

　　区亮一听两万多，口里包着的一口茶水立马变硬，一口咽下去，险些把喉管涨破。慌慌张张地不知说啥是好，就叫肥妈加水，茶壶快干了。

　　"啥酒？"肥妈问。

"啊……噢……不是酒……是水。"区亮喉咙痒得不行，费劲说完，"咳咳咳"地咳个不停。

"要不来点酒吧？"仇小华没看出区亮有啥不对劲。

"不……不不，下午还要去深鹏，喝……喝不了。"

"你这是怎么啦？刚才不还好好的吗？"

"没……没事儿，昨晚和……和喻芳吵了一架，火气大，空调开大了，铺……铺盖没盖好，有点小感冒，不……不碍事。"

"吵架？你们两口子也会吵架？太阳打西边出来了？"

"没……没事儿，都是女人疑神疑鬼小肚鸡肠给闹的。差不多了吧。回头你把账号发给我，我让喻芳转给你。"

"急啥嘛，还早，再聊一会儿，我话还没说完呢。"

"那你说吧。"区亮不结巴了，说完就想，乐红不理他，就来缠我，接下来，不晓得他还要请我吃多少饭。

"我打算就待在东官市区了，不走了，等会儿去三江新村那边找找房子。"

"好啊，我又多了个伴儿。"

"……这大半年天南地北地跑下来，我算是明白了，当你在挑城市的时候，其实城市也在挑你。你不喜欢这城市，其实这城市也不喜欢你。我还是觉得东官好……以前在月光混日子不觉得，现在才发现这工没法打，一个萝卜一个坑儿，一个钉子一个眼儿，太套脚了。我还是打算自己搞。我都打听好了，在东官这边跑黑出租生意好得很，一个月随随便便挣个一两万……"仇小华又说到口泛白沫。

区亮不想讨论"人和城市"的关系，也不想打消他的积极性，只管点头称是。

区亮见时间真不早了，想到还有一大堆事等着他，就强行买了单，匆匆往家赶。

第十六章

区亮收款再遇尴尬解心结
老杨来电又闻癌症患心病

阳光依然明媚，小院里的两棵桂花树也开了花，尽情地芬芳着，区亮深吸片刻，叫上范童，马不停蹄地往深鹏赶去。

第一站，小岭山镇，交收款资料。"今天开奥迪来，总不要我下车登记了吧？"区亮吹着口哨径直开至栏杆前，停下，等那保安乖乖地把栏杆"爱呀爱呀"地翘起来。

可等了半天，其实也就十来秒，栏杆纹丝不动，保安也不出来张望。难道睡着了？啪啪啪，区亮使劲打喇叭。打喇叭也没用，仍旧纹丝不动。怎么回事？保安没在？"范童，下去，瞅瞅。"区亮说道。

范童正要开车门，后面恰好来了辆车，喇叭打得山响。范童不管它，只管下车往保安室冲。刚冲到门口，保安跳了出来，破口大骂，骂区亮神经病不懂规矩。

区亮见势不对，赶紧倒车。后面的车又大叫起来。他这才从后视镜里看到，后面那车也是辆奥迪，有些眼熟。

后面奥迪离得太近，一动不动，他斗了十几盘子，斗到满脸通红，才挪到路边摆正。刚摆正，栏杆就"爱呀爱呀"地翘了起来，后面奥迪一踏油门，"嗯——唔——"，一声长啸，昂首挺胸，冲进了大门。

这是怎么回事？难道是范童已登记好，准备放我们进去，后面那辆奥迪钻了空子？嗯，很可能是这样。

可他还是不服气，禁不住把这事说给了采购。采购听完，喜得不行，笑着说道:"开那奥迪的是我们老板。保安就那脾气,对谁都这样,连老板都畏惧他三分。因为他坚持原则,十多年来,他所管辖的区域是零事故。你不了解他,他这人其实挺善良的,经常帮助那些刚来的小工仔、小工妹。他有个叫得响的名字——'一夜情'。"

"啥意思?"区亮把眼睛瞪得大大的。

"别误会,'一夜情'的意思是,明明今天晚上他还和你称兄道弟有说有笑,可要是你不按规矩办事,明天他照样对你一恶二狠三吼叫,一点情面都不留。不信你叫'一夜情'试试,保证他答应得憨痴憨痴的。"说完又大笑一通。

区亮跟着笑,可笑得并不轻松,脸上热辣辣的,心里也怪不是滋味。出门时,他特地走下车去,给"一夜情"发烟,边点烟边点头,始终微笑着,不说话,傻傻的。"一夜情"愣愣地看着他,也不说啥,一直目送他和他的奥迪消失在车流中,才垂下眼帘,不住地摇头。

半月后,区亮收到"香水经理"的签名订单,货值近十万。这可是他近一年多来最大的一张订单,而且单价漂亮,结算期还短——上月货,下月结。他抓起电话就给"香水经理"打。他要对她诚心实意地道一声"谢谢",尽管在那三月不知肉味的日子里,她曾一次又一次地让他失望,甚至绝望。

"您好!请您过会儿再打,她现在不方便接电话。"一个小女生。

"请问你是……"区亮有些纳闷。

"我是护士。"

"她怎么啦?"区亮有些惊讶。

"请问您是她什么人?"

"我……我……我是……"区亮有些结巴。

"不好意思,我们得对病人保密。再见!"

"别别别,等等等等,你们是哪里医院?不不不不,请问你们是哪家医院,在哪里?"区亮有些慌张。

"您到底是她是什么人?"

"我是她恩人。不不不,她是我恩人,我得去看望她,麻烦你告诉我一下吧,谢谢你了。"区亮有些无奈。

"不好意思，这恐怕不行。再见！"

挂了！

正叹息，手机叫了，一个陌生电话。

"喂，你好。"声音又小又颤，像做了亏心事似的。

"你好些！"一个小男生。

"请问你是哪位呢？"语速、语调、语气立马变得客气而富有激情。

"我的声音都听不出来啊？忙晕头了吧你！"

"老杨！"杨志瑜的太监之声确有特色，一提醒区亮便反应了过来。

"不错，算你还有点良心。"

"我们八方找你，你死哪去了？"

"说来话长，改天我去你那里，见面聊。"

"你现在哪里呢？"

"凤港。"

"搞半天就在东官啊！一直在凤港吗？怎么也不打个电话？想急死我们呀！"

"还是改天说吧。"

"改天说，改天说，那你今天给我打电话做啥嘛？"

"报个平安，还活着。"

"合作？还是活着？"

"都有吧，还是改天一起说吧，我这里还有点儿事，你先忙，到时给你电话。"

挂了！

这个老杨！到底怎么回事？区亮假设了几多种可能，喻芳全给他否了。

区亮对杨志瑜为啥如此关心呢？

"五人小组"，若论个人感情深浅，区亮和杨志瑜，区亮和乐红，几乎不相上下。在月光集团，区亮和杨志瑜在一起共事的时间最长，且有过命的交情。

那是二〇〇二年秋天的一个晚上，区亮和杨志瑜去丽佳棉纺厂住昆明办事处打麻将。在返回他们自己办事处的途中，杨志瑜骑车走前面，区亮紧跟其后。深夜道路干净，杨志瑜就放开跑，区亮使劲追。来到世博园附近的一个十字路口，一辆没开车灯的桑塔纳眼看就要冲进路口，杨志瑜埋头骑车没看见，区亮看见了，大喊："小心！车！"此时风很大。区亮见杨志瑜没听见，急了，猛地冲前去，一把抓住杨志瑜手臂，猛地一拉，凭借惯性，飞出一段，双双倒地。倒地瞬间，桑塔纳擦着自行车后轮呼啸而过，杨志瑜捡回一条命。

　　杨志瑜也救过区亮。那是二○○四年夏天，他俩调去北京办事处，开辟碱性电池市场。第一批试机电池运到办事处后，有一小部分已拔碱、漏液。销售副总说要挑选一下再投放市场。于是开始挑选。那天是星期二，办事处停水停电，天气炎热，杨志瑜打算去外面凉快凉快，不挑了。区亮却坚持挑，因为第二天有个客户要来看货。挑不多时，只听得"嘭"的一声巨响。杨志瑜扭头一瞧，电池爆炸了！再一瞧，碱液喷到区亮右眼里了！区亮疼得哇哇直叫，抬起手正要擦眼，杨志瑜大喊："别动！"喊完冲进洗手间，一拧水龙头才想起停了水。箭一般冲出来，大嚷："抬起头来，蒙住左眼，闭上嘴巴，捏紧鼻子，别动。"杨志瑜褪下裤子，拖出"喷枪"，憋足气，使劲扫射。杨志瑜尿酸高，酸碱一中和，区亮捡回一只眼。有惊无险，区亮十分激动，禁不住赞美杨志瑜说："真不愧是电化学高才生！"

　　但事有轻重缓急，区亮暂时还顾不上杨志瑜的"活着"和"合作"，他得首先打电话给"香水经理"的助理。

　　一通电话，什么都清楚了。今年三十二岁的高级白领、工作狂、至今单身的"香水经理"，半个月前体检，报告说，肝癌，晚期。她接受治疗，但拒绝手术。她不动声色，照常上下班，打算把手头工作做完再辞职。直到昨天她晕倒在办公室，助理送她去医院，她才把体检结果告诉了助理。区亮发现，那张近十万元的订单，日期二○○九年十一月十一日——正是昨天！

　　喻芳听说区亮要去看望"香水经理"，立马出门去。

　　出门回来对区亮说："看病人最好一大早去，下午不能去，下午是看死人。"

　　"我就不信还能把肝癌晚期看活。"他心里这么想，嘴上却没说。也不再搭理喻芳，安安心心准备样品、规格书和快递单。

　　第二天一大早，区亮抱着康乃馨，步履沉重地往"香水经理"的病房走去，喻芳紧跟着。

区亮见"香水经理"蛮精神，竟忘了问病情，照常拉家常。这场面，给喻芳的感觉，像是在宾馆进行一场商务交流。谈话间，喻芳从包里掏出一个盒子，递给"香水经理"。"香水经理"接过盒子，眼睛顿时明亮起来，开心地说："你是怎么知道我喜欢这个牌子这个香型的呢？"

喻芳笑笑说："随便买的，你喜欢就好。"

"香水经理"又问："你就是喻芳吧？"

喻芳很惊讶："你怎么知道？"

区亮也很惊讶。

"香水经理"顿了顿说："唉……这事说来话就长了，都是我那不争气的弟弟给闹的。就是那天你们给我搬家时见到的那个又凶又恶的家伙，他是我弟弟，亲弟弟。我们家就剩我们两个了。我爸妈走得早，我得管他。那套房子是我给他买的，本想他踏踏实实干点事儿，好成个家。可他不听话，野得很。我想到我的日子不多了，不想让他到时伤心害怕，就搬了出来。他不知道我生病了。他很在乎我，不想我嫁人，丢下他不管。那天他以为区总是我男朋友。本打算等他结婚时我再搬，再考虑我个人的问题，没想到他不争气，到现在还没个对象，更没想到我的身体也不争气。唉……好了……不说了，我现在不能说太多话。区总你还是去问问你原来那同事杨先生吧，他什么都知道。"

"说半天这不等于没说嘛，还神神秘秘的，看来真是病得不轻啊！"喻芳在心里感叹。

亲弟弟，不是男朋友，区总，她是怎么知道我就是老板的？杨先生，哪个杨先生？区亮突然紧张起来，轻声问道："你是说杨志瑜杨先生吗？"

"香水经理"点头作答。

区亮差点跳起来，喻芳拉了下他衣角，他才强压住激动的心情，照旧轻声说："好的，我到时间问他。谢谢你，帮了我那么大个忙，也不知道怎么感谢你才好。你以后有啥需要我帮忙的，尽管说话。"

"香水经理"挪了挪身子，她想坐得更直点。调整好坐姿后她说："这个你不用谢我，要谢你就去谢杨先生吧。"

怎么又是他？区亮巴不得马上离开，把杨志瑜拉出来审问一番。可他终究还是耐下心来，说了再见，才故作依依不舍地离开。

第十七章

老杨失踪谜掀起盖头
喻芳遭抢案浮出水面

区亮走出病房，盯着喻芳，一言不发。

"干吗这样看着我？"喻芳惊问道。

"你怎么想起给人家送香水呢？"区亮想，都是要死的人了，还会喷这玩意儿吗？浪费！

"怎么？不行啊？"

"万一人家不喜欢怎么办？"

"没有哪个女人不喜欢！"

区亮不说了，转身向电梯走去。

那晚他俩为香水拌嘴后，喻芳静下心来一想，很快就想到了这香水的来源，基本认定区亮的"交代"是属实的。接着，那个近十万元的订单一到，她就完全相信了区亮的"交代"。她见到订单的那一刻，就想到要买瓶香水感谢"香水经理"，也想以这种方式偷偷给区亮道歉。昨天上午她急急出门，不为别的，就为买香水。

医院离凤港镇不远，区亮卯足劲，全神贯注往凤港开。到了凤港地界才给杨志瑜打电话："在哪儿？告诉我具体地址，马上杀过去。"

"没空！"

"我和喻芳已到凤港了！"

"空空空！早说嘛！"

他俩见了面，都不闲聊，开门见山直奔主题，长话短说。

　　杨志瑜现在是多多电池厂的法人代表，持少量股份，每天忙得不可开交。集中精力忙了一两个月，在接到"香水经理"电话后，才给区亮打电话，顺便报个平安。

　　多多电池厂独门独院，不大，也就百来号人，可大股东殷多多却不小，他在内地有一家颇具规模的藤艺制品厂，经营多年，实力雄厚，多多电池厂不过是他的一个副业。他当初做这副业的目的是给自己的藤艺厂配套，后来没想到人家非要买他的电池，推脱不掉才扩大了规模，规模扩大索性对外销售。可殷老板不懂技术，是个门外汉，下面一帮所谓的专家尽糊弄他。几年做下来，亏得一塌糊涂。尤其是前不久，电池大面积漏液，损坏了用电器，赔了人家近三百万。于是他就想找个真正的专家来打理。

　　殷老板首先想到杨志瑜。"五人小组"时，杨志瑜负责采购，没少和殷老板打交道。交往多了，自然知根知底。可杨志瑜人间"蒸发"了，殷老板怎么找都找不到。

　　殷老板是"香水经理"公司的电池主力供应商。他和"香水经理"的关系特好，好到人家怀疑他俩"有一腿"。一天，他接到"香水经理"的求助电话，希望他帮帮忙，救救她弟弟。她弟弟被社会上的混混绑了票，说打牌欠了钱。她只能转钱不能报警。混混们恐吓她"报警就撕票"。

　　留着一大把山羊胡须、通常是一身"老爷装"的殷多多老板，不仅艺高人胆大，也有一股子侠气，接到求助电话，毫不推辞，立即组织人力，直奔目标而去。

　　混混们年龄不大，都是二十来岁的青头疙瘩；实力也不大，几把杀猪刀，只够吓唬吓唬猪，根本吓不倒像殷老板这样智勇双全的人。殷老板没费吹灰之力就把混混们的老巢给端了。

　　要不是亲眼所见，殷老板打死都不信，杨志瑜居然也关在这里。

　　此时的杨志瑜已瘦脱人形，倒不是吃不饱饭，而是精神压力太大，长期睡眠不足。大半年不理发，又不常洗头，之前精精神神顺顺溜溜的"妹妹发型"，竟变成了一个烂鸡窝，原本不大的脸盘，经烂鸡窝一遮挡，远远望去，只有二指宽。嘴角和下巴都飘着长长的胡须。一身橙色篮球服，像是从垃圾堆里淘来的，斑斑点点，又脏又旧。殷老板看过他的身份证，才皱起眉头惊呼："杨志瑜！"

殷老板把的确欠人钱财的弟弟交给"香水经理"管教，把其他混混统统交给警察处理，独独带走杨志瑜，他要单独"审问"他。

殷老板把杨志瑜带到宾馆住下，好吃好喝一通招待，待杨志瑜情绪稳定后才"开审"。杨志瑜坦白了事情的整个经过：

喻芳在工行门口被抢劫的那天，杨志瑜仍在三江新村五巷打麻将。其中一个麻友叫疤子。疤子那天手气背，输光了就说："你们打，我出去一趟，很快回来。"

疤子不到一个小时就回来了，把两扎钱往麻将桌上一扔。

"来吧，有本事都拿去。"

"哟，这么快就搞到事了！"一绺头发染成酒红色、麻友们都管他叫红毛的小子惊叹道。

"还真让你给说着了，东官禁了摩，马路上的人都放松了警惕，一弄一个准儿。刚才弄的是一个美女，名字也好听，喻芳。"疤子得意扬扬地说完，把两扎钱拿了起来，轻轻一抖，掉下一张身份证来。

杨志瑜腾地起身，大叫："喻芳！真是喻芳！"

没错，这两扎钱就是喻芳被抢的那两万，疤子就是喻芳在工行门口看了多眼、记忆深刻、脸上有个金橘瓣一样大小的弯疤的那斗鸡眼。但身份证不是疤子拿的，是身份证它自己钻进了钱堆里。除了钱，疤子啥都没拿，连手机都没拿，他嫌手机太旧。

疤子瞪了眼杨志瑜，给红毛使了个眼色，咔嚓咔嚓摇了几下脖子。

"疤子，这钱你得先放一放，我有话跟你讲。"杨志瑜气呼呼地说。

"行啊，那我们就换个地方讲吧，喝茶还是喝酒？"疤子笑嘻嘻地说。

"都行，随便。"杨志瑜没作多想，张口便答。

出了巷子口，疤子扶着杨志瑜肩膀走。红毛把匕首顶到杨志瑜腰间，疤子就恶狠狠地说："给老子放老实点，千万别乱喊乱动，不然捅死你！"

杨志瑜吓得心发抖，腿发软，自是大气不敢出一口。

二人把杨志瑜牵到舒氏宗祠后面一间出租屋里，先堵嘴，后蒙眼，再捆绑。之后由红毛看着。疤子又出门办事去了。

半夜里，一辆面包车开到楼下，亮着大灯。

两小时后，杨志瑜随面包车到了"老巢"。

疤子知道杨志瑜没多少钱，既不问他要钱，也不打骂他，只要他乖乖待着，做做饭，洗洗碗，打扫打扫卫生。要是有朋友来打麻将，三缺一就让他上，赢了归疤子，输了就输了。

杨志瑜手气不错，赢多输少，直到老巢被端，他身上竟然还有现金八千多，而卡里的钱，一分没少。

杨志瑜讲完，殷老板就谈了他的想法，希望杨志瑜帮帮他，出任多多电池厂法人代表。当然不是白帮，以十个点的股份作报酬。

杨志瑜没有立即答应，他说："我在这'民间看守所'待了半把年，虽说手脚被'捆绑'了，脑袋却是自由的。在这段时间，我至少想明白了一件事，那就是，这世上的钱，能够去挣的就三种：一种是伸手就轻易够得着的；另一种是只看得见，够不着，但只要稍稍努力就能够着的；再一种就是，只是想得到，但看不见，必须下大力气才能看见，看见后还得动大智慧才能够着。那些连自己想都想不到的，千万别听人瞎吹，千万挣不得。您说对吧，殷老板？"

"对对对对对！"殷老板竖起大拇指，激动地说。

"那您让我挣的这种钱属于哪一种呢？"杨志瑜看着殷老板，眼里充满期待。

"三种都有。"

"是吗？"

"眼下挣第一种，企业扭亏之后挣第二种，发展到一定阶段挣第三种。当然这也不是绝对的，也可倒着来，从长计议。还可以交替着来。总之就是，一切以企业的实际情况出发，不放过任何一种可以挣钱的机会。你既懂技术，又懂管理，你自己看着办，我相信你。"

"好！但是，我有三个要求。第一，这个厂子我说了算，您不能干预，全权交由我来做每一个决策，小到买针头麻线，大到全年投资决策；第二，需要注资时，您占大头，您得带头，其他股东才会跟上，我也会按比例注入；第三，当企业发展到一定阶段，我可以收购您手头的股份，至少不得少于百分之三十。主要就这三点，以后的事，我们以后再商量着来。要是您没意见，我现在就跟您走。"这才是杨志瑜真正想说的话，无论殷老板如何诠释"三种都有"，他都会说"好"。

殷老板是个爽快人，满口答应。殷老板知道，就他目前的处境，不爽快也不行。再不爽快，这厂子恐怕活不过今年年底。

"事情的来龙去脉大致就是这个样子。"杨志瑜舒了口长气，又喝了口冰水，才接着说"香水经理"的事，"后来我接手了这个厂，发现我们也在给龙时代供货，我知道你跑龙时代跑得很辛苦，也好想做下来。于是我就找到他们，没想到采购经理竟然是蛮子他姐。我把我的想法告诉她，她说看在殷老板的面子上，同意把订单转给你做。本该早打电话给你的，可这段时间的确太忙了，问题一个接着一个，总是刚拿起电话问题就来了，一忙就又忘了。后来一想，干脆先不找你，等事情搞定了再跟你讲。昨天她打电话给我，说订单已经转给你们，我处理完手头上的事，立马就给你打了电话。说实话，我们厂里现在也很难，本不应该这么做，但一想到你曾救过我的命，也想到你们被抢的那两万块钱，我就不得不这么干了。"末了还不忘补充一句，"疤子他们早把钱挥霍光了，你们那两万块肯定追不回来。"

"唉，这真是，你让我说啥好呢？"区亮有些激动，心想，我还以为是搬家搬出来的订单呢。

"啥都不用说，你以后只要从我这里拿电池就好了。"

"行……行吧。质量没问题吧？"区亮很忐忑，心想，这个老杨，到底是感谢我的救命之恩，还是先给我一点甜头，逼我帮他卖电池？

"质量你放心，有我在，保证没问题。"杨志瑜拍着胸脯说。

"行！那单价和结算期怎么说？"区亮想，只要质量没问题就行，供应商反正也需要，找谁买都一样。

"这个好说。要不你自己说吧，行情你都清楚。"杨志瑜坐在转转椅上转来转去。

"我就一个要求，月结六十天，一月货款，三月底结。单价还是你自己说吧。"区亮说完，快速看了喻芳一眼。

喻芳没有迎合区亮的目光，看着杨志瑜微笑。

"没问题。单价在原来基础上再给你少两分。"杨志瑜突然站起来，双手锁在怀里，原地转了一圈。

杨志瑜转过身去，喻芳这才给区亮点了个头。

杨志瑜这么一说，区亮就不再怀疑他所说的救命之恩了。他粗粗一算，明年一年，如果订单正常的话，龙时代贡献给明君的纯利润，少说也有二十万，差不多够他整个公司全年的开销了。呵，这个老杨，出了名的抠老二，怎么突然就变得这么大方了？看样子他真是上道了，真要大干一场了。好吧，干，一起干，干出一条康庄大道来……

第十八章

借钱借来夫怒妻怨
送货送出心惊胆寒

中午在一家露天川菜馆吃饭，聊天自然少不了"五人小组"，其中最热闹的话题是谢建伟的"大动作"。乐红对区亮讲的大动作和谢建伟亲口告诉杨志瑜的大动作，几乎不差毫厘。

拿杨志瑜的话来说，这个大动作简直就是一个惊天动地的大手笔，谢建伟正在福门镇建自己的工业园，建成后，可供五千人同时作业。五千，可不是一个小数目。

"那这得花多少钱啊？"喻芳问。

杨志瑜说估计五千万就够了。区亮说不可能，这么大个工程没有一个亿根本拿不下来。

"不管是五千万还是一个亿，老谢的钱都花到他儿子身上去了，他哪来这么多钱？"喻芳很疑惑。

杨志瑜说可能是黄姐拿的钱。区亮就说黄姐不可能有这么多钱，她要是有这么多钱，何必还要去干那连名片都不好意思递给熟人的职业？

"黄姐她现在没干那个了，和老谢一起干，帮老谢管账。老谢说黄姐和他的股份是三七开。老谢还说股东总共有四个，明面上就他和黄姐两个。另外两个股东，一个叫光头，另一个叫麻子。"杨志瑜说这话，眼神游移不定，好像此时天空那片浮云，一会儿向东行，一会儿向西走。

"这还差不多，一定是光头和麻子投的资。"喻芳说。

"那光头和麻子占多少股？"区亮好奇地问。

"老谢没说，我也没多问。毕竟是商业机密，哪好意思问？其实我们都是瞎猜，到底怎么回事，只有他老谢才清楚，你说是吧？"杨志瑜若有所思地说。

"说个鸭儿！这还用问吗？肯定只有他老谢才清楚了呀。"区亮笑着说。

"又说怪话！"喻芳气嘟嘟地说。

"那不说了，走，回家！老杨忙得很，等他空了再吹。"区亮笑着说完，真走了。

凤塘大道上，区亮收到一条短信，不方便看，就把手机给喻芳。喻芳打开一看，惊问道："怎么回事？"

"啥子？"区亮见喻芳有些紧张，以为又出了啥稀奇古怪的事，也跟着紧张起来。

"小华给你发了个银行账号，说把一万块打到这个账号上。天啦！不会是他的号码被盗，骗子发的吧？"喻芳越说越紧张，给人的感觉好像已经被骗了一样。

"不是骗子，是真的。"区亮稳稳地说。

"真的？他的钱不是早给他了吗？"喻芳紧张的情绪有增无减。

区亮把仇小华借钱买车的事说完，喻芳一下就跳了起来，可她跳不动，有安全带管着她，她只跳了一小跳，立马靠回去，安全带勒得她锁骨生疼。疼是助火剂，她一下火就上了头，一张鞭炮嘴完全不受控制，只管噼里啪啦一通乱炸："你这人，让我说你啥好呢？你以为你开个奥迪，名片上印个总经理，就是有钱人了是吧？装什么大款呀装？你难道不晓得我们的家底吗？上个月差点连供应商的货款都付不出去，最后差几千块，实在没办法，我只好厚着脸皮又去找我妈。我一天到晚愁死了，你却在外面做浪子，我们在家吃糠子！不借！再说也没钱借！有本事你给我借个十万八万存到账上，随便你怎么浪！可惜屁本事没有，一分钱都借不到！"

话到这里，"屁本事没有""一分钱借不到"，就像两根导火索，立马引燃了区亮脑海里越生越多的情绪炸药，他一个急刹，靠边停下，轮胎在路面划出两道黑色车痕，一声长长的嘶叫，险些把喻芳脆弱的耳膜刺破。她的身子向前急倾，额头险些碰到仪表台，锁骨再一次被勒得生疼。她心胆俱裂，

"啊啊啊"大叫不止，再也说不出话来，像闯进了鬼门关似的，过了好半天才吼道："找死啊你！"

区亮扭头看向窗外，不远处几台挖掘机正在啃噬一个小山包，小山包的皮囊已啃掉，露出红色肌肉。挖掘机一小块一小块地吃进去，又一小块一小块地吐出来，吐给灰头土脸的泥头车。泥头车一辆辆开进来，又一辆辆开出去，不知去到哪里。道路上，来来往往的各色车辆川流不息······他看走了神，越看越朦胧，像过电影似的，竟出现了幻觉，仿佛不远处的那片红，就是这川流不息的车辆碾过人体淌出的鲜血，渐渐地，车流和血流汇成了一片红色的海洋，而他，心跳加速，呼吸困难，怎么游都游不出这片红海······他不想吵架，懒得动嘴。可当他清醒过来，回过头来，心又急切起来，禁不住"问候"了一声："说啊，继续说啊，怎么不说了呢？"

"有你这样的吗？我不过就是说了你两句，难道说得不对吗？不是事实吗？你以为这是我一个人的事呀！我还不是为了你好！为了公司好！我把心都操碎了，你想过我的感受吗？我在老家干得好好的，当初是谁非要我过来的呢？没想到你的心这么狠！想撞死我是吗？"喻芳吼完，又杀猪似的嚎起来。

区亮最见不得女人流泪。喻芳一号叫，他的心肠立马软了下来，紧接着就是莫名的心痛。是啊，我生什么气呢？日子过得这么艰难，大家都不好受，一天到晚累死累活提心吊胆的。我是怎么啦？怎么这样管不住自己呢？他想到这里，喻芳抽一张纸巾，他也抽一张，边递边说："莫哭了，想多了，我怎么会让你死呢？我不就是急了嘛。唉，答都答应人家了，这回就借给他吧，以后我注意点就是了。"说完，也跟着喻芳伤心难过一阵。

"好啦，真不哭了哈。我要开车了哦，你坐好了哈，'浪子'回头金不换了哈······"区亮见喻芳扯声卖气哭得个没完没了，就想着逗她开心一下。

没想到还真灵，跟灵丹妙药似的。喻芳破涕为笑，伸出她那花拳绣腿来，又蹬又打。区亮让她蹬让她打。这蹬蹬打打，气也就随之消了下去。

回到市里，在三江牌坊接上妮妮，二人又开始有说有笑，好像啥事都没发生过一样。

回到家里，即回到公司，喻芳打开电脑，不过几分钟就把一万块转给仇小华了。转了账，也不说，直到仇小华打来电话，区亮才知道已转。"唉，这家伙，啥都好，就是嘴巴不饶人。"区亮有些小感动。

十天后，区亮去龙时代送货，事先买了几包好烟和几袋零食，他要犒劳收货员。

胡师傅不理解，就问："你为什么总是要犒劳他们呢？要是被人家误认为你这么做是想搞什么歪名堂怎么办？"

区亮说："这你就是外行了，犒劳能让他们收货快，传递单据到财务部也快；有个不良品啥的，主动藏起来，不让公司知道，第一时间打电话告诉我前去换走，以免掉进不合格供应商名单里；人家公司有个啥风吹草动的，尤其是财务有风险的时候，他们也友情提醒一下，好让我早准备早预防。既不授人以柄，也不被那些黑心老板坑。

"没错，话不收起说，我的确是想搞点名堂，但我搞的不是歪名堂，是正经名堂，绝不会坑人害人。我也是没办法，要不是之前被人坑得太苦，我才懒得动这个心思呢。我给你举几个例子吧。

"去年，短安镇那客户，就是你只送过一次货、送货不久就全部拉回来的那个，收货员收了我们的电池之后，把电池拿去泡水和短路，然后把泡过水、短过路的电池放回到大货中，送到流水线。结果全退，换货都不行，客户直接做死。"

"你凭什么说人家泡水、短路？不至于这么下作吧！"胡师傅好不吃惊地说。

"金属商标腐烂，要么泡水，要么电池漏液。水和碱液截然不同，一看一摸便知。电池放在那里动不动就没电了，只有一种可能，自反应，就是自己跟自己发生反应。自反应的电流一般都不大，除非隔膜穿孔。隔膜穿孔的可能性极小，几乎为零。因为隔膜穿孔的电池几乎进不了电池生产厂的成品包装车间，在半成品车间存储期间就暴露了。电流不大，温度就不高，商标自然不会起变化。可他们退回给我们的电池商标有些翻卷开裂了。这种现象只有高温才能导致。高温来源有两种，一种短路，另一种火烤。我们发现电池正负极有划痕，一看便知是短路导致的。"

"哇！这些人也真是太坏了吧！不过，你和他们无冤无仇的，他们为什么要这么做？"胡师傅摇头叹息道。

"这还用问吗？你懂的。"

"噢，你说的是那个没到位，懂。"胡师傅恍然大悟似的应道。

"今年上半年，石头镇那个收货员把我们搞得更惨，他竟然把我亲自交到他手上的发票藏了起来。等到付款日，竟说我们没开票，结果重开不说，还得交钱登报，发遗失声明。客户是上帝，不好指责，只能犒劳。一犒劳发票就跑了出来。收货员说抱歉，放失了手。弄得老子哭笑不得，还骂不出口，只能说谢谢，只能感叹说这回你可帮了我大忙啦，不然又要登报又要罚款啦，让人家感觉他这收货工作很了不起。上回当，点个亮，我们只好制作发票签收单，收票签字，留下证据。从这以后，发票才再也没丢过。

"水窖镇那个收货员更搞笑。不知他是新来的、不会念'大数已收，细数未点'的'收货经'呢还是闲着没事干，非要我一箱一箱拆开来，一盒一盒数给他看。否则，拒收。我当时就急了，你想啊，十几万只电池，要数到猴年马月去？没办法，我只好去找采购，希望采购打个招呼，通融通融。

"可采购也说不上话。收货员对采购说，要收你就自己来签字，差了数你自己赔。多一事不如少一事，采购当然不愿意。没办法，只好数。说来也是巧了，拆开第一箱，没数几盒就发现少装了一对。这下可不得了了，收货员到处叫到处唱，说我们家的货少数。不明真相的还以为少了很多很多。

"这下把我的汗都急出来了。急也没用，还得乖乖往下数。我心里十分清楚，像这种少装的情况，有，但少得可怜。于是我就求他，说下次送货赠送几十只，这十多万只电池不可能差几十只。不行！坚决不行！收货员黑着脸，愤愤地说。说实话，我从来没有这样绝望过。好吧，继续数。数到最后，数了整整一天，衣服像被雨淋过一样，汗水把屁股都泡烂了，矿泉水喝了十几瓶，大号装的。结果你猜怎么样？就少了第一箱的那一对。你说我冤不冤？回到家里，一头栽倒在床上，连吃饭的力气都没了。一觉睡到大天亮，辗转了好几次才爬起来，全身上下痛了至少一个礼拜才复原。吃一堑长一智，第二次送货，就送去了香烟美酒，结果就再也不用数了，万事大吉。"

"那天我去哪儿了？"胡师傅简直听呆了，过了好一阵子才回过神来问。

"那天你有急事，卸了货就跑了！"区亮这话的语气里带有责备之意。他说完这话，车已开到龙时代的收货区。举例告停。

胡师傅负责卸货，区亮负责"卸礼"。收货员很热情，不仅讲了殷老板和"香水经理"情同兄妹，根本没那一"腿"，还爆出一"猛料"："香水经理"弃医逃跑，下落不明。

第十九章

乐红相亲搞笑范童嫁妹丢人
喻芳招兵闹心区亮买马劳神

东官的冬，阴了晴、晴了阴，冷了热、热了冷，空气湿了干、干了湿，花开了谢、谢了开，一会儿万鸟归巢，一会儿万巢空鸟……几个循环下来，冬天就过去了，冬天短得连羽绒服袖口都穿不脏。可对范童而言，二〇〇九年的冬天却显得格外漫长。

二〇一〇年春节长假终于在范童的期盼中到来了。

范童去年春节没回老家，回家心切，区亮自然是理解的。范童要带玉梅回家，给父母一个惊喜，心里急切，区亮也能理解。可区亮不理解的是，范童说他急于回家的主要原因是为了他家那捡来的妹妹。他妹妹才十五岁，他父母居然要把她嫁走。父母在电话里不愿多说，只说急得很，必须马上办，叫范童抓紧回。

范童出发那天，乐红也踏上了回家的旅程。她也急于回家。她是被她妈逼急的。她妈托人给她介绍了个男朋友，让她务必按约定的时间到达指定地点。

乐红回到万州的第三天，喻芳带着妮妮也回了万州。区亮不回家，他要借放假这十多天，心无旁骛地做两件事：一是设计业务员招聘海报。他打算节后开工花钱去三江牌坊正对面的人才市场招人。节后开工是招聘旺季，他打算无论如何都要"抢"几个业务员回来。办公条件差，吸引不了人才，那就把底薪开高点，伙食办好点；二是写完"那些换不成钱的陈谷子烂芝麻"，以圆他的文学梦。"陈谷子烂芝麻"这话是喻芳生气时说的。区亮经常写到深夜一两点，喻芳拿出河东狮的架势吼他不务正业，主要是担心他的身体吃不消。

春节期间，方便面是区亮的主食。一箱方便面见底，他才刮去胡子，痛痛快快地冲了个热水澡，换上能见人的衣装，推门而出。他要赶在上班之前去东官广场欣赏一番一年一度的迎春花市。市政府大楼门前和少年宫门前的音乐喷泉开出的会说话的彩水花，由各种鲜花书写的新春祝福，尤其是那座红色的、抽象的标志性建筑，它是东官这片热土及这片热土上勤劳善良的人们热情奔放、积极向上、你中有我我中有你、抱团成长、海纳百川的精神写照和文化符号，他年年都要去和它对话，年年对话后的感受都有所不同。今年对话，他竟然看出了一个大大的美金符号。

万州那边，节后，喻芳约乐红一起返回东官。在候机厅，乐红一见到喻芳就大倒苦水："我妈居然给我介绍了个快四十岁的大叔。大叔虽有几个臭钱，却没有头发，光头。

"光头也不要紧，很多名人都是光头，可恶的是他一张嘴，全是粗话、脏话，还口臭，老远都能闻到。你说，这样一张嘴，怎么谈恋爱？听也听不得，亲也亲不得。

"可我妈喜欢，非要我试着和他谈谈。好吧，那就谈谈。

"腊月二十五那天，我们两个去吃饭，离饭店也就一两百米，我说走路去，他非要开车，开他那不得了的宝马，说下雨天走路脏鞋。你们晓得，那哪是雨嘛，就雾大了点儿。一上车他就不停地给我灌输他那宝马是如何如何的霸道，听得人感觉好像比劳斯莱斯还霸道。开到饭店门口，一看，噢嚯，没停车位。啪！一拳头砸下去，喇叭嗷嗷直叫，比防空警报还吓人。可随便怎么叫，没有就是没有。宝马也没有。等了半天，实在等不下去了，这才慢吞吞地开走。单行道，只能往前开，开出去五百多米才找到停车位。这下好了，本来走个一两百米就到了，结果走了五百多米。在王家坡转龙湖旅游市场的陡坡上，路太滑，一不小心，差点把我给放平了！他反应还挺快，伸手就要来扶我，可我担心他吃我豆腐，赶紧摆手大吼，'别过来！'没想到他胆儿恁小，连退好几步，差点就被后面冲上来的三轮撞倒了。

"这且不说，更离谱的还在后头。

"两个人，就我们两个人，我说在大厅随便找个小桌就好。你们猜他说啥，他居然说大厅不是人坐的地方，非要去豪包。好吧，豪包，反正也不要我掏腰包，爱去哪儿去哪儿。坐下他问我想吃啥，我说随便，你自己看着点，可他却非要让我点。好吧，我点就我点。我就点了个油菜苔。他抓过菜牌，好像很生气，像相声演员报菜名那样一通猛点。你们猜他点了多少，他居然点了满满一大桌！盘子重了三层！一层二层的，别说吃，连看都看不见！

"吃完饭，他说一起到江边走走，江边夜色不错。江边夜色的确不错，黑黢黢的，伸手不见五指，正好整事。可我懒得揭穿他，他说他的，我说我的。我说你今儿个点的菜可能有问题，我吃饭前肚子还好好的，现在开始痛了，不行，我得赶紧回去厕屎。他说回饭店厕。我说不行，不习惯在外面厕，在外面厕不出来，必须回家厕。我怀疑这人智商欠费情商停机，我都这样恶心他了，他居然还不开窍，还要开开心心地说开车送我回去。我实在是没工夫和他掰扯了，我说开车还没走路快，说完就不要命地跑球了，只听得他在后面哇哇大叫……

"我妈没辙，只好投降。"

乐红噼里啪啦像爆豆子一样，喻芳、喻容和吴斌根本插不上嘴，只好一个劲地陪着捧肚子咧嘴笑。

喻容和吴斌原来都在同一家机械厂上班，喻容是操作工，吴斌是驾驶员。二人下岗一年多，工作换了好几茬，高不成低不就，干啥啥没劲。喻芳回家后，讲了公司现状、发展前景，喻容就叫嚷着要跟喻芳走。喻芳没答应，喻容脾气不大好，担心日子久了闹矛盾。喻容见喻芳不答应，就请她妈出面做说客。她妈和喻容脾气差不多。她妈喜欢喻容，也喜欢喻容踏实本分、话不多的老公吴斌。她妈的喜好度排名是这样的，矮墩矮墩的宽脸喻容第一，喻芳第二，瘦高瘦高的长脸吴斌第三，区亮扫尾排最后。喻芳不想驳她妈面子，赶紧打电话跟区亮商量。商量来商量去，商量到最后，感觉竟然全变了，好像喻容和吴斌不来公司，公司里的很多事就都摆不平了！结果自然是满口答应。喻容把儿子丢给吴斌爸妈，拉上吴斌，笑笑呵呵就跟了来。

区亮安排喻容买菜、做饭、搞卫生、管理仓库，没事就学电脑。吴斌主要负责送货，没事就帮喻容打理仓库。

考虑到胡师傅料理菜摊子经常忙不过来，也考虑到公司业务发展需要，区亮决定买辆二手面包车。他把这想法说给胡师傅听，胡师傅就说："正好，我打算买辆小货车，拖菜方便，你把我这面包车拿去吧，三千五千你看着给。"区亮给了四千。

范童也到了。区亮赶紧凑过去，关心一番。醉翁之意不在酒，他不关心范童的舟车劳顿，只好奇范童那十五岁的妹妹嫁人的事。

事情原来很简单。范童他那只上了几年小学的妹妹怀了人家的孩子，范童父母让妹妹把孩子打掉，妹妹却不愿意。父母无耐，只好找妹妹男友商量。男友说不打掉，干脆把婚结了算了，免得肚子大了不好看。年龄不到怎么结？想办法把年龄改大。那彩礼呢？范童父母要十万，男友父母只给两万。谈了好几轮，都不让步。范童回家后，男友父母见范童很漂亮，就断定范童在东官混得很不错，认为这门亲事未来可期。因此不等范童开口，男友父母就主动让了步，说一岁五千，十五岁，七万五。范童原本只打算要五万，没想到还多得两万五。于是不再纠结，欢欢喜喜把婚结。

范童不愿多讲他妹妹的事，感觉很丢人，就转移话题，问区亮招聘的事。区亮说："万事俱备。"

招聘现场人山人海，可应聘业务员的并不如区亮想象的那么多，直到十一点，都过去仨小时了，应聘者都陆续出场了，还一张应聘表没填。也谈了几个，不是嫌一千五底薪太低，就是嫌五个人的公司太小。区亮不会忽悠，尽说大实话。应聘者们似乎不喜欢听大实话。

好在快散场时终于来了几个不嫌弃的业务员，既认真填了表，也答应说下午一定到公司复试。终于有人肯来了，区亮甭提有多兴奋。

可谁来负责复试？总经理都在现场面试过了，难道还需要复试吗？除非上面还有个董事长。有啊！喻芳不就是吗？她？她只是区亮一个人的董事长，不是公司的董事长。那就破个例，做回公司的董事长，复试一下？喻芳说她没经验，坚决不答应。

区亮急了："你在保险公司面过那么多人，一样一样的，有啥不会？"

喻芳说："不一样，完全不一样，保险公司那哪叫面试啊！呵，也对，也叫面试，看看人家是不是残疾人，只要不是残疾人，管他是个啥子人，都要，只要能拉来保单就行。如果你要我面这个，那没问题。"

区亮说："就公司目前这样子，你以为还能怎样，差不多也就只能面下这个做做样子了。"

复试四个，来了三个。赶紧调整办公室。区亮移到三楼原来住的那间卧室办公，喻芳移到她和区亮的卧室。

范童早已搬到一楼，住保姆王姐原来住的那间小房，把三楼那间带卫生间的大房子让给了喻容和吴斌。三个新人住乐红原来住的那间大房，上下床，可住四人。

大家都拿出大干一场的架势。

然而，不到十天，三个新人全走了。一个嫌菜太辣，受不了。区亮说马上改。改也不行，非要结工资走人；一个说电池太高科技，难学，还得做回老本行，包装材料；一个竟偷偷跑了，连工资都不要。

这回不只区亮郁闷，公司其他四人也都郁闷了。白吃白住白拿工资，天底下哪有这等好事？招聘费也白花了，培训也白搞了，空欢喜一场。瞧大家那模样，好像是干了什么见不得人的事一样，彼此都不愿照面，尤其不愿见区亮，生怕他尴尬。

可区亮心里明白，嫌辣只是借口，嫌公司"没味"才是真；打算做回老本行的，不是电池难学，而是这人根本就不是块做业务的料，当初招他，只为添点人气；偷跑的那位仁兄，区亮早就看出了不对劲，一个礼拜居然请了三次假，十之八九是找工作去了，公司离人才市场近，等于住在人才市场找工作，方便极了。

那这业务员还要不要再招？区亮蜷缩在黑漆漆的会议室里，一群蚊子在他耳边上蹿下跳，嗡嗡嗡地警告仿佛在说要瓜分他，他也不驱赶驱赶。湿润的风，有一阵没一阵，偷袭着他的膝关节。他感到了微痛，却也不去关窗。邻家婴孩又开始夜哭了，他这才动弹了一下。缓缓抬起手来，抹一把左脸颊，甩甩，再抹一把右脸颊，衣服上擦擦。这会儿其他人都在楼下理货，明天要送好几家，天不亮就得出门。理好货，开好单，检查完妮妮作业，洗完衣服，喻芳才去叫区亮上床睡觉。

区亮躺在床上，直到天亮，仍是半睡半醒。

他到底在想些什么呢？

第二十章

区亮任性耍怪众人怒斥
明君转型向好喻芳力挺

过了这个村就没了这个店。新年开工是招聘旺季，此时不招，后面就更难招。时间紧迫，容不得多想，更容不得郁闷。要招趁早，不招拉倒。总共五个人，"保姆"就占了三个，不可能拉倒。

招！

怎么招？

重新制作招聘海报，多"务虚"，少"务实"。四张海报，分别写着：100年持续高增长的朝阳行业。100万年薪不是梦。100年明君集团只争朝夕。100个国家的营销网络。

然后呢？

喻芳和范童去现场，吴斌开着奥迪去人才市场接人，喻容前台接待，区亮复试。

复试地点不变，还在会议室。但会议室变了，多了三大张"壁画"。一张是万州文总的工厂画，画中挂着一个醒目的牌子：明君电子碳电事业部；一张是凤港镇杨志瑜的多多电池厂，画中也挂了一个醒目的牌子：明君电子碱电事业部；一张是风锁广场高档写字楼的总体设计图，图中一行大字：明君总部基地。前两幅的牌子是真的，第三幅的那一行字也不假，区亮看好今年十月就可交付使用的风锁广场，只要五百万目标一达成，他将立马把公司搬过去。那现在这栋民宅算怎么回事？这个更好说，临时办公点，战略中转地嘛。

然后呢？

从杨志瑜那里借来五个人，排队等候面试，营造一职难求的场面，并让这些人传话给真的求职者，告诉他们明君公司的美好蓝图。说白了就是画饼；让喻容放出话去，这次仅招两人，机会难得。的确也只打算招两人，区亮带一人，范童带一人。等这两人稳定后，再招再复制倍增。

然后呢？

选四人培训，培训一个礼拜。外来和尚好念经。区亮已同杨志瑜、乐红和仇小华三个"专家"打好招呼。杨志瑜讲电池基础知识，乐红讲财务知识，仇小华讲营销经典案例。最后由区亮把所有这些串连起来，讲业务作业流程和如何同客户建立相信。考试合格，择优录取三人试用，签定试用劳动合同。试用期俩月，期满择两人签定正式劳动合同。把竞争上岗的气氛营造出来。

然后呢？

然后区亮就说，"这都是被逼的。不过，这些都是善意的谎言。蓝图也好，造梦也罢，只会激励人，不会伤害人。"

结果呢？

人才市场明君公司摊位前大排长龙，喻芳和范童简直招架不住；吴斌来来回回跑了十多趟；喻容见一楼客厅爆满，赶紧打电话召回喻芳和范童，让杨志瑜派来的五人维持秩序；区亮复试不再啰唆，只闻味道。味道不对，三言两语打发掉。面对几个苦苦哀求者，区亮不忍心，就送一张总经理名片安慰安慰，说只要他们电话号码不变，下次一定给机会。惜别之际，区亮说："下次来，一定记得穿西装拧大包。"大多数应聘者的包，区亮都看不上。有的背个旅行包，有的斜挎个逛菜市场的包，有的夹个收水电费的包。区亮见到这些包，立马变客气，总是笑着说："不错，不错，希望很大，回去等通知吧，明天就有结果了。"

第二天，喻容按"味道"优劣打了六通电话，原以为打四通电话就成，不料前四名中的两人都说已找到了工作。

四个新人学得特别带劲，每天晚上都要复习到十一二点。考试结果令区亮大吃一惊，全都考了近百分！

怎么办？

全部放掉。

"疯啦!"喻芳气到吐血。其他人也跟着愤怒,有的挂在脸上不说话,有的竟明明白白拿出话来说,说这样搞伤不起,骂区亮脑袋不灵光。

"长痛不如短痛。善意的谎言也是谎言。谎言迟早会被揭穿。我会因此不安一辈子。再说,达不到心理预期,人家迟早也会走掉。"区亮为此纠结了一个礼拜才下定决心。

"你这人简直不可理喻!想一出是一出,比妖魔鬼怪还怪!你一天到晚这样怪头怪脑的,别说人家不愿跟你合作,我都不想搞了!这样搞下去,迟早搞垮!"喻芳哭笑不得,急得抓狂,一会儿拍桌子,一会儿打巴掌。

"这个公司只要我还在,就不可能搞垮。莫急,放心,招人新招马上出炉。"区亮知道错了,自是不生气,任由喻芳表演河东狮吼。

区亮担心遇见那四人,一个礼拜后才让喻芳和范童去了人才市场。四张海报的广告语,除了第一张,"100年持续高增长的朝阳行业"没变外,其他三张全变了。三句广告语分别是:

因为我们很小,所以饭前的开胃汤总是很浓。

因为我们很小,所以爬坡上坎时总是很快。

虽说我们很小,不过年薪十万的小业务员也还是有的。

范童的业绩增长迅猛,底薪加高提成,今年的总收入一定不会低于十万。

似乎是异曲同工,这一回,效果不亚于上回。俩月后,稳稳留住两个新业务员。两个新业务员尚在试用期就已成功"破蛋"。

"怎么样?没骗你吧?"区亮得意地对喻芳说。

"'蒜'你狠!"喻芳笑着嚷道。

"'豆'你玩!"区亮也笑着来一句。

"'姜'你军!"喻芳不甘落后,又接上。

"'猪'你涨!"区亮索性说到底。说完就后悔,"真是无聊透顶!"

近段时间,一些商人把大蒜、绿豆、生姜、生猪囤起来,市场紧缺,价格飞涨,老百姓怨声载道。喻芳每日见到菜单子,也总是抱怨:"这市场简直是乱劈柴!"

区亮不管物价飞涨,只管继续招人。但不再去现场,线下转线上,让业务员通过网络招聘平台进行招聘。人招人，人裹人，业务团队很快越滚越大。

　　暑期，区亮按协议兑现承诺，带妮妮游上海。一周后回公司，团队竟增至十二人。会议室变成业务室。把团队分成两个。让最先入司的两个业务员做经理，各带一个团队。范童做副总，想方设法让两个团队持续竞赛。任命喻芳为财务总监兼采购经理，喻容为仓库主管兼后勤部长，吴斌为外勤部长，一个简易班底就此建成。至此，区亮不再搬电池。偶尔搬一搬，也只是为了锻炼身体。也不再跑业务，把全部精力都放在新产品和供应商开发上。

　　为提升公司形象，区亮兑现承诺，十二月底，公司迁入东官日报社对面的风锁广场，又在附近的山元里社区租下一栋旧别墅，比三江那栋更大，用作员工住宿和仓库。

　　二〇一一年元旦，人家都在休息，喻芳却加班加点盘点，节后一上班就把二〇一〇年全年财务报表交到了区亮手上。区亮一瞧，销售额七百多万，笑了。

　　笑得正开心，却突然停了电，四周一片漆黑。什么事干不了，唯有思考。他想，虽说干电池市场很大，可利润率逐年下降，而采购商们，量稍稍大一点，都跑去找生产厂，贸易公司吃的都是残羹冷炙。要是不抓紧转型升级，好日子一定不会长久。东官因不转型或转型不力而说垮就垮的公司，三十二个镇街，比比皆是。还有，大鱼吃小鱼，小鱼吃虾米，这条生态链，千万年来亘古不变，谁都斩不断。我这个小虾米，如果不转型升级想方设法强身健体，迟早也会被吃掉。东官制造要升级做东官创造，也一定不只是喊喊口号做做样子。传统产业举步维艰，而个性化定制产品的市场优势却越来越明显。锂电池PACK就是百分之百的个性化定制。不能再磨叽了，转型，做锂电池PACK，进军新能源。他想到这里，又兴奋起来，这离他当初的梦想——做锂电池PACK行业的领先企业，又近了一步。

　　锂电池PACK是个技术活，需要学习大量知识。电芯、保护板、电子线、端子、各种辅料等，成千上万个规格型号，它们的性能都得掌握；各种检测仪器、生产设备的设置、调试、保养，以及不同规格型号的电池组在不同领域的应用，从"格物"到"兼容性组装"，再到"应用的精准配对"等，其学习量和难度，远远超过四年本科。宝贵的时间不由人，区亮不可能像本科生那样坐在教室里学习，也不可能等全部学到手后才去做产品，他只能边学边开枪，而后再瞄准、再优化、再升级、再迭代。"大胆试错，时不我待。"这是他常挂在嘴上的话。为了抢时间，他白天跑供应商，观摩，听讲，分析，总结；晚上看书，上网查阅资料，鼓捣仪器设备和试制试验，比鸡早起，比狗晚睡。

作为一个老板，把宝贵的时间都花在这学习上，值吗？为什么不直接招懂行的人来干？懂行的人来干不是更快更节省时间成本吗？区亮知道不值得，也想过招人，可"巧妇难为无米之炊"，要想最终生产出合格产品，电子工程师、结构工程师和测试工程师，缺一不可。这三人每月工资等开销在三万元左右，也就是人均一万，低于这个工资的工程师，几乎都是"菜鸟"，没用。而锂电池开发周期和客户测试周期都较长，短期内根本无法盈利。如此高的工资，他目前的盈利简直没法应付。他不想因此把公司的资金链拉断、自掘坟墓。"我首先得活着。"这是他经常对自己说的话。

招懂行的人难，那就外发，借鸡下蛋，让其他 PACK 厂打样不行吗？不行，他已试过，人家 PACK 厂首先做自己的单，然后才做他人的单，打个样往往要等一个月，有时甚至两三个月。客户哪受得了如此长的交期？

因此，他不得不自己学、自己干。"实干家"也好，"蛮干家"也罢，再苦再难再委屈，都只能一口咽下、快速消化。

学习再难，都难不过物料开发，尤其是作为充放电管理的保护板的开发，更是难上加难。前期打样，区亮凭借他那三寸不烂之舌，供应商还算配合。配合几次，供应商见没批量，就不配合了，再好的舌头都不管用。在区亮后来的总结里有一个数字：八十七家——打样打"死"了八十七家供应商。

风雨之后见彩虹。熬过一段苦日子，合格产品总算是做出来了。可客户上哪里去找呢？线下好说，有七八个业务员在。可这是一个网络营销的时代，供求关系、供求方式、供求习惯等，都发生了深刻变化。一方面，新一代的采购们找供应商习惯用鼠标、不习惯打电话，前期多线上认证、少实地考察，大都不愿买线下传统模式的账；另一方面，网络营销平台给了小公司与大公司平等竞争的机会，只要把网络营销平台这棵梧桐树培植到足够好足够大，凤凰自然来。因此，加强网络营销，势在必行。

怎么加强？新产品必须有新网站、新网店。新网站、新网店都需要大量产品图片、设施设备图片、团队图片和厂房图片，甚至是视频。没有这些图片和视频，光靠文字，就没办法做成用户喜欢的"视觉营销型"网站、网店。有人建议区亮走捷径，上网去下载，抄袭人家的，可区亮不愿意，他不想侵权惹麻烦，也不想"撞衫"，只想原创，做唯一，做"人无我有、人有我专、人专我精、人精我变"。

为此，区亮把员工全部迁出别墅，把二楼改造成生产车间，三楼的四间房还用作宿舍，他和喻芳占一间，妮妮占一间，喻容和吴斌占一间，空一间作客房。接着就购买必要的仪器和设备，用海报、标语、作业指导书、工艺流程图和质量体系文件等来"包装"车间，制作工衣，呼朋唤友来充当"演员"，增加人气，做模型样品……网站、网店就这样"造"成了。尽管看不出多少实力，但给人的感觉很务实。做实业不务实怎行？

接着培训业务员。不把业务员培养成"半个专家"，网络营销同样还是一句空话。

然而，业务员都不看好这个简易的工厂，都认为不伦不类，费力不讨好，既不讨客户的好，也不讨供应商的好，只要供应商和客户一来"看厂"，心就发虚发慌。他们都说一定招不来工人和技术员，"学得再好都没用"。

果然。一连招了十多天，一个工人都没招到。工人不像业务员，文化普遍不高，看不懂，以为是黑工厂，担心拿不到工资。一个技术员也没招到。技术员虽说有文化，能看懂，却也能看穿，这样一个公寓式工厂，哪有什么发展前景？自然也是看看就走了。

那怎么办？区亮不服气，亲自上。大家见老板上，没日没夜干，也都自觉自愿地当起了工人，每天晚上都要干到十一二点。这一干就是大半年。

每晚，妮妮做完功课，见爸妈都在忙，也乐呵呵地加入其中。妮妮从小喜欢做手工，再加上最近几年一直弹钢琴，手上功夫自然不差，做得比有的大人还快。喻芳因此担心影响妮妮学习。区亮却说："不会，多动手做事只会促进学习。"

"你的狗屎运真好，没想到这么快就有了大订单。"范童又大呼小叫地说开了，"可这样搞，时间长了受不了，搬去工业园招人，恐怕才是人间正道。"

区亮思忖说:"没事儿,不会长期这样搞的。我已经谈好一个加工厂,把大单交给他们做,我们只做样品和小单。去工业园建标准化工厂,那可不是一件小事,现在条件还不成熟。我都计算过了,得等年销售额达到六千万才能搬去工业园大干一场。"

为什么是六千万呢?区亮这人对数字天生敏感,车牌号、电话号码总是过目不忘,他想到明君公司从零开始,才一两年就做到七百万,做到七百万就搬进了写字楼,接着就"转型升级"了;又想到东官的区号,还想到"我为啥一来东官就不想离开了呢",于是就办了总结:"我的这发展之路一定与这区号有关联。"

怎么个关联法?从零到七,是七百万;从七到六,七上八下,七代表上,不可能下到六百万,那一定只能是上到六千万,六个亿当然就不用想了。六还代表顺,六六大顺,六千万是肯定的了。那九呢?九千万?九个亿?他暂时还想不到那么远。

他把这一发现当作哥伦布发现新大陆那样,激动地、迫不及待地告诉喻芳,一口气讲下来,"冥冥之中"四字,不知重复了多少遍。

喻芳这回没有泼他冷水,她想,他能这么想总比不这么想要强,至少让他有了个盼头,要没了这盼头,这一天天从早到晚累死累活的还有个什么劲,别说做事没劲,活着都没劲。

喻芳这回变了个人,终于肯和他同频共振,这是他之前所没想到的。为此他深受鼓舞,干劲越铆越足。

第二十一章

老谢公司高调示人摆阔绰
区亮心智低调喜物显冷落

而更叫区亮意想不到的是，当他和妮妮正在市图书馆借书时，谢建伟居然打来电话说要买电池，且数量巨大。

多大？早该去看望他了。区亮边想边拉着妮妮急急下楼。

五月的东官已热得有些不讲道理，往年这时候很少超过三十度，今年却蹭蹭蹭一路飙升到了三十五度，稳稳的居高不下。区亮从建伟公司停车场一路步行到谢建伟办公室，也就短短几百米，汗水竟湿了他一身，像被水浇了似的。

谢建伟办公室的空调打得低，区亮就像一根烧红的铁棒遇到冰水，激灵灵的一哆嗦，像打摆子似的。谢建伟穿着西装，体会不到区亮的感受，竟以为区亮是被他这豪华办公室的气场给电到了。

办公室的确够豪华。且不说闪闪发亮的橡木地板能同时观察到整个工厂每个角落的超大液晶显示屏和头顶上两组超大欧式蜡烛水晶吊灯，也不说沙发、茶几、茶台、椅子、红酒柜、白酒柜、超大鱼缸柜座、供财神的立柜，以及大班台和大班台背靠的壁柜等，全都是老挝大红酸枝，光说那大班台，就足够区亮难受好一阵子，大班台占地面积比区亮的整个办公室还大。可他不会因此难受，他土气惯了，也没啥见识，根本不识货。

他不难受这些身外之物，只难受谢建伟的身体。才两年多不见，白白胖胖的谢建伟竟瘦成了猴子样，一米八的身材看上去像一根长长的木棍，走起路来直摇晃。区亮握他的手，根本发挥不出热情劲，生怕自己那一次能搬运三件电池、七十二公斤货物的大手用力过猛，给人家女人般纤细的手指捏碎。区亮不禁要想，看样子他这两年也不容易啊，肥了腰包瘦了人。

谢建伟人虽变瘦，智商、情商却丝毫没瘦，照旧慢条斯理，字字含金。简单寒暄之后，他就脱下西装，带区亮游园，自然是在有空调的地方游。游了一个多小时，至少走了两三公里才返回办公室。

工厂只生产益智儿童玩具，是联合国的单。一个单，二十个亿，生产三年。这么大个单，是怎么搞到手的？谢建伟只说是朋友介绍的，别的啥都不愿透露。区亮懂事，明知这朋友就是上回杨志瑜所说的那"非明面"股东之一的光头，却不点破，立马转换话题："你建这工业园花了多少钱？"杨志瑜说五千万，他说至少一个亿，他想证明自己的判断是对的。

这个谢建伟乐意说。

区亮证明了自己的判断，心情格外愉快，就放肆地不顾一切地问："你哪来这么多钱？"

这个谢建伟似乎更愿意说："河里无鱼世上有啊……我先用你黄姐的一百多万做启动资金。中标后，银行的钱就进来了。批地，报建，再找银行贷款。很快工业园就盖好了。不出意外，三年，做完这个单，本就回来了，净赚一个工业园。"

这么说来，另一个"非明面"股东——麻子，应该就是那巨额资金筹措人了。区亮想。

谢建伟说："凭定单也可贷款，这生意不用我出一分钱，我只管出力，把工厂管好就行。再说，定单一到，百分之三十的预付款接着就到。还有，所有供应商的货款都是九十天结。我这里根本不差钱儿。"

"那敢情好，我给你电池，你给我现金。"区亮说到这里突然停住了，略思片刻才说，"我的电池都是从老杨那里拿的，你为啥不直接找他买呢？"

"他的电池质量不是有问题吗？你怎么还找他拿？"

"老杨这家伙还真有两刷子，经他整顿后，电池再也没有出过质量问题。这一年多来，一个问题电池都没发现。"

"那我也不找他买。他这人你又不是不晓得，太爱赌了，遇事又爱跑，不负责任，也没个担当。不像你，事事都替人家考虑。我们几个要散伙的时候，就数他跑得最快。"

"那好吧，看在你过去帮我的分上，我就给你当回搬运工，不赚你钱，把运费给够就行。别的我没要求，就一个要求，货到付款。"

"行哪，我们两兄弟好说。不过，我也有一个要求，那就是质量，你一定得严格把关。量这么大，每月货款至少三四十万，可不是闹着玩的呢。"

"明白。"区亮又看了一下表，忙说，"时候不早了，先撤了。"

"急啥嘛，都安排好了，一起吃个饭，吃了再回。走，应该差不多了。"

区亮想到两年多不见，是得吃个饭才恰当，因此也就没再拒。

"稍等一下。"谢建伟打了两通电话，两通电话都只通了一句话，"过来吧。"

餐厅就在谢建伟办公室隔壁，是他的私人餐厅，面积和他的办公室一样大。整个餐厅的主色调两个：白色和黑色，看上去很现代。其中有两个大件，区亮特别感兴趣。

一是十边形餐桌，每边坐一人，每边都有一个带消毒功能的黑色抽屉。抽屉里餐具一应俱全。台面是磨砂玻璃，玻璃上印制了两幅图：一幅《江山万里图》，一幅《清明上河图》。两幅图均分台面。靠谢建伟办公室隔墙一边的是《江山万里图》，靠厨房一边、也是整个厂区一边的是《清明上河图》。餐桌中间是个可手动升降、自动旋转的黑色圆柱。圆柱顶着张圆形烤漆玻璃，玻璃上的花卉、图案和文字像极了青花，中间圆环内一株牡丹和"花开富贵"四字左右并排。

二是窗边的"茅台墙"。窗玻璃以下金光闪闪的一整壁墙，全都是茅台酒，一盒一盒码放得齐齐整整。盒子图案都一模一样。区亮粗粗数了下，至少两千瓶。

区亮欣赏完这两大件便感叹："你这儿简直是雅俗互赏啊！"

"哎呀呀，我的好兄弟呢，你就别笑话老哥了，雅个屁，全都是些俗物。"谢建伟应付完雅俗互赏，就指着茅台墙说，"都是一堆吓唬人的东西，不值几个钱。别以为都一样，其实不一样。有的叫'可以喝'，有的叫'将就喝'，有的叫'不好喝'。大多都不好喝。"

二人聊得正起兴，黄姐领着一大美女走了进来。黄姐快步来到区亮跟前，热情地伸出"玉匕首"。"你好，区总，好久不见，越来越帅了。"黄姐说完，不住地打量区亮的倒背头。

区亮不由自主地摸了把倒背头才说："黄姐你这发型是哪位高级理发师做的呀？能不能介绍给我家喻芳呢？"黄姐今天是一头直发，看上去特青春。

黄姐没想到区亮会用这样的方式夸她，心里甜得兵荒马乱，丝毫不掩饰不自谦，爽快道出理发店和理发师的名字。道完赶紧介绍："这是区总，区亮先生；这是杜鹃杜总，我们公司的财务总监。"

杜鹃是个车模，眼下偶尔也还接活，全都是豪车活。她这财务总监是个虚职，实职是看管金库，不让谢建伟建小金库。她是麻子派来的。为了时刻保持头脑清醒，从不沾酒，只抽烟。她和区亮简单寒暄后，从 LV 包里取出烟，给两位男士点上，也给自己点上，然后才坐去自己的席位上。

杜鹃、黄姐和谢建伟三人的位置是固定的，谢建伟坐《江山万里图》正中间，黄姐坐谢建伟右边，杜鹃坐谢建伟左边。区亮不知与谁做邻居，正犹豫，黄姐就说："挨杜总坐，初次见面，方便聊天。"

谢建伟让服务员开"可以喝"，区亮就说："酒就免了，开车。"

杜鹃嘴快，甜甜地说："没事儿区总，喝吧，等会儿我开，送你，哈。"她知道能来这桌上吃饭喝酒的都不是"外人"，得友好相待。为了向麻子述好职，也必须得多接触"内人"，争取更多谈资。因此，她说话时，也不忘拿直抵人心、似乎是充满爱意的眼神注视着区亮。这眼神能把免疫力不好的心给化了。区亮还好，骨子里似乎有一道天生的防化墙。

谢建伟说："开啥玩笑，两年多不见，哪能没酒呢？"

黄姐附和："是呀是呀，怎么样都得喝点儿。"

……

酒下去，话上来，黄姐问区亮："乐红最近怎么样？这家伙可有些日子没给我电话了，她都在忙些什么呀？"

"她呀，最近好像是很忙，说是升经理了，又要备考注册会计师。"

"她和她那男朋友处得怎么样了呀？"

"好像不怎么样，她这人你又不是不了解，把爱情当儿戏。我起初以为她只是随便那样一说，没想到她还真是只恋爱不结婚。"

"现在比较流行这个。"杜鹃插话道，说完吐了一下舌头，弹了弹眼皮，露出微笑。

"小华怎么样？"谢建伟瞅了黄姐一眼，赶紧问道。他不想区亮、黄姐讨论敏感话题。

"他呀……去年整了辆二手车，跑黑的，没跑几个月就到大朗承包饭堂去了。前几天打电话给我，听他那意思，也不好搞，又打算去格赛市场弄个摊位，卖电子线和端子。他真是太能折腾了。"区亮说话不善伪装，是什么情绪就是什么情绪，他说这话的情绪是生气。

"是的，他这人其实啥都好，就是心有点不大定。"谢建伟把酒杯端在手上，不断地捏搓，面不改色心不跳。

区亮酒量不大，最多半斤，心情不好三两必趴。酒后说话跳跃性很大，这会儿原本应接着仇小华的事往下说，不料他却转换了话题："你们搞这么大个厂，难道就没搞个剪彩仪式、开业庆典吗？"

"不玩那些虚头巴脑的东西，我们都是实在人。"谢建伟说这话的语速比平常要快点。

这话在区亮听来，十分矫情。于是不管酒喝到哪话说到哪，只管说："不喝了，走了。"起身就走。

黄姐和杜鹃惊得不行，嚯，哪有说不喝就不喝、说走就走的道理呢？虽惊，却不吱声。

谢建伟了解区亮脾气，自是不劝阻："好，我看也差不多了，杜总你打电话给小王，让他开区总的车，你和他一起去送，来，开我的。"

杜鹃接过钥匙，做了个请的手势。

钻进宾利，区亮有些兴奋，却不品评。他赞美今晚的菜，杜鹃就得意地说："这还用说吗？国家二级厨师呢！"

杜鹃会聊天，车技也不赖，时间过得超级快，不知不觉就到了市科技馆。区亮没喝高，反应基本正常，忙说："停停停，到了到了。"杜鹃一脚急刹，紧跟其后的小奥，险些追了大宾的屁股。他不想让杜鹃他们知道他住在那黑黢黢、脏兮兮的巷子里。

杜鹃不问东西长短，只管把他放下，装上小王，"傻样啦啦"地开走了。

　　区亮开到免费别墅大门口，见卷帘门紧闭着，进不去，猛打喇叭。也不知他哪根筋出了毛病，脚原本放在刹车上乖乖的，一打喇叭就跑到油门上去了，猛地一踏，"轰！"

第二十二章

老谢偷鸡不成倒蚀把米郁闷
老杨抢单得逞还增定量欢喜

喻芳正专心检查妮妮作业，签名，听见响声，吓了一大跳，光脚跑了出来，开灯一瞧，卷帘门和车头都受了伤。

区亮的心也受了伤。喻芳见这个屡教不改、伤透脑筋、经常酒后开车的家伙终于出了事，机会难得，竟把他和他八辈祖宗的陈年旧账都翻了出来，挨个挨个地数落了一大通。区亮气到肠梗阻，却也只好听着，连闷屁都不敢放一个。

直到喻芳问他今天到底干啥去了，他说出谢建伟要给他们每月至少四十万的订单，喻芳才转怒为喜，他也才放了个响屁。

闷气放完，心情舒畅，开始工作。他首先给杨志瑜去了一通电话，"汇报"了今天拜访谢建伟的所见所闻、所思所想，并让杨志瑜赶紧加班加点生产。挂掉电话，意犹未尽，越想心越甜：虽说月光倒闭了，明君解散了，可我们五个人并没散，至少心没散，情还在，时不时走动一下，偶尔打个电话问候一声，多好啊！尤其是眼下，老谢、老杨和我，又关联起来，合作起来，虽说不在同一个屋檐下共事，不在同一口锅里舀饭，各干各的，没了共同目标，少了共同利益，可这样不争不吵，反倒更友好。倘若人生在世，诸事顺遂，还有三五好友结伴而行，友谊地久天长，那就没有别的什么好追求的了。

可喻芳听他给杨志瑜说得太多太实，又怒了："你这人也太老实了吧！你就不担心老杨去找老谢，把订单给你抢了？"

"不担心！真不担心！老杨怎么可能做出这种缺德事？他要是这样的人，

龙时代凭啥白送给我们？都是几个老伙计，谁敢不要脸？再说，老谢都说了，绝对不会给老杨做。好了好了，不扯了不扯了，不会不会，绝对不会，你想多了。"区亮毫不在意，心里只有友谊。

"龙时代是龙时代，老谢是老谢。龙时代一年才一百多万，老谢一年多达四五百万。你自己好好想想吧。反正多长个心眼总没错。"喻芳这么一说，区亮才噤了声，于是走上天台，一会儿仰望穿顶似的星空，一会儿俯瞰层层叠叠的万家灯火，一会儿又打量自己的影子，总感觉都有些变形。

喻芳的话，会一语成谶吗？

第二天上班不久，太阳还没照进杨志瑜破旧、多垢的办公室，杨志瑜就打电话给谢建伟，一改文态，火爆爆地说："恭喜啊，董事长！今天想去你那里讨杯茶喝，有空不？"

"志瑜，看你这话说得，至于嘛真是，太见外了，呃……来吧，我也正要找你呢。"谢建伟的确要找杨志瑜。

杨志瑜此行的目的就一个，要订单。他想，区亮卖给谢建伟的单价，利润肯定不会低于十个点，我只要八个点，一年也要赚它个三四十万。三年稳赚百多万，妥妥的，一点都不费事儿，多好，就算得罪区亮，也值。

谢建伟找杨志瑜的目的也只有一个，给订单。当区亮说杨志瑜生产的电池没有质量问题的那一刻，他就做好了这个打算，采购额对区亮少说了一半。他认为杨志瑜给他的单价肯定低于区亮，至少不会低于五个点。就算五个点，一年下来也是十几二十万，三年下来就是五六十万。要是因此得罪了区亮，呵呵，他突然笑起来："既生亮，何生瑜？"

然而，谢建伟做梦都没想到，杨志瑜报出的单价居然比区亮的高，高出整整三个点。

于是谢建伟就说："怎么这么低？别亏了哟，兄弟。"

听得这话，杨志瑜越发甜："都是自家兄弟，够本儿就行。"

谢建伟爽快："那好，只要客户要求配电池，立马下单给你。"

"这……这不还没定下来到底要不要配嘛！这个区亮，说得热烙烙的，跟真的似的。"杨志瑜想到这里，脸色突变，收起甜嘴，立马告辞，"行，厂里还有事，先闪了。"

谢建伟没有留杨志瑜吃饭，连假动作都懒得做，送到办公室门口，不等杨志瑜说"留步"，抢先说了"慢走"。

谢建伟回头赶紧给区亮打电话："昨晚我想了很久，电池还是不能用志瑜他们家的，风险太大了，联合国的单，可出不得半点纰漏啊。你再找找别家。要是你找不好，我就自己找。反正不能用志瑜他们家的。"

"昨晚一回来我就给他讲了呢。"

"没关系，再给他讲下，就说是我说的，这事还没定，暂停。"

这是怎么回事？价格高了吗？要求货到付款过分了吗？哪里说错话了吗？是不是杜鹃说了我啥子坏话？区亮一时找不着北，糊糊搞搞一口气问了自己若干个问题。

区亮把这事讲给喻芳，让她分析分析。喻芳铁定说："肯定是老杨搞的鬼！"

"他能搞啥鬼？明明老谢让我们不要用他的电池，他搞鬼对自己有啥好处？"

"你这人也真是，怎么别人说啥你都信呢？他老谢这么说就是打消你的猜疑！我问你，他找老杨买电池，老杨给他送电池，你知不知道？你知道个屁！"

明修栈道，暗度陈仓？嗯，有这可能，这个狡猾的狐狸！没错，不然，他不会说"要是你找不好，我就自己找"。这分明就是他自己找嘛，找杨志瑜。那我还去找啥？区亮越想越生气，索性不想了，安安心心做锂电池样品。

样品做好，闲下来，禁不住又想，到底是老杨找老谢，还是老谢找老杨？要不先给老杨打个电话，探探口风？他照着谢建伟的意思说完，杨志瑜就说："好的，知道了。"

怎么如此平静？这么大个单，丢了多可惜。难道他生意好到做不过来、根本不在乎？不可能！这家伙肯定有问题。区亮越想越毛躁，却也不想把杨志瑜想得太卑鄙，于是长草短草一把缩起来，丢进垃圾桶，下定决心不再想。

半月后，谢建伟打电话催问电池落实情况，区亮想到谢建伟曾帮助过他，不想玩阴的，就说："找不到合适的，还是你自己找吧……"

区亮之所以要放弃，是因为他想明白了一个道理：这种一时冲动做出的、不以盈利为目的的"朋友价"，有违商业精神，是不道德的；也确定了一件事：不能因为眼前利益、其实也没多大利益而破坏了友谊。

区亮放弃了，谢建伟肠子都悔青了，只好找杨志瑜。他之前在圈里的口碑并不好，他知道自己找不到比杨志瑜更合适的供应商。杨志瑜不厚道，比区亮的单价还高，他就延长结算期，要求一百二十天结。

杨志瑜他们工厂现在缓过来了，一百二十天不是问题。当谢建伟说一个月的采购额增长到了七八十万时，杨志瑜心头那把从娘胎上生下来的算盘，又哗哗打起来："哟，一年得有两三千万只呢！"

然喜忧参半。喜的是量可观，忧的是生产不出来。怎么办？还能怎么办？扩产呗。场地有限，扩不了。扩不了也得扩。那怎么扩？强迫牯牛下崽？那怎成？搬，搬厂。找山羊胡子殷老板要支持。

殷老板会支持吗？

第二十三章

老杨搬厂搞庆典显排场露隐私
乐红聊天批区亮表关怀诉衷肠

殷老板的藤艺厂做得风生水起，他对电池这"毛毛雨"已不感兴趣，他只想保留少量股份，留个电池供应商，因此他对杨志瑜说："目前手头紧，拿不出钱来，我转让百分之五十的股份给你，只留百分之二十。"

这岂不是不进反出、雪上加霜吗？可是这不正合杨志瑜的意吗，他早想提出这个要求了。那购买股份和搬厂的钱从哪里来？这个他也想好了，找供应商要支持，延长结算期；找客户要支持，缩短结算期；找谢建伟融资。

谢建伟会答应吗？

杨志瑜的头脑可不比谢建伟的差，当谢建伟说电池采购额增加一倍时，他立马就想到这多出来的部分原本应该是区亮的。他了解区亮，这个重义轻利的性情中人，一定知道了他和谢建伟在背后交易，不想破坏团结，拒绝了谢建伟。谢建伟不想把鸡蛋放在同一个篮子里，想让我和区亮去火拼单价，没想到弄巧成拙，区亮不吃这馅饼。他谢建伟现在只有我这一个供应商，我这个供应商单价好、结算期长，上哪都找不到，他不答应，谁给他生产这么优惠的电池？

果然。谢建伟"考虑考虑、研究研究"不到一个礼拜就答应了。两百万，借一年，一年后以电池抵款。

三个月后，多多电池厂乔迁大贺。

新厂很气派，独门独院，八成新，场地是原厂的三倍，年产能至少三亿只。场地目前用不完，杨志瑜说先备着，免得做大了再搬，万一很快做大了呢？

谢建伟、区亮、乐红和仇小华悉数到场。区亮、乐红和仇小华来捧场，谢建伟来看他的两百万究竟花到了什么地方。

为了场面好看，杨志瑜不仅请来了所有原材料供应商，所有客户也一并请来了。当谢建伟的宾利缓缓开进厂门时，院里所有人，都不由停下来观瞻。

今天开车的不是小王，是杜鹃。杜鹃上着一件紫色低胸露背紧身装，下穿一条粉色超短迷你裙，天气太热，没穿丝袜，一双黑色高跟鞋和一副高亮墨镜遥相呼应，一头披肩长发在观众们波澜壮阔的心海里飞飞扬扬……

再瞧，还有一个，瘦高瘦高，一身"太极装"，不戴墨镜也同样能给人以不怒自威的气场。

这样一对男女，这样一对从宾利里走出来的男女，呵，这个杨总，竟然还藏着如此高级的人脉，不得了，不得了，有实力！供应商这么想，客户也这么想。这么想就对了。这正是杨志瑜想要的结果。也正是谢建伟想送给杨志瑜的大礼。

杜鹃挽着太极装谢建伟，在杨志瑜摇头摆尾的带领下，目不斜视、像走T台那样走进了杨志瑜的办公室。区亮、乐红、大军和仇小华跟上。其他人很想跟上，却不敢。

新厂在龙凤山庄附近，乐红早想去龙凤山庄玩玩，就把大军也捎上了。她和大军以恋人示人，这还是头一回。

杨志瑜的办公室是谢建伟办公室的浓缩版，正所谓"麻雀虽小，五脏俱全"。不同的是，杨志瑜他这大班台后的组合柜正中多了把剑，足有两米长，寒光闪闪，瞅上去怪吓人的。杨志瑜笑着说："仗剑走天涯。"谢建伟想："还是仗势走天涯低调点儿。"可区亮却想："打肿脸充胖子，有那个必要吗？一个销量不大的微利产品能支撑得住这等豪华吗？"他的不乐意又明明白白地挂到了脸上。

杨志瑜到楼下招呼客人，几个老熟人就关上门闹腾开来，刚才端着的架子、摆着的谱，全都跟着一把把瓜子壳、一张张擦汗擦鼻涕的餐巾纸丢进了垃圾桶。

乐红见区亮脸色不大对劲，不由皱起眉头来，问道："你怎么啦？"

杜鹃挨着乐红坐，瞅了瞅区亮的脸，快速接话道："看样子昨晚没睡好，犯困。"

区亮勉强笑笑，不说话，他正埋头给喻芳回短信，装作很专心的样子。

谢建伟以为区亮不高兴他和杨志瑜合作，笑盈盈地问："亮你准备哪天搬厂？"

"还早得很，锂电池小客户多，大客户少，还养不起一个正儿八经的厂。"区亮抬起头来，实话实说，脸上的不乐意去了一大半。

"不搬厂，哪来大客户？"仇小华气鼓鼓地说。

"小华这话在理，没大锅，摊不出大饼。"谢建伟慢吞吞地说。

"这么有头脑，那你为啥不去搞个厂？电子线和端子也是可以搞厂的嘛。"区亮反击道。

"我怎么能跟你比呢？哪天我上你那去，教教我 PACK，我也去整两台机器来搞搞，光卖电子线和端子没啥搞头。"仇小华今天心情不错，没生区亮的气。

"你们格赛市场不是也有人在加工吗？去人家那里瞄一眼就会了，很简单。很多材料你们市场都买得到，比我还方便。"区亮建议说。

"也是。"仇小华笑了，郑重道，"谢谢！"

"谢个麻花儿，用得着这么客气吗？"区亮也笑了。

大军插不上嘴，坐得远远的，区亮说："大军，啥时候吃你们两个的喜糖呀？"

大军瞟乐红一眼，脸唰地红透，像个半生不熟的大西瓜瓤，支支吾吾不敢回话。乐红也红了脸。"不提这个要死人啊？"说话的口气像极了喻芳。

哟！这到底谁跟谁呀？杜鹃也是个管不住嘴的人，她开口问道："区总，今天怎么不把嫂子带来？"

"喻芳肯定忙嘛，下午还要接妮妮。"谢建伟总想讨区亮欢心，总帮区亮说话。

"妮妮倒是不用接，喻容可以接，她今儿个感冒药吃多了，差点洗白（方言，"没有"的意思）了。"区亮约带伤感地说。

怎么回事？大家都很吃惊，此起彼伏，不停地问。谢建伟想，原来他不高兴是因为喻芳差点洗白。嗯，应是这样，他们两口子的感情实在是太好了。

"其实也没啥子，就是她感冒太重，看着公司上上下下一大摊事，着急，想快点好起来，以为多吃点会好得快，没想到药力太猛，她原本身体又虚，扛不住，吃下不久就感觉要落气，去医院打了吊针才躲过一劫。"区亮说这话时，还紧张着。

大家跟着紧张。

"这个嫂子！"乐红生气地说，"她也太拼了！没有哪个女人像她这样，不要命地干！考会计证，一次考过，太用功了！区亮你也是，把一个女人当男人使，连那么重的电池都要她搬！你的心也太狠了！人家可是城市人，千金人家的大小姐，不能和你我这些土包子比力气！"

"现在没搬了。"区亮的心好像被刺痛了，说完，立马垂下头去。

"乐红你这话有点过了吧。"谢建伟说完，给乐红使了个眼色，提醒她别伤了区亮自尊。

大家的心情突然变得沉重起来。幸好这时杨志瑜走了进来，招呼大家下楼吃饭。

席上，杨志瑜发表了热情洋溢的讲话。讲话毕，几个小股东上台亮相，隆重介绍一番。之后，谢建伟上台，谢建伟不是股东，却被介绍得最隆重："请大家以热烈的掌声欢迎玩具大亨、建伟集团董事长谢建伟先生上台做压轴演讲……"然后开香槟，共同举杯，好不热闹。

再热闹的环境，区亮的脑子都能安静下来。他冷眼旁观，发现杨志瑜身边一直跟着个女孩。看上去既不像他女儿，也不像一般员工。他突然想起乐红曾说过的话："老杨我给他打过一次电话，当时他在打麻将，不想多聊。一个女孩嗲声嗲气地叫了声'亲爱的'，老杨就说改天再聊，立马挂了。"难道这女孩就是她？

没错，就是她。这个野劲十足、比杨志瑜还高出一个头的九〇后女孩和杨志瑜曾相识于三江五巷麻将馆，北方人，叫陈阳阳。杨志瑜从"民间看守所"出来后不久，她就"阳"光灿烂地找来了。她现在也是多多电池厂的一员，主管整个市场部。工厂里的人都叫她阳阳。为了工作生活两不误，杨志瑜和她"约法三章"：私底下，他俩是"床上夫妻"；明面上，他俩是"床下君子"。阳阳"大气"，不计较，不生气，严格照章办事演足戏。

可她毕竟不是一个合格的演员，她看杨志瑜躲躲闪闪的眼神出卖了她，也出卖了杨志瑜。区亮看破，却不说破。直到有一天，杨志瑜东窗事发，地下情浮出水面，不说自破。这是后话，暂且不表。

饭后，除了乐红和大军去了龙凤山庄就近住下外，其余人等都各回了各的家。

第二十四章

乐红遭大军逼婚分手
范童遇骗子欠债潜逃

乐红和大军的爱情在"龙凤之夜"后，渐行渐远，到二〇一二年"人间四月芳菲尽"时，终是说了再见。分手的原因是大军逼她结婚。大军也是被逼的，他父母自作主张告诉三亲六戚说他要结婚了。消息传开后，问候的问候，祝福的祝福，电话不断。他不好意思跟大家讲他父母撒谎，只好去求乐红解燃眉之急。乐红不答应，他就逼，说要是乐红不答应，他就死给她看。

乐红以为大军只是吓唬她，没想到二月的一天夜里，在大军的出租屋里，大军竟当着她的面，抓来才削完苹果的水果刀，毫不犹豫就给了自己手腕一刀。

大军伤愈，乐红以不成熟、不理智为由，与大军提出分手。"死"过一回的大军，变得成熟了、理智了，不再逼乐红，却也不说分手，顺其自然。

大军向区亮诉苦，看区亮能不能帮帮他。他说他的确是很爱很爱乐红，没了乐红的日子，他感觉不到糖是甜的、醋是酸的。区亮见大军如此痴情，想到这事因他而起，就安慰："等着吧，乐红迟早是你的。"

这话连区亮他自己都不信，大军会信吗？信。大军十分崇拜区亮，说啥他都信。

大军那边才按平，范童这边又翘起来。

范童要辞职。

辞职？毫无征兆啊。干得好好的，怎么说辞就辞？一年十多万，纯收入，上哪儿挣去？区亮看到范童发来的消息"我要辞职"，像丢了魂似的，边想边走，脚步沉重，脸色苍白。

东官的夏，几乎都是桑拿天，尤其是在台风将至时，更是热烘烘黏糊糊，难受得直叫人不敢出门。可再难受也得出门去，他要当面问个究竟，为何如此着急辞职？楼道无灯，夜色浓重，打开手机电筒一口气上到四楼，推门而入。区亮也不知门没反锁，估摸是惯于推门而入，或者急了忘记敲门。范童也不知门没反锁，更不知区亮不请自来，区亮推门而入时，他和玉梅正在滚床单。床离门不远，推门可见。好在有床单蔽体，区亮及时退出这才免了尴尬。一问便知，原来范童打算创业，卖 LED 灯珠。他也想过卖电池，可想到区亮对他有再造之恩，不能给区亮添堵，就放弃了这条熟路。

才二十五六岁，为啥要如此急吼吼地去创业？创业这事可不是闹着玩的呀，是要拿真金白银去砸的呀，砸不好，小到血本无归，大到倾家荡产，那就不好玩了呀。区亮心里这样想，嘴上却没说。

他和范童屈膝长谈了大半夜，总算是闹明白到底为什么？

因为爱情。

范童见大军和乐红分了手，以为是乐红嫌大军没钱、没权、没本事。他害怕了，害怕有朝一日玉梅也会离开他这个挣钱不多、本事不大的打工仔。他要自己做老板，赚大钱，买名车，住洋房，风风光光把玉梅娶进门。

区亮答应了他的请辞，并把创业路上可能遇到的风险和注意事项统统讲给了他，还千叮咛万嘱咐地说，无论遇到什么问题都可以问他，无论遇到什么麻烦他都可以帮，一定不要蛮干、硬撑。

范童创业比区亮还谨慎，他就在区亮的免费别墅旁边的出租屋里办公，两台电脑、一部电话，他跑业务，玉梅搞内务，连公司都不注册，先借鸡生蛋，等赚到第一桶金再说。

鸡是谁？西山镇一家 LED 灯生产厂。范童就相当于这个厂的业务员，拿货不用付本钱，收到货款后，厂家把差额打给他。如果货款最终收不回来，他要承担百分之八十。

开张生意不错，一个月赚一两万，纯纯的。范童见钱如此好赚，便把"恋爱经费"涨到一月一万。

夏季是 LED 行业的旺季，他得抓住旺季好好表现一番，不然这一年就算白干了。大凡初创者都急，巴不得日进斗金。范童也不例外。

区亮让他别急，警告他，事急无好果。他点头称是。可他已经急了，已经给深鹏市一家客户送了三十多万的货，讲好的付款日，一分钱没见着，却还在往人家厂子里送。

客户不付款，怎么办？区亮说："把客户资料表、收货资料表、财务资料表、资信调查表等都给我拿来。"经分析，工厂生意红火，加班加点，工资发放准时，一切正常，看不出什么毛病。那就好，没毛病，接着送。

第二天，吴斌又去帮范童送货，范童随行。返回路上，区亮打电话给范童，很急地说道："这批货先别送了，赶紧拉回来。"

"怎么啦？"范童突然紧张起来。

"刚才在深鹏市信用网查了下，没查到这家公司，我怀疑这家公司根本没注册。你有没有见过这公司的营业执照？"区亮为昨天的疏漏深感不安。

"没……没有，马上要。"范童在心里打闷鼓，嘴唇不自然地抖动着。

采购说执照在老板手里，下午扫描后发范童邮箱。

范童回到东官，及至深更半夜也没收到营业执照。他仿佛预感到了什么，又赶紧给区亮打电话。"完啦完啦，肯定完啦，货千万不能再送了，明天早点赶去他们公司，越早越好，不给款坚决不走。"区亮缓了缓又说道，"本想和你一起去，但明天一大早我要去广穗机场接我丈母娘。你自己小心点。我现在怀疑他们是个骗货团伙。有事一定记得给我电话，千万别急，更不能盲动。"

玉梅已睡下，"好朋友"来了，感觉很疲倦。皎洁的月光从窗户照进来，打在她白皙的脸上，恰似个荷花瓣。范童和区亮通完电话，从过道尽头返回，轻脚轻手进到屋里，锁好门，坐床沿，静静看着玉梅，一颗悬着的心，砰砰直跳。玉梅均匀的鼻息，他再也听不见；玉梅如兰的香气，他再也嗅不到。他就那样一动不动地坐着，瞅着，雕像似的。

第二天临近中午，区亮接回丈母娘，刚回到公司，范童就打来了电话，声音有些低沉地问道："区总，你在哪儿？"

"怎么啦？"区亮心跳突然加速，问完便噤了声。

"我……我们得赶紧跑了，再不跑怕是来不及了，我把我那房子的钥匙交给你，麻烦你帮我收拾、处理一下。"范童鼓足勇气说道。

区亮听得这话，已知大事不妙，倏地眼前一黑，险些晕倒，蹲了好大半天才慢慢站起来。他强打起精神来到风锁广场楼下。范童和玉梅坐在出租车里。玉梅埋着头，双肩一抽一抽的，谁都能看见她在哭泣。

范童这一跑，不知何时才能回东官，他不想玉梅跟他东躲西藏，受苦受难，背负沉重的精神负担，牵挂家人，让家人牵挂，就提出分手。玉梅担心范童因人财皆失而自暴自弃，甚至做傻事，就狠下心来，坚决不同意，非要把爱情进行到底。在她说了一大堆安慰话、鼓励话、不在乎话和不离不弃话之后，范童才勉强答应带上她。

范童颤抖着把钥匙递给区亮。

"我赶到的时候，他们都跑了，一个人都没有了，货也没有了，到处扯得乱七八糟。"

"你们去哪里？"区亮不敢看范童无助的眼神，低着头问。

"去浙江，我……我姐那里。"范童也低下了头，盯着两片长长的拇指甲打架。

"能不走吗？我们一起想办法。"区亮抬头盯着范童，他不想以这样的方式送别范童。

"不麻烦你了。"范童感到无地自容，片刻都不想再待，说完就催司机赶紧走。

区亮站在原地动弹不得，出租车都过了四环路的红绿灯路口，他还那样纹丝不动地站着，好像是在为不幸的兄弟站岗放哨，也好像是丢了什么东西，茫茫然不知上哪去找寻。

天空依然蔚蓝。阳光也还是那样炽烈。行道树像抢季节的农夫，拼命地枝繁叶茂。四环路和宏图路的交叉路口，四个方向都排着长长的车龙，长龙生命力旺盛，年年都要长出一大截。新装的可自动旋转的高清摄像头，正看着范童乘坐的出租车向南城车站方向逃窜……

区亮没把这事告诉任何人，连喻芳都没讲。直至几天后，LED 厂家找来，喻芳才知道。

范童能取得 LED 厂家信任，全靠明君公司副总经理这张名片。范童曾拍着胸脯对 LED 厂家说："出了事找我老兄区总，保证啥事没有。"

LED 厂家找区亮，并非找他麻烦，他们知道这事找他找不着，他们只是希望他能说出范童藏身之地。

区亮不想范童背负债务四处躲藏，连东官都不敢回，果断担下范童应付 LED 厂家的四十万元货款。他对他们说："范童没有逃跑，他有急事，去了他姐姐那里，这事他交给我代为处理。"

拟协议时，LED 厂家见区亮一身穿着皱皱巴巴、灰不溜秋，瞧样子并不富裕，却为人仗义，深受感动，主动提出只要三十万，分三十期付，每月一万。

这回喻芳却一声没吭。

范童和玉梅的手机均已关机，区亮只能等。等待的日子，每天他都在激动和失望的相互交织中度过——电话响起，激动；接起来，失望，全是垃圾电话。

这种日子何时才是尽头？区亮仰天长问，问了白云问乌云，问了朝霞问晚霞，问了月亮问星星……

第二十五章

区亮伤岳母罢工反助妮妮梦圆
小华害老赖蚀财偏逢火灾气馁

　　台风一个接一个。东官城离海虽远，五六十公里、七八十公里、一百来公里不等，台风到此虽已是强弩之末，但也比正常季风大得多，雨量也大得多。就拿最近这俩台风说吧，前一个掀翻了区亮免费别墅顶楼的遮阳棚，后一个折断了他院里的杧果树，而院前的小巷，两次台风期间均可行船。好在院子地势高，他的"小奥"才躲过一劫又一劫……可在此期间，区亮却没躲过，身累心不累的日子斗转急下，心空变得比台风来临时的天空还灰暗。而当丈母娘把他暴骂一顿之后，这灰暗竟直接变成了黑暗，使他放弃了所有的经营活动。

　　这到底是怎么回事？乐红、仇小华和杨志瑜他们都很好奇，也都吓了一大跳。他们不约而同赶来，或劝或帮。

　　可劝无益，也帮不上，这种事，就算天王老子，怕是也帮不上。

　　据乐红、仇小华和杨志瑜他们几个的讲述，归结起来事情大致是这样的：丈母娘来访，不是单纯的探亲，主要目的是视察工作。区亮最近累得人不像人、鬼不像鬼，这天早上，起床稍稍晚了点，也就一个早上，也就晚了那么一点点，丈母娘就看不惯了，竟放出话来，说区亮懒，啥事不干，从早到晚不着家，把脏活累活统统丢给她的两个宝贝女儿和宝贝女婿，欺负人。区亮解释晚起的原因，没用，丈母娘不听，尽说区亮太聪明，把他们三个当傻子对待。说到最后，竟说开公司没啥大不了的，她都能搞，让区亮走人。

　　区亮不明就里，白受冤枉气，却也不敢顶撞，一时想不通，真就走人了。

他到鸿福北路的东城康桥租了一套单身公寓，一房一厅，拎包即可入住。从此不再过问公司的事。白天，他去找钟老师和钟老师介绍的那位吴老师聊文学，把小酒喝到云里来雾里去，坚决不让自己清醒，当然也不让自己大醉。夜里，一个人睡在空荡荡的大床上想心事。窗外电线杆上的小鸟，每天早上准时喊他起床……

喻芳夹在中间，不知如何是好。她知道这事肯定是她妈不对，却不敢责备；也知道这事肯是喻容打了小报告，不然，她妈不会无理取闹到这种地步，却也不责问喻容，更不诟病区亮，由他去。她实在是害怕闹矛盾，闹得一家人脸上都不好看，何苦呢？员工们找区亮，她就说出差了。

一个礼拜后，丈母娘回万州去了，他才对小鸟说："别催了，我马上去公司。"

可这房他也没退，他把一家三口装了进去，他说他要给妮妮一个安静的学习环境。这环境，不备电视机，只备书，大家都看书学习，争取妮妮明年考上东官名校，亦是民校，民办学校——东华的公办班。前不久，喻芳在东官青少年宫偶遇东华小学陈老师。陈老师也是万州人。喻芳想把妮妮送去东华小学读六年级，为备考东华初中公办班添薪加油。陈老师给了喻芳插班考试的信息。结果妮妮以高分通过了插班考试，顺利进入东华小学。

人的一生有许多关口，每到一个关口，你得主动伸出手，要么拉人，要么被人拉。妮妮已到了小升初的关口，也伸出了手。区亮已看到了这个关口，他不得不伸出手去，拉妮妮一把。从妮妮考入东华到毕业的这大半年时间里，他按照父亲的要求，把百分之七十的时间和精力都用在了妮妮身上。

区亮把这次升学当成一次创业来经营，从计划、组织、实施到监督、检查、执行，比如时间如何分配、课外辅导如何设置、重点难点如何消化、后勤如何保障……全都一一罗列在案，一家三口全力以赴奔目标。两个学期，除了升学考试，中间还有三次，两个期中和一个期末，三次考试的班级排名目标依次是：前二十、前十和前五。

妮妮不负众望，目标一一达成，小升初的日子，就在眼前，一大家人提心吊胆地期待着。考试终于结束了，妮妮很兴奋，一出考场就说："你们不用担心，保证考上。"区亮问她为何这般自信，妮妮说："谢谢爸爸您逼我背唐诗，理解每一首诗的意思。这回的考题就有一道很偏的唐诗题，课本上没有，别人肯定做不来，只有我做得来。两分啦，你们想想，两分要甩掉多少人啊，零点五分就要甩掉几百上千人啊。"

妮妮的考试结果还没出来，"盼星星盼月亮"的区亮却被迫去了波宁市，他要陪仇小华去处理一桩十分棘手的客诉。

半年前，仇小华接了个锂电池订单，客户是波宁的，货值七八万。电池是区亮帮着加工的。客户说出了质量问题，不处理好就不付款。

区亮看过问题电池，啥问题没有。可波宁客户却说："我这批电池大部分已出口到马来西亚，马来西亚客户有检验报告，报告显示问题多多，误了人家的大工程，不光收不到货款，还要罚款。"区亮不知道这报告到底是从哪里弄来的，却知道波宁这个从五官到五脏都长得严重不正派的客户就是个老赖，仇小华这回只能自认倒霉，百分之七十的余款肯定很难收回。

晚餐后，二人垂头丧气回到宾馆。区亮问题想太多，睡不深，始终处于半睡半醒状态。半夜里，他感觉有人在摸他，以为是小偷，赶紧爬起来，开灯一瞧，直往后退。"小华！"他大叫一声。再一瞧，仇小华一丝不挂，只见他一会儿怒目相向，一会儿点头哈腰。

"你要干吗？"区亮问完这话，脑子里立马蹦出仨字：同性恋。

可区亮不想揭穿他，笑呵呵地说："睡迷糊了吧？上厕所也不开灯，你看，走错床了吧？"

"是是是，不好意思，都是那骗子给害的！"仇小华故作气愤地说。

"没想到你还有裸睡的习惯，真是不错。我就不行，不穿衣服，就算把眼皮缝上也睡不着。"区亮见仇小华有些尴尬，就说些题外话来遮掩。

"是是是，裸睡对身体好，我一直都这样睡……"仇小华边说边穿睡衣。

区亮强忍住笑，边关灯边大叫："睡！"

睡个锤子睡！区亮越想越恶心，翻来覆去睡不着，睁着眼睛骂到天亮。心想，这鬼东西，出了这么大的事，居然还有心情想好事，佩服！佩服！

他俩住在宾馆里想了两天对策，一个都不管用，就连想把老赖仓库剩下的电池发回东官，以减少损失，都不行。老赖说，先把他客户的损失赔了再说下文。如此耍赖，这款还怎么收？收不到款，只好收心收行李回东官。

路上，区亮像防贼一样防着仇小华，总是离他远远的。排队买票，区亮说赶时间，各排一队。结果不出区亮所料，两张票两节车厢，对号入座，正好。

上车后，区亮放心大胆地睡，睡得又香又甜，之前两晚他都没睡好，电话响了很久居然都没把他吵醒，他正梦见在浙江的某个街头遇到了范童，二人正一把鼻涕一把泪地诉说衷肠……与他同座的大姐不堪其扰，也担心人家误认为是她不接这吵死人的电话，因此不管区亮脸上的表情有多丰富，只管把他摇醒，笑眯眯地提醒他接电话。

他迷糊着睁开眼，也不看来电显示，接起电话就喊，"范童！"

电话那头静悄悄的。

一定是范童，范童肯定也激动了，激动得说不出话来了，于是他便轻声唤道："说话呀，范童，我是区亮，别怕。"

过了好大一会才传来一个女人的声音："呵呵，妮妮爸爸，谁是饭桶啊？"

"啊，陈老师，不好意思不好意思，我以为是我那同事打来的呢。怎么样？陈老师，成绩下来了吗？"区亮尴尬又兴奋，额头都起了微汗。

"恭喜你们！妮妮考上公办啦！看到她成绩的时候，我也高兴惨了，没想到她居然给我考了个前十名……"电话那头，陈老师比区亮还激动。

能不激动吗？三万多名学生参加考试，能考进前十名，多不容易啊！这通电话把区亮所有的疲倦、不愉快和惊恐统统冲淡，淡如此时车窗外那片悠悠而过的祥云。

他好想大哭一场，可他没时间哭。他得立马、立即、立刻打几通电话。第一个，竟打给了丈母娘，感谢丈母娘的那一顿暴骂。丈母娘在电话那头也高兴得不行，一句"真是个活宝！"啥啥恩仇都解了；接着打给喻芳报喜，喻芳当时正在菜市场买菜，一高兴，竟买了一大堆，什么蛤蜊、生蚝、麻虾……凡是妮妮爱吃的，只要市场里有，全买。母女二人，就二人，摆了满满一大桌，破例开了瓶红酒，第一次喝酒，竟喝了个酩酊大醉。能不醉吗？一个喝藿香正气水都醉的人；最后打给父亲，感谢父亲"百分之七十"的"教育指导"。他真想打给全世界，可他太过激动，一时想不起还能打给谁。

妮妮争气，员工也争气，二〇一三年才过一半，业绩蹭蹭做到两千多万。

下半年是旺季，做到六千万应该不成问题，即便差点，新厂，也搬。他想。

为了妮妮在远离故乡的他乡有归属感、安全感、舒适感……结束租住的漂泊日子，区亮和喻芳在南城定了套二手房。

接着，他和喻芳又看好了新厂房，一整层，两千平米，也在南城。

这厂房是燕子做的媒。区亮看见南城科技园廊檐下一群燕子正在给雏燕寻食、喂食，立马对喻芳说："不看了，不看了，就这儿了，就这儿了，定了定了！"

"啥意思？房子都还没看，怎么就定了呢？"喻芳不理解，忙问。

"燕燕于飞，此地宜家；燕燕于翔，此地宜居；燕燕于止，此地宜业也！"区亮故意摇头晃脑装腔作势地朗诵道。

"这是谁说的呀？怎么这么耳熟？"喻芳被区亮夸张的动作逗乐了，笑呵呵地问道。

"《诗经》。"说完，正欲哈哈大笑，不意喻芳却说："想起来了，是吴老师说的！"

"记性不错。不过，吴老师说的就是《诗经》……"区亮解释一番。喻芳一时无从查证，只好信以为真。

这俩人在笑啥争啥呢？巢里雏燕很是好奇，一个个争相探出头来，叽叽喳喳地问个不停。区亮挥舞着双手，"嗨嗨嗨"地跟它们问好："都快快长大吧，到时我们来比试比试，看看谁飞得更高，飞得更远……"

哈哈哈……

哈哈哈……

入住新居，原本是件十分高兴的事，可区亮和喻芳都高兴不起来。搬家那天，恰好是妮妮拿期末成绩通知单的日子。妮妮的成绩不是不理想，而是相当差。他俩尽管都看傻了眼，却也没责怪妮妮，都按捺住紧张的情绪，帮妮妮分析考差的原因，啥都没说。第二天，区亮和喻芳背着妮妮找了班主任。班主任说她也正想找他俩聊聊。

两个问题：早恋和骄傲。

早恋由喻芳解决。

喻芳讲完几个早恋学生不好的结局，妮妮就害怕了。

骄傲的问题由区亮解决。

妮妮在青少年宫学习过主持人，普通话也还行，现在是学校的推普大使，广播站站长，她为此感到很骄傲。区亮也为她感到骄傲。可她写的那些自以为还不错的小文章，却离区亮的要求差距太大。为了解决骄傲自满，区亮不得不下一步险棋，他让妮妮写一篇作文——《骄傲使人落后》。

为了让区亮满意，妮妮花了一整天时间，修改了好几遍。

区亮晚上回到家，看了作文，用后来他自己的话说，心都凉了半截。通篇华而不实、空洞无物不说，还喜欢生造词，其实是乱造词。且连很多词语都放不稳，区亮借题发挥，狠狠批评。一批三小时，妮妮泪流满面三小时。

事后，喻芳心疼地问："不会批得太狠了吧?"

区亮很是自信地谈道："放心，妮妮的内心不是一般的强大，绝不会因此抹杀掉她向日葵般的天性，更不会伤到她自尊。"

果然，从这以后，妮妮的"文风"和"学风"都有了很大的转变，一切向好。

那边，谢建伟的三年订单也顺利完成，净赚一个工业园。新的更大的订单也来了，还是联合国的益智儿童玩具，五十个亿，五年完成，计划明年五月出第一批货，货值两个亿。最值得庆贺的是，他唯一的儿子谢小军，已从英国留学归来，正在谢建伟手下实习，准备接替谢建伟的职务，这就算后继有人了吧? 这个阶段，谢建伟叫作"我做你看"，下一个阶段叫"你做我看"。"你做合格，我就可放心喝沱茶去也。"谢建伟说这话时，把"也"字拖得老长老长。

杨志瑜也干得热火朝天，效益也不错，连他那小情人阳阳都开上了"别摸我"。

乐红也厉害，拿到了注册会计师证不说，公司已升任她为财务总监。她又谈了个男朋友，是奇石镇上的一个理发师。她常去做头发，日久生情。她没告诉任何人。在她的熟人圈子里，没有一个人知道她在谈恋爱。

波宁那骗子伤了仇小华元气，他家的光景至今没见好转，不用说，堵心的时候总是有，两口子吵吵闹闹也在所难免。不过，这次创业，他已坚持很久，差不多快两年了。这在区亮他们看来，他应该是落了地。喻芳说："年轻不懂事，还可以理解，都四十岁的人了，再不落地，像话吗？"

大家正这么想着，都替他高兴着，不料意外又发生了。

区亮已叮嘱过仇小华不下十次，让他千万不要一味地迎合客户做劣质锂电池。可他始终听不进，右耳进，左耳出。这下好了，一把火把一个好端端的家什么都烧没了。

二〇一四年春节放假在即，仇小华接到个急单，数量不多，也就千把个18650电芯。客户要3000mAh的，只出七块钱。电芯成本十多块，加板，加线，加插头，没有十五六块，根本拿不下来。那怎么弄？好弄。客户说，只要是18650，标签上标着3000mAh就行。至于容量够不够、循环寿命长不长、漏不漏液、爆不爆炸，根本不管。

格赛市场要歇业，客户催货像催命，仇小华只好回到家里去加工。可一家三口还没把设备搬进屋，屋里却燃起了熊熊大火，费了好大功夫才扑灭，个个满身满脸都粘满了碳灰，一眼看去，活像三个厉鬼。所幸没有伤及邻居，也所幸家里没存一分现钞。经查，引起火灾的祸首，正是那千把个劣质的18650电芯。

家里不能住人了，只好打的去旅社暂住。一路上，三个"鬼"不知吓坏了多少胆小鬼。胆小鬼们跑的跑，叫的叫，有的打寒噤，有的打电话，更有腿脚发软者，转身就是一趔趄……更多路人却在笑，三五成群的欢声笑语比过节还热闹，胆大的小孩追着他们的屁股蹦蹦跳跳……仇小华招到手臂酸软，也没有一辆出租车同情他。有的说只装人不装鬼；有的说挣的钱还不够洗车费；不寒碜人的师傅就委婉拒绝，说是要换班，让他们等别的车；心好的人劝劝，劝他们先去洗个澡，换身干净衣服……无可奈何，只好先去附近的加油站，拿洗手液洗脸，然后徒步去旅社。

这个冬天不算冷，可仇小华却感到了彻骨的寒冷。四十年来，怕冷怕过年，他这还是头一回。

一朝被蛇咬，十年怕井绳。尝尽苦头的仇小华，再也不敢和锂电池打交道了。谢建伟笑他闻"锂"色变，杨志瑜骂他缩头乌龟，乐红劝他重头再来。他这回没怒没气没争辩，貌似臭脾气也被大火烧光了。他现在什么都不想，只想给区亮磕三个响头，求区亮把他的设备和材料收下，尽快把房子刷白了过年。区亮二话不说，照单全收，按原价。

从此，仇小华告别创业，再次踏上求职之路。

第三部

不是每一条道路都能通向罗马

第二十六章

区亮迎新强内修外
范童返官感天动地

金色的阳光穿过东官大道，爬上宏伟大厦，照亮南城科技园廊檐下七个燕窝。一大群燕子早已开始一天的忙碌，觅食，补窝，育婴，猛一下飞出去，猛一下飞回来，你叽叽叫一声，我喳喳叫一声，空中地上来回穿梭，没一个闲着。一长排新划的停车位上，东停一台，西停一台，空位很多。园区大堂入口，一人多高满身红包的金橘，枝叶依然繁茂苍翠，果实依然圆润有光泽，灯光下金灿灿的直叫人垂涎欲滴。这便是二〇一四年南城科技园正月初六的模样。新年开工第一天，区亮早早赶到公司。他对数字依然敏感。今年挑初六开工，不再是初九，自是为了"顺"。他希望今年能顺利完成早已定下的六千万年营收目标。

为了这个目标，他要求全体员工做到三十二字方针：优芯秀板，严工格艺；全情投入，狠抠细节；安全生产，益满八方；笃重质量，锂行天下。方针张贴于制造中心和综合办公室显眼处，时时提醒或激励每个明君人。开工典礼上，他挥舞大手，半命令半鼓舞说："唯有持续专注、持续优化，才能持续进步、持续成功。"

开工第二天，终于拿到"研发、生产、销售"于一体的新营业执照，区亮心情格外激动，心想，终于甩掉了常常被客户看不起的"皮包公司"，好歹也算个实业公司了，虽说营收不大，才做到五千万，没完成六千万目标，可公司已步入良性循环轨道，只要顺着这个道走下去，坚持当初定下的"专业、创新、明确、主动、高效"的经营理念不动摇，坚持"稳打稳扎，做强不贪大",坚持"做良心事,为良心人",做到六千万,一定不是什么难事。

正这么想着,手机突然响起,还没看清是谁来电,食指便潇洒地划过屏幕,刚买了智能手机,扔掉了诺基亚,新鲜感使他兴奋。从"按接"到"划接",二十年,看似一小步,实则一大步,他边划边在心里感叹,真是划时代!

"你好……区总。"

"范童!"

"是我,区总。"

"干吗这么久不打电话?"区亮有些生气。

范童支支吾吾拉拉杂杂地说了一大堆理由,区亮一句没听进去,他只想立即告诉范童欠款已还,不必逃亡,不必躲藏。

范童一听欠款早还,鼻子、眼睛立马像进了辣椒水似的难受,哑口无言,挂了。

区亮理解范童心情,便不再打,接着收拾东西。

嘉兴南湖附近,一个不大的蔬菜市场里,玉梅一面择菜、码菜,一面称重、收款,那时还没扫码支付,收款还得收现金、找补,忙得不可开交。范童不管玉梅多忙,只管缩到菜摊底下,揉眼睛。"怎么了?做眼保健操吗?"玉梅问。范童不答话。再问,仍不答。玉梅急了,弯腰一把拉起来。定睛一瞧,一张脸像被油水浇过似的。玉梅丈二和尚摸不着头脑,忙问道:"到底怎么了?"

"可能感冒了,去买点药。"说完跑开,一口气跑到南湖边,先前蜡黄的脸,这会儿却变得苍白了许多。

一艘小船从远处划了过来。船头立着一个穿风衣的男子,越瞧越像区亮。他禁不住站了起来,挥挥手。那人不理睬,他便一屁股坐下去,心想,风太大,区总听不见,没事儿,区总,慢点来,注意安全,等你……

他这是怎么了?神经兮兮的。

当了逃兵,做了老赖,良心不安,到嘉兴不久就抑郁了。但不严重,最坏也就这样。

回头讲一下。到了嘉兴,他才想起曾对 LED 厂说过的话,也才想起 LED

厂有他名片——明君公司副总经理的名片，LED 厂一定会找到区亮，一定会闹到区亮不得安宁。他若干次给区亮打电话，可每次号码还没拨完，鼓足的勇气就泄掉了，简直像变了个人，郁闷得要命。

一天天，一月月，除了郁闷还是郁闷，什么事都不想干。他姐姐已不在嘉兴，随他姐夫去了厦门。好在他身上还有些积蓄，吃住不成问题。他每天睡了吃、吃了睡，总想着就这样一觉睡过去，再也不醒来。玉梅一直耐心陪着、劝着，希望他尽快振作起来，既然不想做老赖，那就赶紧去挣钱，攒够了连本带息还人家。可他始终听不进去，越来越郁闷。

玉梅见劝不动，只好出去找活干。力气活来钱虽快，却干不了；文职工作虽轻松，工资却不高。几个月前，她托人在蔬菜批发市场弄了个摊位。人靓嘴甜，买卖很快做了起来。

有了盼头，范童立马从床上爬起来，同玉梅一起打理。还钱的希望渐大，郁闷的情绪渐弱。此长彼消。

可他做梦都没想到区亮会帮他还债，更没想到区亮会说"代为处理"，保全了他的名声。如何感谢区亮的大恩大德才好？肯定不是一两句轻飘飘的"谢谢"就能了事。他问南湖，区亮这人怎么这样爱管"闲事"？他每天要工作十五六个小时，挣钱也不容易，对我为何如此大方？记得有一回，妮妮见同伴吃肯德基，她也要，区亮说挣钱不易，不能乱花钱，硬是没买。喻芳心疼不已，抱怨区亮说，就几十块钱，有那必要让妮妮大哭一场吗？几十块钱他都舍不得，几十万他却眼睛都不眨一下，说扔就扔了。这到底是为什么？为什么？为什么？他是一个商人，怎么可以如此胡来？怎么如此不会算经济账？……一阵风吹来，湖面泛起涟漪，他仿佛听见南湖说，救人要救急，钱财如粪土，仁义值千金。那我该如何感谢他才好呢？他仿佛又听见南湖说，回去吧，回到东官去，回到区亮身边去，什么都不用说，好好干，加油干，他这样的人值得你珍惜，值得你托付终身……

找到答案，他拼命往回跑，把区亮早已还债的事，把回东官的打算，统统告诉玉梅。玉梅急得双脚跳，忙说："那还等啥？赶紧把菜摊给我退了啊！马上买票！"

从东官逃到嘉兴，时间已过去一年多。一年多，对一般人而言，也就是一转眼的事，可对度日如年的玉梅来说，却如同度过了几个世纪。她无时不刻不在想念东官，睡着了都在想，更多时候是想到睡不着。她好想回到父母身边，把那两颗一直悬着的心安抚。可她又讨厌听到东官俩字，就连人家说"东方不亮西边亮""东一榔头西一棒子""东西南北中，发财到广东"等话语，她那敏感的神经都会叫她想念东官到寝食难安。如今，囚禁她的精神枷锁轰然断裂，终于可回东官了，换谁谁不急？

可再急也不急这一时半刻，二人正有说有笑，玉梅一拍巴掌道："先不给区总打电话，也给他一个惊喜。"

区亮这会儿急于出门去，也顾不上给范童打电话，他要去兰花大剧院后门赶车，必须在十点前到达，赶车去深鹏市金海滩，参加"腾飞营"，三天两夜，封闭式拓展训练——借假修真，借事修人。营友都是东官中小企业的老板。老板们都做外贸或准备做外贸。区亮准备做外贸，却不知道怎么做。不知道就会害怕。害怕真如传言所说那样，不经三两年，不烧它个百把万，很难成功。

拓展训练辛苦、刺激、紧张、兴奋，直至结束返回东官，在兰花大剧院下车时，区亮才想起范童来。

此时饭点早过，鸿福路商圈灯火通明，他感到有些饥饿、疲累。他想回家填饱肚子，然后再给范童打电话。他走到马路对面，拦下出租车。从兰花大剧院到风锁广场这段路，从早到晚，十分繁忙，开车往往不如步行快。出租车缓慢开到钻戒世家，区亮放下车窗，朝右边岔路张望。他想瞅瞅这条他曾走了两三年的岔路有何变化，这条岔路见证了他转型升级的全过程，也见证了他苦辣酸甜的青春年华，还有范童创业失败的沧桑背影……

他回忆着，想象着，一串串，一幕幕，无休无止。突然，他大叫一声："停！"

司机遵命，一脚急刹。后车跟太近，险些追尾。出租车司机不管后车如何打喇叭骂他，只管扭头看向区亮，拿眼神询问区亮到底怎么了。区亮不说话，掏出十块钱，也不要找补，推门而下。

岔路上，一男一女，拖着行李箱，并排往里走。路上光线较暗，他不能完全确定这一男一女就是他朝思暮想的人。他快速绕到二人面前，回身一瞧，不由大吼："范童！"这回他的发音没问题，十分标准。

"区总！"范童丢下行李箱，一下扑上去，紧紧地再紧紧地抱住区亮，两行热泪从"天"而降……

玉梅断然见不得此情此景，也一把抱住区亮，声泪俱下。"谢谢区总！谢谢区总！"一遍又一遍。

不论在工作上，还是在生活中，区亮表面把范童当弟看，把玉梅当妹待，可在他心里，却把他俩当孩子看待。此时，面对两个担惊受怕、遍体鳞伤的孩子，他也是百感交集。他也紧紧地拥抱着他俩。他看着前方大榕树上归巢的倦鸟，不停安慰。"回来就好。回来就好。"也是一遍又一遍。

公司搬去南城科技园，别墅却没退，正好还有一间空房。三人放下行李，匆匆出门。七弯八拐一路上行到财经大厦楼下，随便找家川菜馆，三菜一汤，一人一碗毛干饭，吃到打嗝放碗。剔着牙慢慢走出来，头顶一轮明月，水样的光，从行道树上筛下来，洒了他们一身。

范童说他和玉梅都去明君上班，他还做业务，玉梅做采购，直至退休，哪儿也不去，欠下的债，工资还。

区亮不但不要范童还，反倒还借了他二十万，让他去按揭一套二手房，安个家。喻容在"十宝一居"一个老旧的楼盘按揭了一套，首付才十多万。区亮建议范童也去十宝一居看看。

范童和玉梅再次被感动，暗下决心，一定要加倍努力工作，创造出更多价值来回报区亮，回报明君。

业务副总的位置一直空着。为何不重新物色一个？区亮说一直找不到合适的人选，坐这位置的人，能力固然重要，忠诚度更重要。他一直在培养，也一直在寻找，可没有一个能入他的法眼。范童上班第一天，区亮召集全体员工，也就五六十号人，为他举办了一个隆重的欢迎仪式，并颁发了副总任命书。

此时，范童坐在他一个人的办公室，心潮澎湃。刚建成不久的东官国际五金商贸城高高的铁塔一级一级向云端延伸；下楼去，步行五分钟便可到达即将投入使用的城市候机楼和哈啰地铁站，半小时抵广达深，广、深近在咫尺；再低头瞧去，和煦的春光已到窗前，鲜红的任命书，比牡丹还鲜艳。

那还等什么？

干。

第二十七章

东官扫黄牵动一千人
黄姐遇险吓破一串胆

　　改革开放三十多年来，每一座城市，不论大小，都在如雨后春笋般近乎野蛮地生长着，城廓越扩越大，高楼越建越高，车流越堵越长，人口越挤越稠。每座城里都有着人们对美好生活最原始、最朴素的向往，也有着不可遏制的贪欲、邪念，三步一"厅"，五步一"会"，灯红酒绿，纸醉金迷，似乎都还不足以解恨销魂，非要像不知饱足的小金鱼那样撑死自个儿，灵魂仿佛才能得以安息。

　　许多城市，恰如某大学的隧道墙，有人在美化，有人在涂画。当类似"到此一游"的涂画越来越多、越来越令人发指时，治理便开始了，涂画者真就只能"到此一游"了。毫无疑问，把东官这座城市的精神长相败坏的涂画者也不能例外，也必须给予治理。否则，长此以往，人们所向往的美好生活，终将化为泡影，甚至变成灾难。

　　二月九日上午，媒体报道了东官部分酒店存在色情服务。下午，东官市委、市政府迅速部署，成立专案组，组织六千多名警力，对全市酒店、桑拿、沐足和娱乐场所进行彻底清查，抓捕"重黄区"人员，一场声势浩大的扫黄战就此打响。

　　紧接着，公安部门派精兵强将深入东官进行调查取证，打掉了"保护伞"，大快人心。区亮尤其高兴，他觉得业务费将省去一大笔，可他也有不高兴的时候。比如，外地一个客户从此断了生意来往；而另一个客户，生产酒店智能门锁，业务量锐减，他的电池销量也跟着减；再就是，外地朋友不断打来电话关心他，问他在东官还好吗？他不堪其扰，不胜其烦。

谢建伟更加不高兴。"扫黄"加"老虎苍蝇一起打"，不知啥时候"上面"就会突然掉下一块砖，砸到自己头上，更怕脚底突然陷下个洞去，掉进无底深渊。

麻子和光头也怕，尤其是麻子，已经坐不住了，他天天都在催谢建伟把银行那一个亿的窟窿堵上。谢建伟手头的资金要买材料，拿去堵了窟窿，材料买不回来，误了联合国的交期，谁负责？没钱！要么缓一缓，等五月货发出，客户付完百分之七十余款再说；要么麻子自己想办法。谢建伟就这态度。光头也是这态度。

麻子哪有一个亿？就算他有一个亿，也断然不会拿去填。麻子想，我就签了个字，写了张条子，并不欠银行的钱，真正欠钱的还是你谢建伟。

可他忘了他和谢建伟私下签过一个股权合同。只要谢建伟把这合同一公开，他立马完蛋。

这事如此之大，他真会忘记？当然不会。眼下他只是急了，害怕了，暂时想不起来。这不，第二天他就想起来了。第二天他就不再逼谢建伟了，掉转枪口对准光头，希望光头务必想尽一切办法保他周全。否则，他定会与大家同归于尽。"否则"后面的话，他自然不会言明。光头是什么人？绝顶聪明之人。不用麻子明说，甚至点都不必点一下，光听口气他都能听出来，那弦外之音，到底是悦耳还是虐心。

但话又说回来，光头虽没同麻子、谢建伟签合同，可他和麻子见不得人的勾当可多了。因此，他必须照顾好麻子的情绪。他让麻子不用担心，说只要有他在，什么事没有。

可谢建伟起了疑心，他似乎比麻子和光头更清楚明白些，他认为"上面"这回肯定动了真格，不可能让麻子和光头这样的人逍遥法外，挨打是肯定的，迟早的事。不仅如此，他还疑心麻子接下来会狗急跳墙采取行动，利用杜鹃转走公司资金。杜鹃虽说有职无权，但手下并不清楚她无权，她若要行使权力，手下定会听从。虽说转款必须我签字盖章，但签字盖章均可伪造，只要银行认可，随时可以转走。银行有麻子在，他想做手脚，易如反掌。要是转给银行，作为还款，那还不算太坏；要是转到麻子指定的某个私人名下，那简直就坏到家了。

既然想到了，那就得采取措施，以防万一。采取啥措施好呢？找个借口，把杜鹃开除了？策反杜鹃把她变成自己人？开除风险很大。麻子一旦意识到我图谋不轨，很有可能采取非常手段，加害于我，这是其一。其二，就算麻子忍气吞声，啥都不说啥都不干，他也还会派新人来接替杜鹃，我照样得终日提心吊胆提防着。策反难度虽大，但只要处理得当，也并非没有希望。

谢建伟思前想后几日，最终决定，策反，把杜鹃变成自己人。为达目的，他打算利用两个工具：钱和情。钱好说，看着给便是；情难办，黄姐从早到晚都在眼前晃悠，既不方便畅快表达，也难以叫杜鹃接受"一夫多妻"。那这当如何解决呢？谢建伟再次陷入沉思。

办法出现在四月中旬的一天下午，也就是诺基亚不得不关掉东官南城工厂的那天下午。这天下午，杨志瑜去谢建伟公司收支票，顺便给谢建伟送洋酒。谢建伟对杨志瑜说："我们两个是不是好久没在一起吃饭了？今天无论如何得吃个饭，好好叙叙旧。等会儿把黄姐和小军都叫上，人多热闹，到外面吃去，就喝你拿的好酒。"

财神爷发了话，杨志瑜自是不好推脱，只好静候晚餐。

此时离下班还有半把个钟头，二人只好天南地北胡乱聊，想到什么聊什么。先聊诺基亚的辉煌，二〇〇〇年前后，一款诺基亚8210堪当定情物，其情意相当于如今的一辆小轿车；接着聊诺基亚"死脑筋""太实用主义""太不了解人心，尤其不了解年轻一代的心""抱着石头游水""不转型升级，不与时俱进，活该死路一条"。杨志瑜感叹说："沉舟侧畔千帆过，你我都要引以为戒呀！"谢建伟附和道："谁说不是呢，小心驶得万年船啊！"

诺基亚很快淡出。接下来自然少不了要聊到区亮、乐红和仇小华。

杨志瑜说："最近，我经常去市里办事，没少打扰区亮。区亮现在做锂电池，对干电池好像不大感兴趣了，思维方式好像都变得更先进了。他那工厂也没得说，无尘车间，工人上班都换鞋，5S做得相当巴适。小是小点，但小而美，完全按9000标准做，看上去相当舒服。再看我那破厂，简直就是个垃圾场。他这人太能吃苦了，像诸葛亮，啥事都亲力亲为，计划、组织、实施、监督、检查、执行，样样都得落到实处。这且不说，挣了钱也不晓得花，他那二手奥迪都开五六年了，还在开，他说只要没坏，就会一直开下去。真拿他没办法。他还说，当初买名车，是为了壮胆装气派，现在，已完全没这个必要。我说换台新车自己开着舒服不行吗？你猜他怎么说，他说人太舒服了要出事。真是……简直……唉……拿他没办法。"

杨志瑜说着说着，语气就变了，在谢建伟听来，好像他对区亮有意见。他对区亮的确有意见，区亮现在主抓锂电池，不看好干电池，采购他的碱性电池少了，他心里不畅快。他见谢建伟听得十分投入，就继续聊区亮，"以前梳个倒背头，看上去还像个老板。最近他居然把发型弄成个'妹妹头'，头顶两边掉太多，看上去像个瘪三，怪怪的，完全没了老板样。我说你好歹也整个三七开，或者干脆像老谢你这样，剃个光头，更霸道。你猜他怎么说？他居然说，道法自然！唉……这么多年过去了，他还是一点没变，还是那样怪怪的，简直不像个正常人。

"还有，他最近准备上外贸。我说你是不是看老谢他们做外贸一做几十亿心动了？你猜他怎么说？他居然说是。我说你也不想想，人家那是啥来头，你算老几，简直是癞蛤蟆想吃天鹅肉。他也不生气，他还说他倒是挺佩服癞蛤蟆的，至少它敢想。嗨……你看，真不知道他心里一天到晚到底都在想些啥子乱七八糟的东西，简直没法和他说到一块去。聊到后来，他居然还给我讲了一大堆的大道理，说啥顺势而为啊，顺者昌逆者亡啊，凡事都要遵循一个'道'啊，说到最后居然把《老子》都搬出来了，'道可道，非常道……'你说气人不气人？"

谢建伟对此不发表任何意见，只是笑，笑好了说："你这三七开的发型比你之前那妹妹头看上去精神多了呢。"

得了夸赞，杨志瑜越发精神，得意地说："乐红说很文雅，呵呵，呵呵……"

"乐红她最近怎么样？"谢建伟换了个坐姿，大分腿换作二郎腿。

"她现在可厉害了，大红人啊，财务总监了啊。听她那意思，今年下半年，她老板要送她一套房子。不是在东官噢，在深鹏！"杨志瑜很想乐红他们厂购买他家电池，前不久专程去拜访乐红，乐红讲了这送房之事。可乐红他们厂使用的电池都是区亮在供，杨志瑜知道她和区亮的关系很铁，只好放弃。

此时，东官房价八九千、一万多，而深鹏三四万、五六万。

听得这话，谢建伟立马决定，我也要给杜鹃买套房，造个快活窝。当然想心事不碍嘴，谢建伟说："乐红也值得她老板这样对她，自从我们散伙后，她就去了这家公司，再也没有挪过窝，对吧？如此忠诚而且上进的员工，上哪儿找去？重奖，必须重奖，换我我也会。"

"这就是做事能坚持的好处啊，不像小华那狗东西，东一榔头西一棒子，到头来，啥都没搞到手。"杨志瑜叹道。

二人聊天至此，黄姐缓步走来，杨志瑜赶紧噤声，慢慢回头。接着小军进来。于是，吃饭，喝酒，聊眼下。

黄姐今天兴致高，酒自是没少喝。小军开车，没喝酒。杨志瑜也喝得晕晕乎乎的。饭后，谢建伟让杨志瑜在福门镇住下来，明天早上再回凤港镇。杨志瑜想到夜太深，回去除了陪小情人阳阳，也没什么别的事，便爽快答应了。

谢建伟还算清醒，还知道得先送黄姐回家。谢建伟现在两头住，高兴就去黄姐家住，大多数时候和他妈住。他爸去年去世后，他把他妈接到福门镇，好生伺候着，只要回妈家，晚上一定给妈洗脚，让保姆靠边站。他是个孝子。他离婚就是因为前妻对他父母不好。其实也说不上有多不好，就偶尔说话重了点，说话重是天生的，天生嗓门大，心眼一点儿不坏，有几年日子不好过，自己一身新衣没做，却年年不忘给婆婆做，多则三四套，少则一两套。小军说啥都不愿和大人们住一处，谢建伟只好给他买了套公寓房。

小军、谢建伟和杨志瑜送黄姐到金岛一号花园小区门口。谢建伟说太晚，就不进去了，保姆有事临时回了家，得早点回去给妈洗脚，让黄姐自己一个人回去。黄姐啄了谢建伟脸上一嘴，高高兴兴与杨志瑜道别。小军开着大灯，照着黄姐进门的路。小区门前，坝子很宽敞，大叔大妈们每晚都来这里跳坝坝舞。坝子连着马路，车辆进出都十分方便。此时快十一点了，黑黢黢的坝子上、马路上，早已没了热闹喧腾，显得有些冷清。

黄姐甩着南瓜大腚，左一下，右一下，眼看就要甩到岗亭处，不料猛然间，一辆摩托车，"噗噗"放一串响屁，一下窜出来，冲到黄姐身边，稍作停留，坐在车后的壮汉，一把抓住黄姐的手臂，猛地一拽，黄姐瞬间倒地，"啊啊"大叫。摩托车再放一串响屁，拖着黄姐，奋力往前冲，冲出几十米，扔下。

小军吓傻了，反应慢了半拍，等他反应过来，把油门踩到底，也没能追上。摩托车早已钻进小巷。

杨志瑜反应更慢，及至小军一声大吼，又猛踏油门，才意识到黄姐出了事。

谢建伟反应最慢，只见他闭着眼睛，好像睡着了似的。

小军赶紧掉转车头，直奔黄姐而去。

第二十八章

老谢伺候黄姐欲将功补过
老杨邂逅疤子想以毒攻毒

黄姐躺在地上不能动弹，哎哟哎哟大叫，瞧样子，很痛。保安疾步跑来，伸手要把她拉起来，她却使劲摆手，"咬牙切齿"阻止道："别动别动，右腿可能断了。"

一阵无头风迎面吹来，小军不由打了个寒噤，掏出手机就打110。

谢建伟反应神速，一把抓过小军手机，挂掉，大吼道："都啥时候了，报个屁呀，赶紧打120，救人要紧！"说罢，竟推了小军一巴掌。

一番折腾，诊断结果终于出来了。诊断书上说，右腿膝盖大面积粉碎性骨折，椎体压缩性骨折，大腿、小腿、背部和肘部等多处皮下组织及软组织损伤，须住院手术治疗。

再经一番折腾，从手术室出来，黄姐惊恐虽然还在，头脑却十分清醒，一见到谢建伟就问："包呢？"

杨志瑜举起包，抖了抖，温和地说："在这儿呢，拉锁没开，东西应该没丢。"

惊恐疑惧是解酒药，大家都清醒多了。杨志瑜有些疑惑，俩歹徒怎么回事？不劫财不劫色专伤人吗？而且，明明车和保安都在眼前，他们怎么还敢出手？吃熊心豹子胆了？难道就不怕小军一踏油门撞死他们吗？

杨志瑜还没想出答案，谢建伟就让小军把他带走了，开房睡觉。

翌日早餐，谢建伟亲自熬粥，耐心喂黄姐。饭后去买了一大束康乃馨。杜鹃赶来顶替他，他说不累，让杜鹃回去安心上班。

谢建伟连续三天三夜，寸步不离，陪伴在黄姐身边。黄姐见他熬黑了脸，心痛不已，催他赶紧找个护工。他不干，黄姐就拿工作催他："工作要紧呀！"没想到他竟然生气了："钱重要还是人重要？你都这样了，上班还有啥意义？别说了，好好躺着，外人我不放心！"

"那叫小军来，公司不能没有你，都三四天了，听话！我这腿没那么快好，医生都说了，至少三四个月才能出院，你不可能在这待三四个月不管公司吧？走吧，别管我了，有事我叫护士，快走！"黄姐越说越急切。

谢建伟不再争辩，只是叹气，愁容满面，揉揉黄姐的手，低头亲一下，放进被子里，压压被角，一步三回头，悻悻地再悻悻地往病房外走。走出病房大门，迈着大步，吹着口哨，心花怒放，学孙猴子那样叫："杜鹃，老谢来了……"

小军赶到医院，黄姐却不让他陪，让他请陪护。小军求之不得。陪护来了，小军告别，黄姐再次叮嘱："千万别让东东知道……"东东是黄姐儿子，在北京一所三流大学读商务英语，大三。明年去美国镀金，学金融。学费由谢建伟出，一百万已存到黄姐个人名下。

杨志瑜回到公司，黄姐被摩托车所伤之事，得空就想，想了好些天也没想出个所以然来，就打电话给区亮，看他怎么说。

区亮没接，正在气头上。这几日他面试了十多个外贸业务员，一个都没来。有的嫌宿舍太旧，有的嫌一间房住两人太挤，有的嫌食堂不时髦，有的嫌办公室太小，有的嫌购物不方便，有的嫌出行不方便，有的嫌底薪低，有的嫌提成低，有的嫌公司小，有的嫌娱乐少，有的嫌旅游少，有的嫌女生少，甚至有人嫌区亮不够帅。

也不全气这些应聘者，还气喻芳、喻容、吴斌和范童。他们见外贸员不好招，又约一起去他办公室，闹的闹，劝的劝，让他放弃做外贸，说投资做外贸，还不如把钱往水里扔，往水里扔还冒个泡，往外贸里扔，泡都不会冒一个，弄不好，还会拖垮公司。

喻芳闹得最凶，闹到后来居然闹离婚，并扬言要拿走一百万，日子各过各。

区亮深知喻芳他们的担心，担心自己的既得利益因此缩水，甚至连工资不保。他很想批评他们"小富即安",没有忧患意识,批评他们"头发长见识短",看不清形势,可最终还是忍住了,还拿"真理总是掌握在少数人手中"来自我安慰。

"世界锂电看中国,中国锂电看东官……"区亮说的这"锂电",是指加板加线后的成品锂电池。没有加板加线的不能叫锂电池,只能叫锂电芯。身在东官做锂电,固然好,可客户鼠标一点,也会搜出锂电公司一大堆。不懂锂电的客户,拿地摊货同厂家货比价格,几比几不比,几杀几不杀,你降我降大家降,一个投入了大量研发人员、研发设备的高科技产品,最终统统都只能卖个白菜价。利润低得叫人吐血跳楼不说,货款动不动还要六十天、九十天、一百二十天结。区亮一朋友,在深鹏市生产手机锂电池,开厂六年,最终工厂被国内一家很有知名度的手机品牌企业拖款给活活拖死了。还有,国内客户忠诚度极差,做完这一单,下一单还是不是你的菜,谁都不知道,前期开发投入,弄不好就打水漂。因为"冒险家客户"是哪家便宜买哪家,根本不把安全当回事,买个"及时乐",不管"售后苦",爆炸再说,起火索赔。殊不知,再打电话,人家已关机。整一个非理性采购。

而外贸几乎不会这样,老外们都知道,至少得给人家百分之二十的毛利,且先款后货。只要质量不出问题,三年、五年一采到底。也不管你是上市公司,还是中小微企业,只要东西好就行,"门当户对"的"传统观念"要弱得多。

外贸真有这么好做吗?

不试试怎么知道?

怎么试?没有大家支持,一个人根本玩不转。其实也不要别的支持,只要在心理上、态度上支持一下,别成天哭丧着脸把人家外贸业务员吓跑就成。区亮正这么气咻咻地想着,不料杨志瑜的电话又来了。再不接听,怕是不妥。慢吞吞接了起来。

区亮听了杨志瑜的讲述和疑惑,分析说:"如果真是一场有预谋的伤害的话,那主谋一定是老谢。至于为啥要雇凶伤人,为啥只伤不杀,要是老谢不说,那这世上注定又要多一个千古之谜。"

杨志瑜对区亮的说法十分认同。他之所以如此上心,是因为他担心他的货款因此受影响。

老谢不会是想撇开黄姐，独自卷款潜逃吧？做得好好的，又没啥风吹草动，为啥要逃？杨志瑜窝在转转椅里，把自己想的心惊肉跳，这时阳阳突然闯进来，愁眉苦脸地说："杨总，深鹏那老赖已催好几个月，看样子，不动点真格儿，那十几万，恐怕真收不回来了。"

"你先去忙吧，让我想想吧，想好了再告诉你，去吧。"杨志瑜"吧吧吧"的很温和。

"刚才，你怎么啦？紧张什么？"阳阳好奇地问。

"你吓着我了。"杨志瑜嬉皮笑脸地说，"看我晚上回去怎么收拾你。"

"随时奉陪，就怕某些人的猪腰子不给力。"阳阳说完，捂着嘴巴，压低身子，跑了。

转天，杨志瑜独自一人出门吃早餐，不想碰到疤子，转身拔腿就跑，生怕疤子找他麻烦。跑出没多远，停下，心想，一个劳改犯，我怕他干啥？猛回头，不料疤子早已不见踪影。

往下不几天，一天下午，他从万州老家探母回来，刚走到公司大门转角处，不想又遇到了疤子。疤子扑通一声跪下，倒头便拜，一把鼻涕一把泪，一口气讲了一大堆，道歉话，落难话，望杨志瑜收下他，赏口饭。

杨志瑜正愁找不到能动"真格"的人，没想到这人从天而降，不请自来。真是天助我也！他有些激动，连忙弯腰扶起疤子，绕疤子身体转一圈，命令道："把衣服解开！"疤子解开衣服。杨志瑜没让他转，他竟主动转了一圈。没有凶器，杨志瑜再令："脱裤子！"疤子解开皮带，正往下脱，杨志瑜一声大喝："停！"疤子提着裤子不动，杨志瑜鼓掌一本正经地说："好样的……好样的……这样……我给你出道题，要是你能答对，我立马收下你，给我开车，专职司机，怎么样？"

疤子瞧上去有些紧张，怯怯地问："语文还是数学？"

第二十九章

老杨获疤子得意忘形
父亲夺儿爱走火入魔

近来天气阴沉，加之厂门口处在风口上，凉风不断，尽管时令已至仲夏，却不觉得热。杨志瑜忆起疤子曾经的魔鬼样，就想，要是就这样轻易收了他，那也太对不起自己了吧？反正天气不错，离下班尚早，也没什么急事要办，何不先出气再出题？

怎么出？正思忖，突然眼前一亮。他灵机一动，拾起一块小石头，猛地扔向不远处正在觅食的野狗，边扔边骂："没人养的东西！偷吃的剩菜剩饭，拉屎拉尿也不晓得走远点，把我厂门口搞得稀臭！滚！给我滚远些！"运气不错，石头正好砸中野狗左眼。野狗嗷嗷直叫，掉头就跑，转眼跑入不远处的那片小树林里。忽闻一阵哗哗声响，不知是风吹动了小树林还是小树林在欢呼鼓掌。

杨志瑜骂得其实也没错，这野狗确实经常溜进厂里偷食剩菜剩饭，在厂门口拉屎拉尿，有好几个同杨志瑜熟络的客户，每回来访，必调侃："杨总，你这是臭门在外呀！"

瞅着野狗狼狈逃窜的滑稽样，杨志瑜忍不住大笑起来，这狗东西将来不会跟疤子一样、也变成个斗鸡眼吧？

疤子一直在想题，没听出杨志瑜话里有话，但见杨志瑜大笑，却以为是在讥笑自个儿紧张，也傻傻地笑他一笑。

杨志瑜笑好，本想仿照"细羽家禽砖后死，粗毛野兽石先生"出一上联："路边狗眼砖后爆"，让疤子对下联，不料张口便发现疤子的斗鸡眼里空洞无物，也就还按先前的想法出题："疤子请听题。请问，三加二减五等于多少？"

"等于零！"疤子心算能力不错，脱口而出。

"恭喜你！答对了！跟我来！"杨志瑜故作热情地大声叫道。提起包，边走边说，"还有道实战题，要是你也能顺利过关，立马正是录用你，签合同，买保险，吃香的，喝辣的，一样都不会少你的。"

疤子天生一副收烂账的脸，就算脸上没有那道弯月疤，深鹏那老赖见了他，也定会吓到尿裤裆。这不，疤子的巴掌才扬起，那老赖就乖乖投了降。其实，扬起巴掌只是做做样子，绝不会真打。真打理亏，这道规，他懂。

疤子收回欠款，杨志瑜兑现承诺，特地在厂外给他租了间房。他面相太恶，担心吓着同事，保险起见，隔离开来，单独管理。

有了疤子这个"收款神器"，杨志瑜不再担心老赖，转头对阳阳说："把政策放开点，只要人家财务状况不是太坏，尽管放账。"

疤子每天按时上下班，一上班就戴墨镜，晴天、雨天、白天、夜里，都戴，从没落下过，且随叫随到，也从没迟到过、拖延过，也不说三道四，也不到处乱串，给人感觉很本分。

杨志瑜摆平了老赖和疤子，又想起了谢建伟，他会不会做老赖呢？想着想着就想给谢建伟一个惊喜。

也不打招呼，悄悄闯过去。他想，都是老伙计，闯了就闯了，自然不会闯祸，更不会闯鬼。可他闯了谢建伟的好事。谢建伟正同杜鹃亲热。他把头探进谢建伟的办公室，像乌龟缩头那样，嗖一下缩了回来，关好门，拉起疤子，疾步走向洗手间。

谢建伟和杜鹃亲热，这是第四次。

第一次，谢建伟向杜鹃提出亲热，杜鹃起头没答应，说怕黄姐知道了不好收场。谢建伟不假思索，张口就说黄姐身体不行，只能当亲人，不能当爱人。也不知是真是假，除了他俩知道、鬼知道、天知道，谁能知道？杜鹃半信半疑，半推半就勉强亲热了一下。这次亲热，谢建伟管它叫非实质性亲热。

第二次，谢建伟要求实质性亲热，杜鹃就把小军搬了出来，说她和小军正在谈恋爱。起初谢建伟又惊又喜。惊的是，上次亲热怎么不说？这样我怎么对得起小军？谈恋爱为啥不光明正大地谈？偷偷摸摸算怎么回事？喜的是，那敢情好，做了儿媳妇，就不担心麻子使坏了。惊喜之后接着就在心里哀叹，唉，早说嘛，早说黄姐的腿就不会断了呀！可谢建伟毕竟是谢建伟，不几日他就把惊喜丢了，他要横刀夺爱，且已找到既能安慰自己，也能说服杜鹃，还能摆平小军的理由——杜鹃和麻子，杜鹃和小军，杜鹃和我，怎么到处都有个杜鹃？一个到处水性扬花的女人怎能做小军媳妇？就算能，她能真心实意爱小军吗？能和小军白头偕老吗？问题太多，想想都头疼，不得不说："鹃儿哪，小军也许不好意思跟你讲，他其实早就有女朋友了，是我们老家一个县委书记的女儿，在重庆上大学，明年就毕业了。他们两个的感情好得很，都谈两三年了。我当初不同意，不想和官员攀亲家，一口气给他介绍了好几个女朋友，可他一个都看不上，非那县委书记女儿不娶。他和你顶多只是玩玩，你们两个根本不可能有结果。只有我对你才是认真的。虽说我年龄大了点，可我身体好得很，一点不比年轻时差。你看那谁谁谁，都八十六岁了还生了个儿子。"生儿子这事显然是谢建伟杜撰的。

杜鹃听他如此说来，竟乐了。一乐就"实质"了。

接下来，小军找杜鹃，杜鹃不抬头，不吭声，只管捂紧耳朵，千方百计地躲着。不理是吗？那好，今天送个包，明天送块表，上午献玫瑰，下午献飞吻，爱理不理。杜鹃不堪其扰，只好把谢建伟所言和盘托出。

这样，小军便不缠不闹了。他想，这些话要真是谢建伟说的，那其中定有隐情。于是找到谢建伟，质问他为什么要撒谎。谢建伟大谈特谈"利与害"。可小军压根不管什么利和害，只管把杜鹃死缠到底。说来也是无法，这情网，一旦坠入，谁又能说出就出呢？杜鹃这么想，谢建伟也这么想。

可小军越是这样，谢建伟越担心，越想同杜鹃亲热，希望小军尽早绝望，彻底放弃杜鹃，重新站起来，另觅新欢。

今日这第四次亲热就是谢建伟担心的产物。谢建伟和杜鹃一致认为，这开门关门的人肯定是小军。谢建伟吓得不轻，十分担心会闹到不可收拾的地步。"真是太大意了，下回一定要记得反锁了。"说完又想，小军定会认为是我要抢他的女人才打胡乱说的……

杨志瑜和疤子返回谢建伟办公室时，杜鹃已经离开，谢建伟还在思考如何消除小军的误会，一脸愁容。

最近杨志瑜商场、情场均得意，说话做事自然走得意路线，他一见到谢建伟就十分得意地说："不好意思啊，老谢，刚才我啥都没看见哈。"

谢建伟在心里咒骂，但表面上还是笑嘻嘻地接话道："难道只准志瑜放火，不许老谢点灯吗？"

"啧啧啧，看你这话说得，我放啥火了呀我？老了，火不起来了，不像你，宝刀始终不老。"杨志瑜志忑一下，心想，这个老谢，他是怎么知道的？

谢建伟的眼力可不比区亮差，杨志瑜和阳阳眉来眼去，区亮能看出二人关系非同一般，他谢建伟自然也能。

杨志瑜向谢建伟介绍疤子："我专职司机，过去在麻将馆认识的，老朋友，顺便也帮我处理些烂账。今儿个到这边办点儿事，顺道儿来看看你。想到没啥重要事，也就没有和你提前打招呼……"

杨志瑜的目的达到了，没聊多久便起身回凤港去了。

谢建伟见惯不怪，简直没把疤子放在眼里，真就当杨志瑜是顺便来拜访。他不但不担心自己会遭遇什么麻烦，反倒担心起杨志瑜来。他认为杨志瑜涉黑不走正道，迟早会出事。末了，叹一声："这个志瑜，一有钱脑壳就发热。"

送走杨志瑜，小军找上门来，请假去西藏旅游。谢建伟想，去就去吧，散散心也好，要是能在旅途中有个艳遇啥的，那就更好。

小军请假去旅游，目的不是去散心，而是放谢建伟鸽子，让谢建伟妥协，答应他和杜鹃在一起，没想到弄巧成拙，假竟然给准了，且准得还很爽快。他感到非常失望。可开弓没有回头箭，只能硬着头皮去了。

小军从西藏回来时，价值三个亿的益智儿童玩具已装船出海，一切都显得格外顺畅、正常，不见丝毫隐患。

第三十章

一个老姐搅烂一锅粥
两个外贸下活一盘棋

区亮这边却极不顺利，可谓是一波刚平，一波又起。

昨天，他才以项上人头担保，保证做外贸不会亏，说服了喻芳和其他几位，并招来了两个什么都不嫌弃的外贸业务员，阿丹和阿婷。本打算只招阿丹一个，可阿丹说，要招一起招，不招阿婷，她也就不来了。"割斤后腿子，还要搭二两槽头肉。"区亮一咬牙，都要了……他心情原本不好，不料，今天，雷电交加，雨一直下，也不知是哪个胆大包天的家伙又把天给捅漏了，下午快下班时，老姐拖着行李箱，毫无征兆地出现在了他面前，说她工作了二十多年的那家服装厂终于倒闭了，一时找不到新工作，只好来弟弟公司上班。区亮担心和老姐合不来，老姐不仅性子急，脾气还暴，也担心老姐和其他员工闹别扭，便毫不留情，一口拒绝："不行！绝对不行！"

话音刚落，老姐不管不顾，一哭二闹三上吊，大骂区亮没良心，说当年要不是她挣钱供区亮上学，区亮根本不可能有今天的出息；又说区亮今天发达了，六亲不认了，她在别处找工作，得求情、托关系，没想到到自己亲弟弟的公司来上班，也还得求情、说好话。甚至还说，她过去的同事、朋友都知道，她有个能干的弟弟开了个大厂，很了不起，没想到亲姐姐来扫地抹屋都不许，这事要是传出去，那还有何面目苟活于世？"老姐言重了，简直不是那么回事，"说来说去，说到最后，区亮就说："不要你上班，照样给你发工资，这下总行了吧？"不行，非要上班，不要她上班，就是想要她的命。

窗外，轰隆隆一阵雷声滚过，区亮只觉五脏六腑都炸了。老姐今天是怎么了？她过去只是性子急点脾气暴点，从不曾见她如此不讲道理呀！区亮又急又心痛。缓缓，赶紧给好脾气的姐夫打电话，问问到底是怎么回事。姐夫说自从上次被抢劫后，她的脾气就变得越来越怪、越来越坏了。

"看来新姐夫和区亮一样，也没研究过老姐坏脾气到底是如何形成的。"喻芳说。

老姐的脾气不是生来就坏，她年轻时温柔、活泼、嘴甜，可讨人喜欢了。一九八九年她高中毕业，应聘到东官平常镇精彩集团，一家上千人的港资企业，生产服装，大部分都是女工，女工们都叫她"人见人爱"。那时她太年轻，眼力不好，和同车间一个有妇之夫好上了。当她得知能说会道的男友有老婆有孩子时，已同居一两年。男友哄她说他尽快离婚，可一等就是七年，直到男友骑摩托车被大货车撞死，也没离。这事给她的打击实在太大。从这以后，她就变得不爱说话，遇事一点就炸，也不愿再回万州老家。

孤独一人，甚感寂寞，她去舞厅学跳舞，三步、四步、探戈、伦巴，什么都学。在舞厅，她识下一老乡，比她小两三岁，施工员，正修平常镇公园。老乡舞跳得不赖，做起了老师，教她跳舞。教学相长，长了舞技，也长了情意。老乡很快跳成老公。

结婚不久便怀上孩子。要为人父母了，那心情没得说，自是乐得不行。日子再度温润起来。可这温润的日子老姐还没过够，老公却出了状况。下班后，要么喝酒，要么跳舞，要么上网吧，找网友聊天，很晚才回。那时有电脑的人不多，聊QQ是一件时髦事，同打游戏一样令人着迷，网恋人群十分庞大。十亿网友九亿恋，其中一亿掉了线。老姐的火气比挺起的肚子还大，没少责骂老公，可老公不能自拔，无论老姐火气多大，姐夫照旧。日子越过越乱。

老姐孕期到了要生娃，老公却出了差，手机始终关着，好似人间蒸发。左等不回，右等不回，老姐只好独自去生娃。年龄大了不好生，头天生半天没生出来，医生让她先回家，第二天再生。她不知道这有多危险，竟遵了医嘱。第二天再生，还是生不出来，只好剖腹。结果傻子都能猜到，一个死婴。

老公终于开机，听说孩子没了，却不惊讶，更不痛苦。这让老姐很惊讶很痛苦。

老姐出院，老公提出离婚。老姐苦苦哀求，想尽一切办法挽留，可老公铁心要离。既然留不住，那就送一程，和平分手。分手那天，老公良心发现，说了实话，他网恋了。前段时间，不是出差，是出轨。

分手后，老姐心如死灰，无心再工作，把自己关起来，关了很久才经之前一工友介绍，谋职到广穗市旧塘镇，一家牛仔衣厂。所幸，在这里遇到了疼她爱她的人。二人很快坠入爱河。

可婚后两三年，始终不孕。上医院检查，问题出在老姐。治疗花了好几万，仍是不孕，遂放弃。

从一个花样少女到一个无后徐娘，一路饱经爱情、婚姻、家庭折磨，这脾气能不怪能不坏吗？

以往逢年过节，一大家人，聚一起，姐弟俩争辩，喻芳总是睁只眼闭只眼，不劝说也不评价，由他们去。老姐总说喻芳懂事会做人，是个好媳妇。可今日之事，喻芳实在看不下去，不得不管一管。她把区亮扯到一边，轻言细语说："算了，将就她，她要真有个三长两短，看你怎么向你姐夫、还有你爸妈交代。还有，你看，这一闹，全公司人都晓得了，好看吗？"

区亮想想，觉得喻芳所言在理，赶紧给老姐赔礼道歉，又安慰一番。

老姐并非不讲道理之人，她只是自尊心太强，别的什么毛病没有。若要论聪明能干，无论男女，多少人都不如她。区亮如此一想，心情更加顺畅。及至后来，他甚至认为，老姐来了，于他而言，难说不是如虎添翼。

区亮安排老姐去车间当工人，让她先熟悉熟悉产品构成和工艺流程。老姐毫无意见，只要是给弟弟做事，没有贵贱之分，做什么都行。老姐迅速融入紧张、繁忙的生产、生活中。区亮看在眼里，喜在心上，真是好样的！

安顿好老姐，区亮把主要精力放在两个外贸业务员阿丹和阿婷身上。阿丹和阿婷除了会英语书写外，其他基本不会，口语还不如他自己，于市场营销而言，说她俩是一张白纸，毫不为过。而且，还不善言谈，实属严重内向型。别说做营销员，就是做一般文员都够呛。就这样的两个人，何时才能培养成合格营销员？区亮深知，营销员是培养不出来的，营销员都是天生的。可这话他不能对喻芳他们讲，更不能对阿丹和阿婷讲。招不到合格营销员，他只能先将就用着。可培训、培养毫不将就。不但不将就，反倒很讲究。他告诉自己，必须"破釜沉舟，背水一战"。

从心理辅导开始，让阿丹和阿婷带着希望去工作，他对她俩说："你们俩的激情加上我这老头子的经验，保证很快就能走上正轨。"在生活上，他买来墙贴，把她俩的宿舍装饰一新，看上去既青春又温馨。她俩喜欢煲汤，他就买个电饭煲亲自送去；她俩夏天喜欢冷饮，他又买个小冰箱送去；阿婷说夏天光线太强，午睡晃眼，他就定制一副颜色鲜丽的窗帘，既遮光，又美观；阿丹说工衣太宽松，不显身材，他就找裁缝收个腰；想到她俩不会吃西餐，不能陪偏爱西餐的客户用餐，他又带她俩去西餐厅，高中低档都见识一遍……只要她俩一张嘴，几乎是"要风得风、要雨得雨"。只要她俩不说离职，随便怎么张嘴都行。

心定了就着手学习产品知识、营销知识，以及包括修图在内的各种技能技巧，同时打理网站、使用各种外贸社交平台和外贸软件。区亮边教边完善PPT，教到最后，竟做成了三四十个PPT，几乎可以一揽子解决整个外贸业务作业培训，这为他后续招聘在育人这个环节夯实了基础。同时，对内贸业务也有相当大的改善和促进作用。

不仅内培，也外训。外训主要两个方面，一是上"腾飞营"举办的技能培训班；二是参加"腾飞营"举办的竞赛活动。阿丹和阿婷能力虽说差点，但对职业的忠诚度却极高，执行力也很强，做什么，怎么做，全听区亮的。区亮在心里称她俩"乖乖女"。培养仨月不满，依葫芦画瓢的营销便开始了。如是，阿丹和阿婷就算基本培养出来了。

老姐也基本培养出来了。她是自己培养自己，无师自通。她在生产现场居然发现了诸多难以容忍的问题和毛病，一次又一次地逼迫生产经理按照她的想法大改特改，直至把生产经理改到辞职为止。

生产经理以为老姐是区亮派去的钦差大臣，手中握有尚方宝剑，不得不屈服，不得不辞职。

事后调查，区亮发现，老姐除态度恶劣，不把经理当经理外，其他并没什么大错，的确是大大改善了生产各个环节，平衡了工位，衔紧了工序，缩短了流程，提高了品质和效率。

那当如何是好？军中不可一日无帅呀。经理走了，谁来统帅？区亮知道老姐脾气，自是不敢责备，试探着问道："姐，要不你来？"老姐指指点点还行，若说指点，那她还嫩了点。她有自知之明，自是把头摇得像个拨浪鼓。

原本这也没什么好为难的，再招个经理就是，可老姐在，新经理的结果怕是还不如前任。区亮决定先不招，亲自上。他想看看老姐的表现到底如何。

起初几天，姐弟俩有商有量，该叫姐叫姐，该叫总叫总，相处十分和谐。可好景不长，不出十天老姐就变了，大句小句，轻话重话，完全不经大脑，不管区亮受得了受不了，只管往他耳朵里灌，经常灌得区亮尴尬甚至狼狈。

这样区亮就知道问题所在了。老姐的指指点点大都没错，只是表达方式不对，态度不对。表达方式和态度是很难伪装的，本性难移嘛。那怎么办？这好办。改不了本性，那就改岗位，最好改到不与人打交道、独立作业的岗位。有这样的岗位吗？恐怕任何一家公司都没有，除非这家公司就她一个人。那就调到相对独立的岗位上去？

区亮和喻芳商量来商量去，最终决定调去管仓库。仓管目前就喻容一人。老姐主要负责进，喻容主要负责出，分工也合作。可两个臭脾气并一处，合适吗？区亮、喻芳明知不合适，却也没别的更好安排。

担心什么来什么。第一天就得做调解员。老姐说摆放分区不对，必须调整。喻容不让调整，说调整了不好出货。各执己见，相持不下，争着辩着就吵了起来，吵着吵着就要找领导评理。老姐找区亮，喻容找喻芳。各自大述其理，大诉其苦，区亮、喻芳都耐心听着。听完去看现场，看看到底该如何放置，才能让二位仓管都满意。别无它法，谁的意见都不采纳，乱放。这下好了，都不闹了。喻芳问区亮："到底是怎么想的？"区亮说："先乱放，以后让货物们自己去找合适的位置，时间会摆放好一切。"

喻芳笑了。

以防类似不快再来，区亮给好脾气的姐夫打电话，望姐夫也能来公司上班，管管老姐。姐夫很爽快："没问题，收拾收拾就来。"

区亮才挂电话，阿丹急匆匆跑来，激动不已："区总，托马斯要买电池，快来帮我看看，看看怎么回复……"

询盘终于来了，区亮更激动，跑得比兔子还快。读罢邮件，区亮一拍桌子，转一圈，拳头一握一挥，脱口便道："成了！准成！"

果然。区亮全力协助阿丹，第八十三封邮件发出的当天下午，北京时间大约五点来钟，样品单就来了。俩月后，首个批量单诞生，货值近五十万人民币。满打满算，区亮不由惊叹："嚯，就这一个单的利润，足够整个外贸部半年开销，高质量、高科技产品的利润就是高啊！"

　　可谢建伟一通电话就把他的高兴劲给打没了。谢建伟在电话那头焦急地说："麻烦你赶快来一下好吗？我这里恐怕要出大事了。"

第三十一章

一颗螺丝钉吃掉千万元
一场持久战打乱万千人

区亮盖上砚，洗净笔，不写了，回头再写，他打算写幅字——"戒骄戒躁"，以纪念今天这个特别的日子，拿到首个批量外贸订单的日子。也不知谢建伟那里到底出了什么大事、得耽搁多久，为保险起见，他把托马斯的案子移交给项目工程师。细节较多，移交耽搁久了点，出门时走得急，竟忘了带水。十月的东官炎热不减，老奥迪空调不大制冷，中午同钟老师、吴老师等好友吃了重庆火锅，加之这阵子先"气"后兴奋忘了喝水，才走到半道就渴到喉咙冒青烟，嘴里苦哈哈的怪难受。一到谢建伟办公室，他什么话不讲，开口就叫："水！水！"

谢建伟也叫，嘴上没叫，心上叫："钱！钱！"

谢建伟在电话里所说的"大事"是，价值三亿人民币的那批玩具出了问题。问题出在一颗小小的螺丝钉上。

玩具的电池盒盖，是用四颗螺丝钉固定的，不是常见的卡扣，目的是防止儿童打开电池盒，把电池当糖果误食。但普通螺丝钉用普通螺丝刀就能启开，尽管比卡扣难度稍大点。近三四年来，陆续有儿童咀嚼、吞咽电池的事件发生，联合国方面收到投诉后，赶紧给建伟公司发邮件，要求停止使用普通螺丝钉，改用防盗螺丝钉。防盗螺丝钉的螺帽中间有个柱子，须专用螺丝刀方能打开。专用螺丝刀，几乎所有家庭都没有。

联合国的邮件是小军在负责处理。小军收到邮件时，恰逢黄姐出事，紧接着失恋，再后紧接着赌气去西藏，一颗小小螺丝钉，早已完全消失他心上。

直到八月，联合国来信说，螺丝钉没变，必须更换，小军这才想起那封回复了客户，却没把变更信息输出给项目组的邮件来。

小军吓得像见了长舌头、长獠牙的吸血鬼似的，双手一下离开鼠标、键盘，眼球暴突，小嘴大张，满脸通红，顿起一额细汗，颤颤巍巍地走进谢建伟办公室。

谢建伟听罢，苦笑一下，只字未吐。他已气成筛子锅盖，声门被大气堵死，一时半会出不来音。他既气小军的粗心大意，也气自己搬起石头砸自己的脚，要是不让黄姐出事，要是不抢杜鹃，要是不答应小军去西藏，或许就不会出事。

要换掉近六百万个玩具的两千多万颗螺丝钉，谈何容易？螺丝钉虽不值多少钱，但工时值钱。既要拆外箱，又要拆内盒，换完螺丝钉，重新装箱，重新打包，得花多少工时？而且，这样一弄，玩具、内盒、外箱都会有不同程度的损伤，作为商品，是要折价的。

小军发去邮件说同意更换螺丝钉，联合国方面就说，这批玩具得折价五百万。谢建伟问，能不能少点呢？联合国方面说，考虑到今后还得长期合作，不退货，已是天大的恩惠。谢建伟深知，这货没法退，往返运费，加进出口关税，再加返工费，三个亿，不是归零，而是归于负数。

最终达成的协议是，防盗螺丝钉和内盒由建伟公司提供，联合国自己返工，返工费用八百万。谢建伟知道这是敲诈，却也无可奈何。折价金额、返工费用，外加防盗螺丝钉、内盒的采购成本、运输成本，这个单的利润，近一千五百万，全部赔光还差一两百万，总亏损预计将达到两千万。

谢建伟接着说："利润丢了，问题还不算太大。更大的问题是，我的那个合伙人，盼着这笔资金去填银行那一亿窟窿，眼睛都快伸出爪子了。而联合国那边，却要等返工搞完才能付款，付款时间大约要等到明年春节后。更要命的是，后续订单计划，要等这批货返工完成后才能执行。也就是说，下一批两个亿的玩具，要等到明年春节后才能出。这样一来，收到下一批货款，最早也得明年四五月份。从现在到明年四五月份的近半年时间里，供应商一个多亿的货款，将一分钱都付不出，结算期最长的物料，才四个月，就算全都改到四个月，那剩下的两个月怎么过？

"当然也可以拖一拖。但一旦拖着不付，后续订单的原材料，人家肯定就不会再供了。开发新供应商倒也行，可这个采购工作量实在大得惊人。工作量大也不怕，大不了多招些采购，主要是每种物料都必须经过联合国那边确认。这个确认周期相当长。几千工人在这里啥事不干，等着生产，现在人工成本这么高，可想而知，这浪费得多大？

"浪费还只是一方面，工人没事做，闲着无聊易闹事，安全隐患超级大。当然也可把部分工人放了，可放了重新招，很难在短时间内招齐。就算能招齐，可生手的工作效率低，产能跟不上，交期难以保证，利润也难以保证，弄不好就砸手里。

"要是物料不给联合国确认，那倒没这个问题。没问题是没问题，可问题是，不确认，万一被人家发现货与样品不同，就像这回一样，要求打折或者退货，那岂不是雪上加霜？

"你看这左边是悬崖，右边是深渊的，我该怎么办才好呢？我真是一点办法都想不出来了。已经拖了银行好几个月了，要是我那合伙人顶不住，银行来强制执行，那麻烦可就大了。现在执行，银行的钱肯定没问题，这个厂抵它那一个亿绰绰有余，可供应商的货款、几千人的工资怎么办？那可是几个亿呀！"

一席话听下来，区亮的心都快炸了，他能想象当事人谢建伟的心有多惊惶。他深知当局者迷，也深知谢建伟找他做军师，是瞧得起他。他积极开动脑筋，稍加整理便问："螺丝钉做错这事目前有多少人知道？"

"就小军、杜鹃和几个股东知道。"

"好。这就好。千万不能让供应商和公司员工知道。到期货款没付的有多少？"

"大概一个亿。"

"现在账上有多少？"

"不到两千万，留着发工资的。每月工资差不多要七八百万。"

"好。工资一定不能拖。内部一定不要乱。首先，你把主力供应商召集起来开个会，当面说明一下，就说联合国方面要求推迟交货，推迟到明年五月份，推迟的原因是部分成员国耍赖，资金没到位。千万别说产品出了问题，免得他们恐慌。你现在不是已经把下一批玩具生产出来了吗？你大大方方带他们看仓库，他们绝不会一箱一箱数。这是让他们相信玩具的确都在。为表诚意，你让他们派代表进驻公司，接受监督。这个期间，你得开足马力生产，联合国的订单，不会轻易取消。这个时候你要裁员，边生产边裁，慢慢裁，裁那些不中用的工人和管理人员，但得让人家感觉不到在裁员。至于裁多少，你们可以计算一下。只要供应商相信了，不担心货款收不回来，他们是一定会支持的，毕竟后面还有那么大个蛋糕等着他们来分。同时，晚上不要加班，周末也不加，双休，春节提前放假，节后适当延迟开工，这样工资就可省下一大笔，想留住的员工也留住了。多给员工做做思想工作，工资低点只是暂时的。你们这里人多，有人气，应该能留住人。

"万一供应商不答应怎么办？你可找你那合伙人，开银行承兑，半年。一定要保证供应商能按时、按质、按量供货。否则，供应链一断，后果不堪设想。

"要是你那合伙人搞不定，或者不愿搞，你可拿订单找别家银行贷款。还有一条路，拿订单找风投，分他们一半利润，甚至全部利润，度过这个艰难期，留得青山在，不怕没柴烧。我能想到的就这么多。"

"谢谢你想了这么多好办法，我知道怎么做了。"

"这期间你一定要注意身体，尤其是要吃好、睡好，别自己打垮自己了。"区亮瞅着谢建伟憔悴的面容，心疼不已。

"志瑜那里你先别给他讲，找机会我单独给他讲。"

"都是老伙计，他一定会支持的。我也会支持，只是太穷，帮不上啥忙。你要是有用得着我的地方，尽管开口。另外就是，小军毕竟还年轻，你要多担待些，不要过分责备，免得他思想负担过重，不利于工作开展。"

"这个你放心，就算把我这条老命拼掉，也绝不会让他掉一根汗毛。"

聊到这里，二人情绪慢慢松弛下来，边喝茶边聊一些无关痛痒的话题。谢建伟去洗手间，区亮看手机，看看微信里有没有人找他。没人找他就看朋友圈。才划拉两三下，便划出一条新闻：龙时代老板跑路了。

此时已过五点，太阳眼看就要落山了，怎么办？今天去还是明天去？跑就跑了，估计去了也白去……谢建伟上洗手间回来，区亮把龙时代老板跑路的朋友圈拿给他看。谢建伟看完，区亮说："可能没戏了，我那二十多万。我得先撤了，去看看。"尽管内心十万火急，可说话的语气却不疾不徐。他想，人家几个亿都没捶胸顿足、号啕大哭，我这才二十多万，哪好意思跳，哪好意思哭？

谢建伟望着区亮远去的背影，另一条出路，顿入脑海。他感觉这条出路，也许比区亮刚才指出的任何一条都要顺脚。

第三十二章

龙时代倒闭区亮急
谢建伟拖款老杨苦

夕阳如一面烧红的铁饼，正一头扎进北纬23度东经118度正前方那片高山密林。穗鹏高速，区亮一脚油门跑到龙时代，天已擦黑。有警察执勤的紧闭的工厂大门口，人声鼎沸。那些情绪激动的人，无疑都是专程前来或打听或索要货款的供应商。工厂已被当地村委会接管。接下来，变卖财产所得，先交清房租，再发放员工工资，最后有没有钱发给供应商，还是个大大的问号。

长久以来，一直干得好好的，员工幸福，同行尊重，无论人或事，都有口皆碑，怎么说垮就垮了呢？区亮左打听右打听，最后总算打听到了所谓的官方消息：老板被一个印度客商骗了六百多万货款；老板把房子、车子全卖掉，千方百计挽救工厂长达一年之久，实在是无计可施、无路可走，才不得不离开的；离开时，身上现金据说还不到一万块。

区亮得知这些消息，很是感动。心想，这老板也是受害者，他已经尽力了。他不是老赖。他实在是熬到走投无路，才被迫出走的。要是换作我，我也会走。不走，就会给供应商希望，而这种兑不了现的希望将会导致更大的灾难。要么老板被人打死，打人的人也得死，就算都不死，那也得脱层皮，两败俱伤，何苦呢？要么天天都会有人来厂里闹事，就像此时。因此，绝望才是医治伤口的良药。

他也不管这想法对不对，只管放弃追讨，权当是一方有难八方支援。

如此想来，心情渐渐好转，竟不由想起"香水经理"来。她现在到底怎么样了？死了吗？她弟蛮子呢？变好了吗？成家了吗……

问题一大堆，答案却一个没有。便不作细想，匆匆往回赶。穗鹏高速，如一条火龙，横亘在无边的夜色里，似动非动。甩掉火龙回到家，再看手机，朋友圈里的另一条"龙"，也"火"了，大家全都在讲龙时代。其中一条最叫他揪心。一个小老板听说龙时代垮了，货款收不回来，一口气没顺过来，立马跳楼自杀了。龙时代欠这小老板的几十万货款，全是小老板找三亲六戚借来的。

为此，区亮不禁又想：幸好没听老杨的，要是买了那上百万的奔驰，这时候拿啥来填坑？不管怎么说，到啥时候都要给企业留一笔保命钱。有多大腿穿多大裤，别让那些似是而非的金山、银山把自己给活埋了。国外市场大力开拓归大力开拓，但绝不做龙时代和谢建伟这样的冒险家。要不然，难说下一个跳楼的小老板不是我区亮。

龙时代倒闭，每月将少定老杨价值十多万元的碱电，是不是越早知会他越好呢？免得人家备料，占用资金。想到这个，区亮立马打电话给杨志瑜。

杨志瑜不由在心里叹道，幸好给他做了，又躲过一劫。可他嘴上却说："不好意思啊，我又害了你一回。"

"听你这意思，啥时候还害过我是吧？"

"没有没有，口误口误，千万别和话一般见识。"杨志瑜想起疤子抢了喻芳两万块。可他不想把这事挑明，一来不想给区亮伤口撒盐，二来不想暴露疤子。又胡扯几句过渡过渡，很快过渡到一个新话题，"告诉你一个好消息，龙时代原来那个采购经理，女的，细皮嫩肉的，瓜子脸，头发有点长，胸有点大，腰有点细，腿有点长，说话清清亮亮的，像山泉，像流水……你还记得吧？"

"当然记得。"

"她居然没死，活下来了！"

"啊！"区亮从椅子上腾地弹起来，"到底怎么回事？刚才我在龙时代厂门口还在想她呢。你是怎么知道的？"

"她弟现在在我这儿上班。"

"怎么治好的？肝癌晚期呢！"

"她想到日子反正不多了，干脆不治了，一口气跑到庐山住下来，天天看日落日出，天天在山里转来转去，啥事不想。没想到看着转着，精神越来越好，步子越来越轻，都半年过去了，怎么还活着？她想不明白就到庐山那边的医院去检查。你猜怎么着，各项指标全都正常！甲胎蛋白三点几，查肝纤，肝脏硬度毫无偏差，超声表现均无异常！"

"真是稀奇，之前不会是误诊了吧？"

"误诊的可能性不大。不过也难说，毕竟这个世界无奇不有。有些事，人是很难知道的，只有鬼知道。你说是吧？"

"有道理。那她现在哪里？"

"还在庐山，据说在一家宾馆工作，决定不走了，终身与庐山为伴。"

"嫁给庐山了？"

"庐山恋。"

"哈哈哈……"

杨志瑜也笑了。可他不是因庐山恋笑，而是因痒痒笑。阳阳挠了他一个痒痒。

区亮并没听出他痒痒的笑，只觉着他这笑是发自内心的，因"香水经理"还健康活着而高兴的升级版。

但俩月后，杨志瑜诸如此类痒痒的笑声暂停了。

而区亮的笑声，也暂停于俩月后。

先说杨志瑜。

一天，谢建伟想到杨志瑜的到期货款，有钱钱打发，无钱话打发，不管如何打发，终归得打发一下，才是为人之道，就叫杨志瑜去他办公室一趟。

谢建伟此时已按区亮建议，求得了供应商的支持，而供应商并没派代表进驻到建伟公司，一个都没有。他们都相信谢建伟；俩月时间放走近千名工人，现有员工不足两千，月工资仅需五百万；拿订单找另外一家银行谈合作，最终贷得一千万。如此这般，只要麻子不出事，不找他麻烦，他就能顺利度过这次危机。

杨志瑜以为谢建伟要付款，拿着所有收款资料，吹着口哨，一个小时不到就欢欢喜喜地开进了建伟公司大门。

谢建伟掐着时间泡好苦丁茶，绿茵茵的一大杯。杨志瑜老远闻到茶香，忍不住嚷道："知我者，老谢也！"

谢建伟微笑着，引杨志瑜至茶台，恭恭敬敬把葫芦形的汝窑茶杯递到杨志瑜手上，温和地说："不烫，正好喝，天气热，火气大，止渴，消暑，都好。"

"也改喝这个了？之前你不是恨之入骨吗？"杨志瑜大声叹道。

"今儿个情况特殊，知道你喜欢，陪陪你，一起喝，一起喝才有劲，跟抽烟喝酒一样，你说是吧？"谢建伟收起笑容，怔怔地说。

"那倒也是，可啥情况敢如此委屈咱们的大老板呀？"杨志瑜心里咯噔一下，笑容明显不如先前好瞧，略带点哭相。

谢建伟举起茶杯，顿了顿，碰下杨志瑜的杯，摇下头，抿口茶，放下杯，习惯性干咳两声，这习惯是最近才养成的，说："说来话长，我也不瞒你……其他供应商我都召集起来开过会了，大家都表示愿意支持我，前面所有到期货款，分两次给，一次，明年二三月份，一次，明年五六月份。你的货款，全都到期了，我也得分两次给，一次给一半吧。真是不好意思，希望你也支持我一下，兄弟。"

"呀，老谢，这个可真是要了我的命了呢，我这里也是快揭不开锅了呀，好几个供应商三天两头找上门来催款，也催命，就盼着你的货款救命呢。我要是再压着人家货款不付，就算不要命，人家肯定也不会再继续给我供料了呢。这样一来，别说其他客户的货交不了，恐怕你的都要受影响。哎呀，这可真是难办了。你看能不能想想办法，多少支点，多少支点应个急再说。"惊悚的杨志瑜低声说出的这番比苦丁茶还苦的话，确是事实，就算他不说，谢建伟心里也清楚。

"电池得等到成品包装时才用，都到最后工序了。我这边下批电池，估计要到明年五六月份才用得上，库存你先出，到时再备。你也可以找供应商来开个会，如有必要，我可以出面帮你证实一下。另外，你也可以多开发几家供应商嘛，过了这几个月，以后就没事了。辛苦一下，帮帮忙。区亮也是这样给我建议的，我也得开发一些新的供应商，做个备份。当然，电池，肯定就不用备份了，肯定还是你供，永远都是你供，永远。"谢建伟说完，皱眉喝茶。

　　杨志瑜想：暂时不供电池，那还算不错，这样就免得货款越累越多。往下，等到那时，再送电池，我的全部款都收回来了。如果真是这样，再难我也要咬牙挺过去，绝不能让区亮做备份，毕竟后面单量还很大，至少七八千万元。想到这里杨志瑜说："你是大哥，你过的桥比我走的路还多，听你的！那我先走了，回去准备准备。"说完，起身，转过一半身子，又转回去，端起半杯余茶，一饮而尽，慢慢放下杯，按按，再按按，抬头瞧眼谢建伟，欲言又止，猛一埋头，走了。

　　谢建伟见杨志瑜走太快，追不上，只好停下脚步，冲他后背热情喊道："慢走啊，老弟！"杨志瑜没张嘴，就鼻子"嗯"了下，也不回头，也不挥手，一步快过一步。

第三十三章

黑客骗走巨款区亮力挽狂澜
新恋赶跑旧爱乐红幡然醒悟

再说区亮的不愉快。

那是十二月中旬的一天早上，刚上班，太阳还躲在乌云里睡大觉，阿丹又像上回收到托马斯的询盘那样，急匆匆跑到区亮办公室，哇哇大叫："完了，区总！"

"你才完了！"区亮又气又笑，"大清早的凭啥说我完了呢？"

"真的，我说的是真的，不跟你开玩笑。"阿丹急得快哭了。

"到底怎么回事？"区亮不笑了。

阿丹讲完事情经过，区亮脑子倏地炸开，顿时哑然，盯着窗外沉沉的天空发呆。也就呆了片刻，打开核桃似的眉头，说："先别声张，对谁都别讲，回去吧，把脸擦干净再走。"阿丹这会一直在哭，要不是区亮不停鼓励、安慰，事情不可能如此之快讲清楚。

事情是这样的，黑客利用阿丹邮箱，在垃圾箱里同托马斯联系，要求托马斯付百分之七十的余款。托马斯问，不是明年二月初才发货吗？怎么现在就要付余款？黑客答，我司账户收到一笔款，一百多万，被银行认定为非法收入，账户被冻结，正在接受调查。公司资金陡然紧张，希望帮帮忙，把余款汇到我司另一个账户。托马斯信以为真，当下转款。五天后，托马斯问阿丹有没有收到货款，结果……

托马斯得知消息，放下电话，也不陪妻子逛公园了，转身回家，打电话给两家银行。英国那边的进款银行不予配合。瑞士这边的出款银行说款已划走。

托马斯报警。瑞士警方说，跨国案件很难办，希望不大；英国警方置之不理。托马斯只好让阿丹向中国警方报案。

区亮却不愿报案，理由是，钱早被黑客取走，追回的可能性不大；不想闹得人心惶惶，尤其不想让喻芳知道，就连谢建伟的事，他都不敢跟她讲，生怕她害怕了，又来阻止做外贸。再说，龙时代那里丢了二十多万，她已经急得团团转，现在又来笔三十多万，那她还不得急成啥样？急疯了怎么办？他打算一个人先扛着，等到同托马斯谈判毕，有了最终结果再讲，免得这期间她也跟着担心。担心于事无补，只会徒增烦恼。

区亮认为，这事阿丹没及时查看垃圾箱，确有责任没错，可托马斯也有责任，采购合同上有收款账号，并加盖了公司印章，他本人还签了字。更改收款账号没有经过区亮签字盖章确认，仅凭几封邮件就轻易把款转至它处，这实在说不过去。他甚至认为托马斯和黑客串通，贼喊捉贼。他明确表示，只愿承担百分之三十。可托马斯却认为明君公司才是过错主要方，应承担主要责任，他顶多承担百分之四十。谈判好几轮，谁都不让步。

僵持不下托马斯主动提出，下月底到中国当面沟通。还说有新案子要谈。此前托马斯已付模具费、软件开发费和预付款总计近十万元，若协商不成，区亮拒不发货，影响他客户的交期，他的损失更大。他很想给区亮打个电话，可区亮讲不了那么多英语，阿丹也讲不了，打电话没法沟通。

但托马斯要来公司，到时面对面，总不能拿笔沟通吧？不还得靠嘴吗？怎么办？区亮立马想到"腾飞营"的营友，可营友们会讲英语，却不会讲锂电池专业方面的英语，也很难谈好。思来想去，区亮觉得，从长计议，招聘新人来培训、培养，才是上策。一方面，若阿丹因恐惧此事而辞职，阿婷必辞。要是都辞了，他一个人更难以为继；另一方面，趁阿丹、阿婷在，还算有点人气，"人招人"，也才更容易；再则，即便她俩都不走，现在也应该招，这事再次敲响警钟，"专业的事必须由专业的人才来做"，是人才，不是人手。他和阿丹、阿婷都只是外贸人手。

接下来，他一面想尽一切办法招人，一面不断偷偷安慰阿丹，承诺这事不要她承担半点责任，如果托马斯接下来继续下单，这单提成不变，照拿，一分不少。再就是，在人前，尤其是在喻芳面前，他以前怎样表现，现在还怎样表现。可独自一人时，他却满脑子都是托马斯和那三十几万。

好在很快招到阿欣，在他看来，阿欣各方面都令人满意。为招到阿欣，他几乎费了那年"招聘"喻芳同等的力气，一口气谈了三四个小时。

阿欣入职，培训不断，及至托马斯到来，才告一段落。一次临时抱佛脚的狠狠培训，没想到竟成就了阿欣，也成就了明君公司。阿欣很快挑起大梁，明君外贸之路越走越宽。这是后话。

区亮全情投入培训，还有个更直接的好处，那就是"忘我"。不论本我、自我还是超我，通通忘掉。一旦忘我，心就没那么苦了。区亮后来自我解嘲说："这叫分心有道，物（无）我两忘。"

妮妮也分走了区亮的部分苦心。自喻芳给妮妮讲过那些早恋的痛点后，妮妮立马丢掉了她那朦胧的、还谈不上爱情的爱情，一门心思好好学习。可那男生不让她好好学，千方百计骚扰她。一天，下午第四节课，自习，老师不在教室，那男生竟在班里到处讲，他要花一百万买妮妮一张裸照。妮妮还记得区亮曾对她强调过两句话：得饶人处且饶人；忍无可忍无须再忍。她认为这家伙实在太过分，便听父亲的，不再忍。可具体该怎么做，她却不知道，就问区亮。

区亮让妮妮找班主任。班主任叫来那男生父亲，那男生父亲认为儿子没错，毫不脸红，笑嘻嘻地说："一张裸照一百万，不贵，买。"班主任没见过这种家长，不知如何应付，只好求助于教导主任。教导主任气得不行，一下砸了手上的玻璃茶杯，大骂："畜生！畜生不如！让他赶紧给妮妮和全班同学道歉！否则，立即开除！"男生父亲拒绝道歉，也不生气，仍旧笑嘻嘻地说："梭瑞，梭瑞，没读过书，不认识道歉，不晓得道歉嘛意思。"男生当即被开除。班主任气不过，不禁骂道："该死的暴发户！"

闲话休提，言归正传。托马斯是自己租车来到明君公司的，不像非洲和中东某些客户，非要客户派车接送、老板陪同，才有做上帝的感觉。

托马斯身高一米八五，满头银发，一脸慈祥，衣着简单大方。区亮想，应该是个老人了吧？不由问道："How old are you?"果然，六十一岁。

托马斯说，每年他至少会来中国一次，他在中国有很多供应商，他年轻時在台湾工作了几年，对中国比较了解，他喜欢中国，也喜欢和中国人打交道。

区亮问，怎么还不退休？他说，在瑞士，不工作，表明这人无能。

区亮问，瑞士手表为何全球闻名？他说，除了瑞士人有工匠精神外，还有法律保障。区亮问，这怎么讲？托马斯说，瑞士法律规定，晚上十点前必须睡觉。如果不睡觉，遭人投诉了，是要受罚的。觉睡好了，才能专心专注用心做事。瑞士表，是用心做出来的。

听得这话，区亮满脸露红，火辣辣的似有灼烧感。

托马斯打开随身携带的笔记本电脑，把他的家和他的公司介绍给区亮。他说，他结过两次婚，育有一个女儿。他的公司就在他的别墅里。他还特别提到中国菜，说中国菜在瑞士很受欢迎，可就是特贵。顺便提到中国茶，他说他也很喜欢。于是，送别时，区亮赠与他顶级祁门红茶。以后每次都是换着品种赠茶。而托马斯，每次都是送不同规格的巧克力。但不管什么规格，包装上都印有瑞士国旗图案。区亮受到启发，再送茶叶，也在包装上贴上中国国旗图案。这是后话。

区亮见托马斯如此简单、敞亮，主动提出此次事故各打五十大板。托马斯似乎对区亮也很有好感，不争不辩，满口答应。阿欣全程陪同，托马斯对她的表现竖了大拇指。

区亮对托马斯的认识无疑是正确的。后来，托马斯为了弥补区亮的损失，把所有电池订单都转给了明君公司。

为防类似事故再度发生，区亮同托马斯签定了收款唯一账户协议，并加了微信，以便后续付了款，快速告知确认。

唯一收款协议，加上必须本人手机验证方可登录的新邮箱，保证了收款的万无一失。"花"十多万"买"此经验，区亮认为还是值得的。他想，要没有这次小事故提醒，后面难说不会出大事故。

此次事故妥善解决，托马斯和区亮都看到了对方的诚意和担当，供需双方的黏度因此增强，不在话下。区亮说："这是不打不相识，也是坏事变成好事的又一典型案例。"说罢，笑容又回到了他脸上。阿丹跟着舒了口长气。

可喻芳不高兴了。她责怪区亮事先没告诉她。区亮独自扛着，就等于不

173

信任她，不愿与她同患难。这哪里还是什么夫妻？连外人都不如，不如阿丹、阿欣。气到糊涂时竟说："你跟她们去过好了，我走!"又险些闹离婚。这回区亮不急，他有经验，是杨志瑜教他的，酸碱中和。他给喻芳的醋坛子里加些"碱"，好生哄几天，酸味很快就闻不到了。

一波才平，一波又起。乐红说那理发师是个无赖，都"拜拜"了，每天还去厂门口堵她。她伤透了脑筋，让区亮替她想想办法。区亮说他没办法，让她去找大军。她不去找大军，非要区亮想办法。区亮实在顶不住，只好妥协，让乐红到他办公室去一趟，当面聊。

苍蝇不叮无缝的蛋。乐红正打算去见区亮，不料被一个帅哥"叮"上了。帅哥姓蔡，比乐红小好几岁，乐红公司的采购、仓管和财务，都管他叫小蔡。小蔡是业务经理，负责乐红公司的业务。截止目前，乐红公司已欠小蔡公司两三百万。乐红之前不认识小蔡，把小蔡公司的货款一直压着不付。不付的理由是，小蔡公司处理异常物料不及时。还有一个不付的重要原因，乐红公司最近资金吃紧。小蔡主动追求乐红，乐红起初认为这小子一定没安好心，追人是假，追款是真。可才处短短几天，便爱得死去活来不能自拔了。

一天，乐红来见区亮。区亮正同吴老师聊小说创作。乐红不知他俩在聊小说创作，也不管打扰不打扰，只管加入进来，一起聊。在区亮面前，她从不藏话，也不把吴老师当外人，她和小蔡之事，一张嘴竟说了个底朝天。区亮说："反正你只恋爱不结婚，有啥好担心的？"吴老师很好奇："为啥不结婚？"乐红如实作答。吴老师哈哈大笑，快速收敛笑容，严肃地说："如果不结婚，你的爱情将死无葬身之地!"一语点醒梦中人。乐红高兴地说："那是那是，是得有个坟墓才好啊!"说罢，心想，要是早见到吴老师就好了。唉，可惜了，大军。算了，不想了，都过去了，就他了，小蔡。

后来，一个偶然的机会，市作协组织采风，去奇石镇。采风结束，区亮见时间尚早，也不打招呼，径直去到乐红公司，不料小蔡正好在。区亮和小蔡在接待室聊天，等乐红下班，共进晚餐。餐后，送走小蔡，区亮说："此人不可再交。"乐红问："为啥?"区亮说："总感觉怪怪的。"

乐红会在乎区亮的反对吗？

第三十四章

区亮不辞辛劳二度游学
老杨不舍昼夜再上赌桌

乐红断然不会在乎区亮的反对。别说一个区亮，即便全世界人站出来反对，她也无所畏惧。"男大当婚，女大当嫁，怕啥？我爱小蔡，小蔡也爱我，我都老大不小了，再不结婚，恐怕真连埋葬爱情的坟墓都找不到了！谁敢拦？谁拦我跟谁急！我的婚姻我做主！"

话已说到这份上，区亮哪还敢拦？不拦，让她撞了南墙自己弹回来。再说，他也没那闲工夫去拦。二〇一五年春节后，他把外贸部交给阿欣代管，又去了电商高地杭城游学，看看人家怎么说外贸，怎么做外贸。这次他又见到了许多外贸大咖，学到了很多实用的外贸知识和管理经验。为了便于记忆和传授，他花了三四小时，写了首打油诗：

三月里来踏歌去，好雨送亲沐真情。杭城夜话授人渔，头脑风暴我看行。
旭日东升西湖边，高举斧头练腿力。野狗白兔别乱招，牛人明星是目标。
人才人手区分当，望闻问切记心上。真实积极有梦想，气味相投乃良将。
完善过程拿结果，是骡是马遛一遛。内培外训应有度，帮扶转岗落实处。
培训不出好业务，只能广开招聘路。选择努力谁划算，商人眼里只有赚。
要想带动一大片，优择目标树标杆。解聘锈钉莫犹豫，驻虫之树易扯淡。
晴天修屋早铺路，连夜雨来也不怵。用心经营服好务，企业处处有热度。
大宝小宝任君采，组织文化识好歹。中层干部要稳妥，正己育人拿结果。
股权设计可以有，上不上市随你便。领导力中影响力，还看个人的魅力。

假设共享造血液，价值主张壮躯干。人工视物强大脑，精神长相很关键。
借假修真一下午，借事修人一晚上。团队分工别小觑，寻宝路上藏身地。
适时事是搞361，三个数字可捉妖。活学活用上上策，生搬硬套尽折腰。
团建工作持续抓，墙上有文须转化。套票书就大文章，漂流激升业绩榜。
虚实结合有良方，扯淡会上可激将。层层都有天花板，天天记得补短板。
仅凭记忆写总结，遗漏之处实在多。要想总结开奇葩，转化转化再转化。

之后，他派阿欣去杭城学习，历时九天。阿欣捧回一个大大的奖杯，他很高兴，活学活用，立马任命她为外贸部主管。接着，他和阿欣一起，很快又招到两个外贸拔尖人才。外贸部迅速壮大。外贸部女生五个，内贸部男生六个，一个部门一个办公室，一直都这样。一直都这样就一定好吗？合并到一起办公不是更好吗？果然，合并当晚，办公室十一二点还灯火通明。

区亮安了内，得空回访谢建伟。谢建伟说："我已度过难关，没事了，不用担心。你不妨也关心一下志瑜，小华说他最近又爱上麻将了，不大爱管工厂的事。"

仇小华是如何知道的？

仇小华已四十出头，很难找到合适工作。做销售，人家嫌老，他自己也感觉力不从心跑不动了。不跑也行，做网络营销，坐在电脑前赚钱。这更不行。用电脑，手指僵硬，半天敲不进一个字；用人脑，思维僵化，毫无创意；那就做管理吧？管理人家也看不上，大都认为一个四十出头的人还在到处找工作，或多或少都有些问题。也有少数公司高看了他，"这人不会是商业间谍吧？"还剩一条路，下车间做普工。这工作不愁找，到处都在招，吃香得很。可他放不下架子。"我好歹也是从几千人的国有大企业出来的，大小也当过老板，怎么能和一帮乳臭未干的小鬼待在一块儿呢？那得多掉价？"想来想去，他最后想到了杨志瑜。

他找到杨志瑜的时候，杨志瑜刚从谢建伟那里喝完苦丁茶回来。"正好！"杨志瑜一拍大腿，当即收留了他。杨志瑜拿仇小华做挡箭牌，负责接待前来催款的供应商。仇小华动不动发火生气，在别处是个毛病，可在杨志瑜这里，用来对付催款人，那简直就是用到了刀刃上。杨志瑜正是看中他这点，才爽快答应的。杨志瑜给他弄了个套间，把他老婆孩子都安顿进来。他老婆去相对干净的包装车间当工人，孩子去凤港中学念书。

近来阳阳经常玩到深夜才回，杨志瑜以为她有了外遇，加之当时他正在气头上，撒尿看手机，尿湿了裤裆，阳阳从外面回来，进屋恰好瞧见他换尿裤子，他恼羞成怒，一脚踩住裤子，一把扯来阳阳，推到床上，压在身下，声色俱厉："说！到底干啥去了！"起初她憋住不说，逼急了才说："去疤子家打麻将了……"

听到麻将二字，他翻身下床，寻来干净的裤子，脸上愁容说散就散，好想立马钻进麻将堆，让麻将赶走眼下烦忧，不知不觉迎来谢建伟的付款日。

转天，晚饭后不久，二人滚完床单，杨志瑜稍事歇息爬起来，说："走，打麻将去……"阳阳不肯，边穿衣服边说："不行！你一个大老板，怎么能去那种地方？"杨志瑜说："能混时间就成，疤子不是外人，不丢份，不掉价……"杨志瑜铁了心，非去不可，阳阳只好带去。

杨志瑜默不作声推门而入，疤子吓得屁滚尿流，赶紧收起麻将桌，险些又跪了，双手合十贴于胸前，不住地解释："不好意思杨总，我们只是晚上没事才打，白天没打。阳阳不是我叫她来的，是她自己要来的。我保证，以后再也不打了，再也不要阳阳来了……"

杨志瑜到底没忍住，不由哈哈大笑，心想，有个畏惧，有个怕字，挺好！可他嘴上却说："别收，别收，都坐下，都坐下，疤子、蛮子，来来来，陪你们玩儿两把。原本早想来看看你们了，可一直抽不出空来。今天正好有点时间，来吧……这两位是……"

"都是朋友，他叫阿发，他叫阿春。阿发、阿春、蛮子，你们陪杨总打，我来烧水泡茶。"阿发、阿春看上去都比较文静，给杨志瑜的感觉有点嫩。

麻将打一块，既不翻番，也不血战到底，杨志瑜打着打着就要求涨水。阿发、阿春说无所谓，蛮子说不敢打大的，疤子说不能扫杨总兴，他和蛮子打一方，输赢对半。于是涨到五块，清一色、龙七对、清七对、碰大和、清大碰、吊一颗、前三颗、后四颗……凡是能用来翻番的规则，全上，血战到底。打到晚上十二点，杨志瑜赢了一千多。

再接再厉。第二天晚上，杨志瑜又让阳阳陪他去。蛮子晚上加班，没去，阿发也没去，就疤子和阿春在，三缺一。杨志瑜让疤子再约一个。疤子八方找人，好不容易才约到一个。那人不打五块，说至少十块。疤子征求杨志瑜意见。杨志瑜说随便，让疤子自己定。那好，十块就十块。

渐渐地，麻友越来越多，水越涨越高，疤子和蛮子都不再上了，专做服务。再后来，白天也打。自此，蛮子和阳阳都不去了，即便晚上休息也不去，白天、晚上都是疤子做服务。

三月初，樱桃红时，谢建伟收到两亿多货款，他想到杨志瑜难，就把全部货款一次付了。这下好了，欠供应商的货款，全部可以付清了。可杨志瑜却一手拿牌，一手拿樱桃，送进嘴里，咂摸咂摸，对财务说："只付给那几个催得特别急、很有可能断供的供应商。"财务说："这……"杨志瑜说："这啥这？没事儿，反正有仇小华挡着，怕啥？"财务怨声载道，却不得不照办。

杨志瑜手上闲钱大增，胆子也大增，不断要求涨水，涨到最后，竟涨到了一百。从一块到一百块，仅用了不到一个月时间。

仇小华之前并没想到对付催款人这么难，做了三四个月发现，对付催款人比对付催命鬼还难。可杨志瑜现在的政策是，宁可给人家命，也不轻易给人家钱。仇小华每天忍气吞声当出气筒，肝火一天比一天旺。他想，长此以往，说不定很快就会见阎王。于是，狠下心来辞了职，留下老婆和儿子，独自去谢建伟那里，做保安队长。

挡箭牌走了，杨志瑜只好派疤子和阳阳共同对付催款人。而他自己呢，每天照常按时去公司转转，签完该签的字，开完必开的会，立马"出差"。直到区亮带着一包漏液电池找来，他才暂停"出差"。

自杨志瑜接管多多电池厂以来，如此大面积漏液，尚属首次。杨志瑜把生产、技术和品质的负责人找来，挨个像骂孙子那样骂一通。骂舒服了，"孙子"们都点头了，他又闲得浑身不自在了，又抓紧"出差"，风雨无阻，日夜兼程。

第三十五章

喻芳含泪辞闹事亲人
区亮开怀迎失恋好友

五月的东官城，回南天过去，温度和湿度都猛升，天气格外闷热。区亮公司仓库没窗户，不通风，更加闷热。胖子怕热，大清早上班，喻容什么也不干，先把空调开上。老姐患有风湿关节炎，不怕热，怕冷，一遇冷风脸就变黑，感觉浑身哪哪都不舒服，不仅关节痛，骨头也痛。

一场争斗又在所难免。

喻容才开上，老姐也不说什么，抓来遥控器，手一抬，关了。喻容也不说什么，抓来遥控器，手一抬，又开上。一开一关，一关一开，喻容灵机一动，开上之后把遥控器揣兜里。

揣兜里！我怎么就没想到呢？老姐又气又急，胸中火山顿时爆发，风一般扑向喻容，搜身寻遥控器，边寻边吼："死婆娘，给我交出来，要不然我把空调给你砸了！"

喻容不示弱，誓死护好遥控器，大喊："来人啊，老姐打人啊！"

"打就打！你就是欠打！"老姐吼罢，一掌推倒喻容，猛扑上去，掰喻容手，掰不开，使劲一扯，"噗啦——"喻容的的确良无袖上衣一下撕作两块，一块在喻容身上遮羞，一块在仓库空中飞扬。老姐感觉这样很解气，索性把另一块也撕扯了下来，一抛抛老远。接着就扯胸罩……

这时，喻芳恰好赶到，见老姐骑在喻容身上，左一下右一下，不停地扇喻容，几步冲上去，一把拉开老姐。老姐以为喻芳是来帮喻容的，立马改变战术，放弃喻容，专打喻芳，边打边嚷："你们几个一天到晚只晓得欺负区亮，我今天不出这口恶气，我就不姓区！你们算啥东西，这公司是区亮开的，我是他姐，你们根本没资格管我！打死你！打死你！……"

喻芳知道自己不是老姐对手，让她打，不还手。

接着，吴斌、姐夫和区亮悉数赶到。

吴斌赶紧脱下衣服给喻容遮丑。

姐夫一把拉开老姐，啪的一个耳光，吼道："你疯啦！弟妹也敢打！"

区亮本以为姐夫来了，多劝劝，老姐会收敛一些。可他没想到姐夫的好脾气有很强的欺骗性，他在人前一个样，在老姐面前却是另一个样，他吼老姐的嗓门比十个老姐的嗓门加起来还大。老姐发脾气时，他不是好生劝慰，而是大声吼叫，经常把公司里打瞌睡的员工吼醒。老姐有气必出，有时找姐夫出，有时找喻容出。如此这般，老姐不但没收敛，反而更加放肆。原本只有两个放肆，再难管，劝和劝和，风雨过后，总也还有彩虹可见的时候。姐夫一来，变成三个。三个，铁三角，三角形具有稳定性，每天几乎都会稳定地演场"戏"，天天看戏，再也看不到彩虹。

区亮见此情景，二话不说，"扑通"一声跪下。老姐正想找姐夫打回来，见区亮跪下，立刻收手，也呆呆地看着区亮给大家磕响头。

区亮磕完响头说："我求你们了，都别再闹了。"说完，又猛磕。

喻芳心疼区亮，却也不拉他，只管黑着脸走到大家面前，嚷道："你们简直太不像话了！一个个的都多大了呀？难道不知道人吵败、猪吵卖吗？公司里那么多人都被你们吵走了吼走了难道不清楚吗？你们要是真心对我们好，对这公司好，都给我走人！现在！马上！立即！谁都不许说情！"嚷完，一瘸一拐，走了。

区亮也站起来，一句话没说，走了。

老姐、姐夫、喻容和吴斌，望着区亮和喻芳狼狈的背影，都深知闯下了大祸，都开始做自我检讨，自是不敢造次。做完交接工作，安静离开。临行前，结工资时，喻芳哭了，背着区亮给喻容多转了十万块，给老姐多转了三万块。

喻容和吴斌把十宝一居的房子出租后，回了老家。老姐和姐夫很快在东官找到新的工作。

喻芳把办公桌搬去仓库,财务、仓管一肩挑,送货区亮还找胡师傅,丝毫没影响公司运转。

吵闹没了,公司安静了,大家做事的效率一天比一天高。区亮仍旧把主要精力放在销售和研发上。产品越做越好,市场越来越大。国外客人飘洋过海来看厂,一拨接一拨。奥迪车太老,发动机噪声太大,范童和阿欣都建议区亮换辆新车,以便接待客户时拿得出手。区亮说:"我不用换,给你们业务部配辆专车,奔驰就奔驰。"

范童笑着说:"这不把老板的车给显次了吗?"

区亮说:"怎会呢?业务员开奔驰,那老板开啥车?这还用问吗,肯定比奔驰好嘛!想想,是不是这个理儿呀?平常我不是讲嘛,只要你们都挣了钱,个个都开奔驰、宝马,就算我骑个单车,人家照样会把我当有钱人看。这道理都一样。好了,这事不再论。"

八月二十九日转眼就到,上午,太阳爬上东官第一高楼国贸大厦,东官跨境电商首场千人PK赛正式启动。区亮开着没上牌的奔驰,带着外贸部五员大将抵达大会现场。参加大赛的企业近九百家,目的是相互学习、抱团成长。此次PK主要针对曝光、点击、询盘、转化等指标进行比拼。整个大赛五大军团,区亮任第三军团团长。大会进入高潮时,黄旗山上,彩旗飘飘,吼声震天,每个外贸业务员和老板似乎都兴奋到了极点。一场没有硝烟的战争就此打响。胜败如何,四十五天后见分晓。

下午,区亮和范童上完车牌回来,刚到科技园门口,乐红就从保安室跳了出来,拦住区亮不许走。

区亮靠边停下,乐红拉开副驾驶室车门,赶范童下车。

范童不懂乐红什么意思,却也不问,乖乖下车来,挥挥手,转身往园区里走去。

乐红钻进车,脸色说变就变,愁眉苦脸地说:"走,陪我喝酒去。"

区亮被乐红弄糊涂了,哼哧几声说:"怎么不去我办公室等呢?"

"不想看到他们。"乐红气鼓鼓地说。

原来如此。不是"他们",就一个"她",玉梅,大军妹妹。自从和大军分手后,乐红就再也没见过玉梅。

"去哪儿?"区亮知道乐红无事不登三宝殿,只好作陪。

"就去旁边,猪肚鸡,那有包间。"乐红说。

"那行,你等等,我把车开进去停了再来。这里不远,走过去就是。"区亮放好车,给喻芳打电话,让公司别做他晚饭。这些年,他和喻芳一直在公司吃饭,工人吃啥,他俩吃啥。食材都是从大型正规超市采购的,连孕妇都说好。自从喻容全职管理仓库后,区亮就把先前给"五人小组"做饭的王姐请来了。王姐很高兴。

乐红一进包间就哭了。区亮立马明白为什么要喝酒了,轻声问:"甩了……被?"

乐红不说话,越哭越厉害。

区亮只管给她递纸巾,坚决不劝慰,让她哭个够。

乐红见服务员频繁进出,不好意思太任性,擦干眼泪,蓦地抬起头来,强颜欢笑说:"不好意思,太没用了。"

"没事儿,这就哭好了吗?要不再哭会儿?我今天不喝酒,喝水。"区亮稳住不笑。

"啥水?"乐红提高了嗓门。

"眼睛水。"区亮快速答道,还是不笑,盯着乐红大大的兔子眼,一动不动。

"坏蛋!大坏蛋!还好意思说,都怪你!你嘴巴有毒!当初要是你不说那些破口话,说不定啥事没有!"乐红乐了,心情好多了,话也多了起来。

乐红说,小蔡收完货款,立马蹬了她,连手机号都换了,从此杳无音信,她只要一想起这个骗子每天送的那一大把玫瑰花,想起每天变着花样做的那些好吃的,想起那些肉麻的甜言蜜语,就恶心到吐。这些是她能想到的,还有她想不到的——玫瑰花、欢乐窝、美味佳肴等开销,全都由小蔡公司报销。

乐红说完,这才想起支票来,边递边说:"你的款全都在这里了,以后不要再供货了,公司快不行了,我也要走了。"

"打算去哪儿?"区亮不经脑子,随口说,"要不来我这儿吧。"

"说话算话?那我真的来了哟。"乐红似乎早就想好要重返明君公司。

"服务员,酒!"区亮扯开嗓门大喊道。

这回，端杯即醉的乐红，又喝了个六亲不认。区亮也喝到位了。月光下，人行道上，他俩思绪漫天，畅想着明君美好的未来。东官大道就在脚下，只需在前方某个出口微微转身，科技高地嵩山湖眨眼就到。九千万，嵩山湖，何时才能如愿？

第三十六章

乐红婚玉梅生东官降瑞雪
母亲危老谢急马路变车库

这天，天才亮开，区亮和喻芳便起了床。也不做早餐，洗漱一通，打扮一二，下楼在路边摊吃口肠粉。喻芳吃一份，区亮吃两份，加蛋加肉加生菜加猪下水枸杞叶子汤。吃饱喝足，用茶水漱口，手机照照，一片枸杞叶不忍离去，牙签伺候。两人匆匆赶到迎宾花园早市，取了昨夜定好的鲜花，才往公司赶。

财务室是三天前就布置好了的。财务室是喻芳原来的财务室。墙壁上了新漆，换了几幅新画，除了梅兰竹菊，还挂了幅山水画，画中一小院，鸡鸭猪狗猫，满地撒欢。大班台、台式电脑和浅黄色真皮座椅等办公家具，样样都是新买的。

座椅择黄色，是区亮临时起的意，他说："红配黄，喜洋洋！"卖家具的导购小姐不解地问："大班台也不红呀，显黑，哪来的红?"区亮笑笑，没解释。没解释，导购小姐也不再问。问题往往就是这样，不是所有的问题都得回答，也不是所有的问题都一定有答案。区亮瞅着黄色座椅，不禁想起当时购买时的点点滴滴，愣愣地想，傻傻地微笑。

喻芳见时间差不多了，叫"醒"区亮："走，到门口等乐红。"公司大门前，办公室全体员工分立两排，区亮手捧鲜花和喻芳一起站门口。

可左等右等不见人来。上班第一天迟到，这可不好啊！区亮在心里打闷鼓。等不到时打手机："怎么还没到?"

"早到了呀。"

"在哪儿?"

"财务室呀。"

挂了电话,两人转身进门,去财务室。原来出租车把乐红放在车间那头,她顺道就从车间那头上来了。天气太热,她不想走室外,上楼走室内,车间有空调。横穿车间到办公室这头,路程近还凉快,何乐不为?

乐红接过区亮手中鲜花,想到二〇〇八年她把区亮一个人丢在三江新村那栋老旧别墅里时的情景,而今天自己落寞时,区亮、喻芳毫不嫌弃,欣然接纳,且如此隆重相迎,禁不住又落下泪来。尤其是办公室墙上的那幅山水画,简直暖到了"家"。那画中小院,可不是普通的农家小院,而是乐红生活了近二十年、时常在梦里相遇的快乐老家。区亮挂这画,没别的意思,就是想告诉乐红:到了明君,到了我区亮这里,也就等于到了你自己的家。乐红是何等聪慧之人啊,区亮的心思,她又怎能不明白呢?

乐红加入明君,不仅对区亮,对其他员工的信心,都有所提振。区亮决定再次发力,加大外贸投入,再招五个业务员,明年参加广交会、香港电子展和两年一届的德国慕尼黑电子展,全力以赴冲九千万奔嵩山湖。

区亮做出这个决定的当天晚上,贪心病又患了。他不仅要管乐红的工作,还要管她的婚姻。他要把自己对大军说的那句"乐红迟早都是你的"的安慰话变成现实。他没有征得乐红同意,偷偷给大军打电话:"赶紧把工作辞了,来我这里上班。"

"不去!"大军说得脆脆的。

"为⋯⋯为啥?"区亮似乎被大军的口气吓着了。

"怕⋯⋯怕玉梅催⋯⋯催我找媳妇。"大军难为情地说。

"要⋯⋯要是⋯⋯我⋯⋯我们明君的⋯⋯财⋯⋯财务总监⋯⋯乐⋯⋯乐⋯⋯乐红小姐叫你来呢?"区亮学大军结巴。

"乐红去你那儿了哇!"大军一下跳起来,大嗓门震得区亮耳窝子生疼。

"你⋯⋯说⋯⋯呢?"区亮阴阳怪气地说。

"我去我去!去去去去去!"大军像个陀螺似的转不停,当天晚上就请了辞,第二天一大早,区亮刚上班,他就报道来了。

"我做啥?不会跟乐红一个办公室吧?"大军似乎从昨晚一直兴奋到了

现在。

"想得美！滚！那地方你待得了吗？"区亮故意板着面孔吼，吼完就学杨志瑜问疤子那样，快速问道，"三加二减五等于多少？"过去他们"五人小组"经常拿这句话来开玩笑，或搞脑筋急转弯。

大军傻了眼，一时回不过神来，支吾半天也没答出来。于是区亮又吼："这么简单的算数都不会做，还想去做财务，简直是癞蛤蟆想吃天鹅肉！"

乐红的办公室就在区亮隔壁，她听见区亮吼，以为出了什么大事，赶紧冲过去。

大军背对门，乐红看不见他面孔。区亮见乐红走进来，越发生气地说："来来来，你来得正好。"边说边起身，极快速地走到乐红面前。

大军被彻底搞糊涂了，见区亮起身走向门口，他也起身往门口走。

乐红见是大军，掉头就跑。

区亮早有准备，一把拽住，还是很气愤地说："麻烦你帮我鉴别鉴别这家伙，看看他脑子是不是进水了，他听说你到我这里来了，一大清早就跑来找我要人，说什么他这辈子非你不娶。我说他是癞蛤蟆想吃天鹅肉，他就跟我来劲了，说我今儿个要是不让他见你，他立马从这里跳下去死翘翘。你说说，这人是不是疯了。你自己说吧，见还是不见，嫁还是不嫁，我就把他交给你了，我这里事情一大堆，我可管不了那么多了，你自己看着办。"

如此说来，区亮的良苦用心，大军就全明白了，故意像模像样地扭捏起来，低着头，不说话，一只脚不住地在地板上画圈圈。

乐红信以为真，感动不已，一张脸红得一塌糊涂，拉起大军就往外跑。

区亮关上门，整个人一下笑了起来，一拍巴掌，一举拳头，压低嗓门使劲叫："耶！"

为门当户对考虑，区亮封大军为后勤保障部部长，让他负责车辆管理、宿舍管理、膳食管理、安保管理和5S管理等。大家都叫他"管得宽先生"，不论什么场合叫，他都答应，一点儿不生气。

区亮的当务之急是借PK大赛修炼外贸业务员，大军来了，他的烦心事就少了，专心同五个外贸业务员一道，加班加点向前冲。忘我工作后的感受，拿小学作文常见的开头语"光阴似箭、日月如梭"来形容，就再合适不过。

结果如何，那就只能用一句经典歌词才可表达，"世间自有公道，付出总有回报"。区亮的第三军团斩获冠军，阿欣获个人业绩第一名，一个半月的时间，她的成交金额达到了五十三万美金。区亮重奖了阿欣和生她养她的父母。阿欣的个人大幅生活照也因此挂到了明君公司的荣誉殿堂。阿欣的干劲越铆越足。

喜事还在继续。

二〇一六年一月二十四日，农历腊月十五，星期天，是大军和乐红举办婚礼的日子。这日子是他俩一个月前就定好了的。他俩对这个日子都很满意。顺。一心一意。双日子，好事成双。十五，天上月圆地上人圆。星期天，大家都放假，前来祝福的朋友不赶工，玩得安心。

这些都是他俩能想到的。还有他俩想不到的，范童和玉梅的孩子早产了，正好也是这天，凌晨三点二十四分，大家都说这是天意，外甥也想参加舅舅、舅妈的婚礼。可真正的"天意"却是，婚礼正在热热闹闹地进行，天空突然飘下了雪花。婚礼在一个农庄的开阔地上举行，现场顿时变成了一个童话世界。区亮感叹说："这是老天爷送给乐红的婚纱！"

雪花很快停下，区亮再次感叹："老天爷真是个老顽童，婚礼一结束就赶紧把雪花收走了。"

前来参加婚礼的亲朋好友，都把话题转到下雪这事上来，都感叹说还从没在东官见过雪。吵吵嚷嚷的人群中，一位老者的声音脱颖而出："别说你们小年轻没见过，我们东官本地人，有的到死都没见过。上一次东官下雪还是光绪十八年，距今都一百二十四年了！"

于是大家更加坚信，这场瑞雪必将给乐红和大军、范童和玉梅两个家庭带来好运。

尤其是区亮和喻芳，他俩只要一想到在这个百年不遇的祥瑞日子里，一个新的生命在明君孕生，一对新人因明君而终成眷属，就比挣得一千万还开心。

杨志瑜吃完喜酒就匆匆回到了凤港疤子为他搭建的麻将桌上。

谢建伟也急，他妈病危。医院不让走，他妈非要回家。回万州老家已是不可能，只能回福门镇的家。最近几天谢建伟一直陪在母亲身边。这会儿小军守着，没打电话，说明问题不大。不会巧到刚好在这个时候走了吧？谢建伟载着杜鹃和仇小华急急往回赶，正这么想着，不料小军还真就打来了电话，说奶奶已经不行了，让谢建伟赶快回去。

谢建伟让小军转告奶奶，他已经在路上了，马上就到，让她老人家务必等一等，她唯一的儿子不可能不为她老人家送终。坊间有个说法，不为父母送终的人，将来吃饭穿衣恐怕都成问题。

五钱酒可以端在手上转一个小时的慢性子谢建伟，这回恐怕是他有生以来最急的一次了，就连上回三个亿的玩具用错了螺丝钉，客户延迟付款，又损失了一千多万，他都没有这么急。他不仅超速，连红灯都闯。

可事情往往是越急越不顺，眼看就要到家了，福门黄河服装城竟堵了个满满当当，马路居然成了车库。宾利又怎么样？宾利还不如三轮车呢！三轮车还可以见缝插针地挤一挤，宾利只能打打喇叭干着急。他恨不能生出一对翅膀飞过去。此时，拥有一架私人飞机的愿望，比以往任何时候都要强烈。

真不能再等下去了，必须下定决心跑步回家。否则，真来不及了。他把方向盘丢给杜鹃，让仇小华陪他一起跑。

不到两公里路，才跑一半，谢建伟就跑不动了。不光腿脚受不了，心脏也受不了。他小时候经常饿肚子，体质一直不好，自从建厂那阵子瘦下去，就再也没胖回来。他和所有饿过肚子的那代人一样，血糖低。这会儿一累一急，再加上中午没吃什么饭菜，他的血糖急剧下降，四肢发麻，心里发抖，全身大汗淋漓，像要落气一样。一屁股坐下去，赶紧招呼仇小华买含糖量高的食品，最好来支葡萄糖，高糖，越高越好！

仇小华买好花生糖，匆匆跑回谢建伟身边，杜鹃赶到。杜鹃发现谢建伟，谢建伟发现车。救星到了！他起身猛了点，一时站立不稳，偏偏倒倒晃了好几个来回，才张牙舞爪像打醉拳那样走起来。杜鹃一个急刹停到他身边。

谢建伟一面啃花生糖，一面催杜鹃使劲加油。就在这时，小军又打来了电话。

是不是已经走了？他望着手机不敢接听。

第三十七章

老谢母逝公司又遭大难
区亮面瘫事业再上层楼

谢建伟下负一楼停车场，进防火门，到电梯口，不知是谁家在装修，一部电梯在上水泥，一包水泥挡住电梯门，电梯叽叽直叫。另一部则在三十二楼停着不下来，谢建伟住二十三楼，怎么办？爬楼梯？且不论爬得上去还是爬不上去，关键是时间不等人啊！谢建伟皱了皱眉头，唰地拉开包，扒拉扒拉，一分钱找不到。

"师傅，能不能让我先上？"

"马上好，马上就好。"

"我有急事，实在不能等了。"

"马上好，马上就好。"

"真的，求你了。"

"马上好，马上就好。"

"求求你，真的不能再等了，给你一百块钱好不好？"说着掏出手机，"来，转给你。"

"老年机，转不了。马上好，马上就好。"

谢建伟顿时火了，不管不顾一把推开师傅，又一把拉开挡住电梯门的那包水泥，嗖一下跳进电梯，猛点楼层二十三，可电梯门不关，仍旧叽叽叫。

师傅踉跄几步，站稳，折回来，并不生气，说："超载了，你下来，我抱包水泥出来，你再上。"

谢建伟没辙，只好下来，让师傅进去。谁知师傅一进去，电梯门立刻就关了，噗噗地直往上爬。没想到师傅体重比谢建伟还轻。其实也应该想到，师傅又矮又瘦又老，一个干老头，能不轻吗？

好在这时停在三十二楼的电梯下来了。谢建伟跟跟跄跄跑进屋，还没跑到他妈床前，小军就叫上了："落气了！落气了！刚落！刚落！您进来之后才落的！"

"进来之后才落的"，没到达床前见到最后的活面，没说上最后一句话，这也算送终了吗？或许算吧。即便不算，那也没关系，反正小军是送了的。只要小军没事就成。说不定儿子替父亲送终也是行的呢。谢建伟自我安慰一番。

第二天，乐红听仇小华说谢建伟因参加她的婚礼而误了给他妈送终，心里实在过意不去，就定制了一把大大的花圈。小四轮拉不了，只好请来一辆大货车，风风光光送到灵前，点香三炷，磕头三个。

杨志瑜也定制了一把大花圈。他烧好香，磕好头，仇小华递给他冥币，他立马挡回去，掏出一把真钱，边烧边说："万一老太太出国旅游，忘了带美金怎么办？"

杨志瑜烧美金这事很快传到区亮耳朵里。区亮不作评价，也不送花圈，只烧香磕头。仇小华见区亮磕头，就又想起了他曾"许诺"给区亮的"三个响头"。如今七年过去，区亮不仅把明君搞起来了，还小有成就。在电池圈里，同行尊重他；在公司里，员工很幸福。他此时很想给区亮磕三个响头，让区亮收留他，也幸福幸福。可他没勇气。他在心里说，这辈子除非区亮比他早死，否则，这三个响头怕是磕不了了。

谢建伟母亲的葬礼结束，区亮回到公司，第一时间看《东官时报》。他每天都要关注在东官这片热土上发生的大小事件。其中一条新闻引起了他的高度关注。"东官市获'全国质量强市示范城市'，这是本省唯一获此荣誉的地级市。"之前东官的那几十个人尽皆知的世界第一、全国第一、全省第一，都不如这个"唯一"叫他兴奋。务实的东官企业对产品质量的高度重视终于得到了承认，转型升级涅槃重生终于见了些成效，这于"制造名城"来说，意义非凡。区亮把这喜悦分享给喻芳、乐红和范童等高管，他们都或点头或称颂，这也更加坚定了明君公司继续走高质量产品输出之路的信心和决心。

乐红到明君公司办的第一件大事是，跑工商，跑税局，顺利拿到"三证合一"的新营业执照，新营业执照的注册资本已提升到三千万元。

拿到新营业执照不久，东官轨道交通二号线开通试运营，结束了东官无轨道交通的历史，区亮很高兴，竟放了全体员工半天假，买了一百多张纪念卡，每卡二十元，人手一张，欢欢喜喜坐地铁去，比儿时过年还高兴。

高兴和郁闷是区亮不离不弃的一对孪生兄弟——妮妮中考结束第二天中午，他去加油站加油，突然感觉大腿使不上劲，站起来走走，腿麻关节痛，走不顺。这就叫来喻芳。

喻芳见到区亮，吓得直大叫："怎么了？脸、嘴巴都歪了！"

"歪了？"区亮边说边摸脸，摸着摸着就感觉不对劲了，右脸怎么一点感觉没有？坐进车里，一照镜子，呵，真歪了。

怎么回事？

五个外贸业务员的招聘、培训、香港电子展、广交会和妮妮的初升高，忙得他昏头转向。过度疲劳，高度紧张，睡眠不足，面瘫了。

躺在病床上，区亮十分郁闷，不禁要问，假设今天我就这样走了，明君公司还能长期正常运转吗？答案是否定的。那如何才能让公司长期自动正常运转呢？他没有答案。他认为不能长期自动正常运转才是公司未来最大的风险。他开始寻找答案，决心干掉这个风险。

出院后，喻芳让他把手头工作放一放，出门旅游一趟，放松一下心情。工作二十年了，他还没有独自旅游过，之前旅游，要么为了父母，要么为了孩子，父母、孩子看风景，他看父母、孩子。

可这一回，他依然无法独自旅游。妮妮考上了东官高中精英班，就两个班，九十个人。又可节约一大笔钱不说，离他们一家人的梦想，要么中大要么深大的目标又更近了一步。妮妮的爷爷奶奶、外公外婆也都很高兴，都说一定要奖励妮妮。喻芳说，那就去北京，都去。

爷爷奶奶比外公外婆年长；爷爷奶奶在农村，外公外婆在城里；爷爷奶奶对穿着不讲究，外公外婆对穿着比较讲究；爷爷奶奶都是现实主义，今朝有酒今朝醉，外公外婆很节约，总想给后人攒一笔钱；爷爷奶奶对吃的很讲究，清淡软冷鲜，从不吃剩菜剩饭，外公外婆是"五香嘴"，煎炸烹煮麻辣烫，样样行；爷爷奶奶瘦，外公外婆胖；爷爷奶奶不怕热，外公外婆超级怕热；爷爷喜欢聊历史地理，外公喜欢聊政治军事；奶奶喜欢聊萝卜白菜四季豆，外婆喜欢聊服装美食朋友圈；爷爷奶奶腿脚好，外公外婆腿脚差；爷爷奶奶不喜欢照相，外公外婆热衷于照相；爷爷奶奶坐汽车晕，外公外婆坐什么都不晕……爷爷奶奶和外公外婆之间的差别，简直数都数不清。他们也有共同点：话都多，嗓门都大，面子观都强。

就这样四个老人，能和和气气共同生活四五天吗？这个问题区亮和喻芳从来没想过。结果游一路吵一路，区亮和喻芳根本招架不住，"亲家"很快变成"冤家"。游故宫那天闹得最厉害。游完故宫出来，喻芳说："先吃午饭再说。"妮妮说："我要吃全聚德。"爷爷附和："好，全聚德好，就吃全聚德。"外婆瞪了爷爷一眼，说："好个啥！贵死了！"外公说："那就吃包子嘛，就是乾隆皇帝去吃过的那家，听说有名得很呢。"爷爷见外公外婆占了上风，不屑地说："乾隆有啥不得了，康熙还去吃过那家全聚德呢！"外公听得这话，感觉不对劲，哑摸哑摸，怒了，跳起来嚷："你啥子意思啊，你骂我是孙子啊！你也不撒泡尿照照，你配吗？"爷爷也怒了："你要这么说，你就是个孙子！妮妮要吃全聚德，你要吃包子，你和孙子争，你和孙子一般见识，你不是孙子是啥子，你就是孙子！"区亮见父亲越说越不像话，两个老人越跳越高，越靠越拢，眼看就要打起来，赶紧上前阻止，可越阻止越来劲。"今儿个就是不得将就你！走！吃全聚德！"喻芳去拦外公，也是越拦越加劲，"锤子个孙子！你才像孙子！锤子个全聚德！钱都莫得，还想吃全聚德！"这会儿一直躲在奶奶身后的妮妮突然跳出来，大吼一声："都别吵啦！"结果真就不再吵了。但吃包子和吃全聚德的主意打死不变，喻芳只好带外公外婆吃包子，区亮只好带爷爷奶奶和妮妮吃全聚德。

如此这般，这心还怎么散，压还怎么减？区亮和喻芳都很郁闷，却也只能摇头叹息。

旅游归来，区亮对喻芳说："没事儿，都是一家人，再大的矛盾，过些日子自然消。"可他没想到这矛盾还会像癌细胞一样扩散。一个月后，他去宜昌出差，顺便回了一趟老家。不管是城里喻芳家的亲戚，还是他在农村的乡里乡亲，他们一碰到他就说："区亮，当大老板了哟，发财了哟。"一个这样说，区亮不觉得有什么，两个这样说，区亮还是不觉得有什么，可三个四个、十个八个都这样说，他就终于听出了人家的羡慕嫉妒恨。以前回家，他从没听到过这种声音。他和喻芳从来都以朴素示人，低调对人，以什么样的姿势走出村子，还以什么样的姿势走回村子，更多时候反倒是"近乡情怯"。

思来想去，祸首渐渐浮出水面。他一问母亲便知，父亲说了他和喻芳不少"好话"：开大厂，开大奔，住大房子，妮妮将来要上名牌大学等等。为留个纪念，区亮把上次去上海的照片找出来，和这次的放一起，做了厚厚两大本相册，父亲母亲、岳父岳母各一本。父亲逢人就把相册拿出来炫耀，顺便自是"好话"不断。在区亮老家那犄角旮旯，有几个去过"北上广深"这样的大城市？这让人家情何以堪？要是和乡亲们发生口角，父亲总拿钱砸人，把大话夸上天，无理也要压倒对方，直到对方承认他有理为止。母亲说，父亲从东官实地"考察"回去，人变得越来越精神了，七十多岁的人看上去好像只有五六十岁；话比以前更多，一件事翻来覆去不晓得要说多少遍，只要他一张口，人家立马就说，你说的那些话早就能背了。更要命的是，口角也多了，父亲简直不把任何人放在眼里，他那副模样给人家的感觉完全是活脱脱的"老子天下第一"。

区亮知道了症结所在，以后人家再"夸"他，他就知道如何应付了。要么直接道歉，让大家别和"老糊涂"一般见识；要么不断地发烟，发最差的烟，和大家一起抽，边抽边诉苦，他苦料多，苦话自然不缺，诉到最后，乡亲们都报以同情，时不时还来一句："国家政策现在这么好，没想到你们还这么苦，哎⋯⋯娃儿娃，我看呀，要是不好搞就别搞了，你的年纪也不小了，都回来吧，饿不死人了。是的，我们都了解你老头子这人，人是个好人，就是话多了点，别的啥毛病没有。"

这样，安抚好乡亲们，区亮放心回到东官。这天，中国地级市民生发展百强最新榜单正好公布，东官市位居第三名。第二天，他参加了世界官商大会。会后，他把他和妮妮的户口，按人才入户，快速转到东官，成了名副其实的"新官人"。

转眼到国庆节。第四季度一开始就放长假，区亮感觉很不舒服，这是一个冲刺的季度，离九千万的目标还差三千万，一个月一千万，能完成吗？这个市场瞬息万变，他心里没底。他巴不得一刻都不休息，赶紧拿下三千万，以了却自己的心愿，搬去嵩山湖，再次提振全体员工信心。

喻芳说："你这人真是太适合当老板了。"

区亮得意地说："那是！"

喻芳等到区亮的得意劲上升到飘起来才接着说："巴不得每个人都和你一样，一天都不休息，天天都想着你那目标目标目标，想得美！"

区亮的笑脸迅速沉下去，剜了喻芳一眼，无趣地走开了。

可不管怎么说，他都要搬去嵩山湖，这是不容置疑、也不容改变的。他已经获得了入住嵩山湖的资格。接下来，看好厂房就可搬。

十一月下旬，区亮从德国电子展回来，时值第五届中国创新创业大赛在嵩山湖举行，他才把共享汽车开到家门口，一个晴天霹雳再次从天而降——谢建伟的益智儿童玩具又出了质量事故，比上回"螺丝钉事故"要大得多得多。

这回，谢建伟能化险为夷吗？

第四部

南辕永远走不到北

第三十八章

巡视组从天降急煞麻子
谢建伟好迷茫神秘邮包考胆量

"屋漏偏逢连夜雨。"十二月初，巡视组对银行系统突击专项巡视，麻子急得双脚跳，一连给光头打了好几通电话，问他到底该怎么办。光头思前想后，最终奉上"绝招"："这回恐怕真是躲不过去了。要么钱，要么命，没有别的招。"

钱？找谁要？谢建伟？他！三个亿全丢水里了，哪来钱？命？想要谁的命？我的？谢建伟的？这个老狐狸，真是够绝的，说得个含含糊糊的。没错，他最想要我的命。谢建伟的命，只对我有用，对他用处不大。不对，谢建伟的命对他也有用。要了谢建伟的命，我的职位就保住了。我的职位保住了，就不会找他老狐狸的麻烦，他自然也就不会再要我的命了。看来，谢建伟的命要定了。除非他会变戏法，变一个亿给我。否则，必死无疑。话说回来，就算我不要他的命，那些供应商也会要。只是供应商不会立马要，他一定还会像上次一样，骗得供应商的信任，短则半年，长则一年。可我哪等得了那么长时间？别无他法，别无他法，只能是我来要他的命了。麻子经过一番激烈的思想斗争，很快厘清思路，下定决心。至于什么时候采取行动，他还没想好。

"这回恐怕真得栽在杨志瑜手上了，一天到晚只晓得赌，我看你还能赌到啥时候！这回你那八九百万货款怕是再也收不到了！没了这笔款，看你还怎么赌？"谢建伟没回家，还待在办公室里想对策。

巡视组来了，银行的钱要是再不还上，麻子肯定要遭殃。我没那么多钱，他也没那么多，我们两个加起来也没那么多。就算他有那么多，他也不会拿出来。我已明确给他表了态，一年之内不可能还钱。他能等一年吗？巡视组会给他一年喘息的机会吗？绝对不会。他会持侥幸态度吗？更不会。他已经急得像热锅上的蚂蚁了。

那么，麻子要是遭了殃，光头就得跟着遭殃。光头会让麻子遭殃吗？肯定不会。光头能保麻子不遭殃吗？绝不能。别说光头那点权力不能，恐怕再大的权力都不能。再大的权力都大不过人民赋予巡视组的权力。难道一点办法都没有，只能这样眼睁睁地看着麻子遭殃，然后光头他自己遭殃？

那也不是。要是麻子死了，他光头就不会遭殃。麻子会死吗？如果要死，怎么个死法？自杀？他有那么无私吗？他完全可以杀我灭口呀！我死了，他就安全了，不仅不会死，位置也保得住。他安全，光头跟着安全。除非光头一定要他死。光头一定会要他死吗？想要，但没那个必要。连我都想得到，我死了，他们都安全了，难道光头想不到吗？肯定想得到。是我死了对他光头利大，还是麻子死了对他利大？肯定是我死。这个破厂现在等于说全都是银行的了，供应商的几亿货款还不知拿啥来付。当然，要是银行的这一个亿可以缓个一年半载，拿后续利润来填补亏空，三五年后，也还是有利可图的。可他们能等这么久吗？看样子怕是一刻也等不了了。而麻子，我手上捏着他的把柄，他更是巴不得我立马死掉，到时任他一张嘴胡说八道。

他们两个其实不要我命也是行的，只要我啥都不说，他们同样没事。可他们会相信我啥都不会说、不会把那份要命的合同交出去吗？断然不会，他们只会狗急跳墙，先发制人，把我拿下再说。他们会采取啥手段拿下我呢？给我下毒？制造车祸？放火？找狙击手暗杀？他们啥时候动手？让杜鹃去打听一下？不行，他们已经不信任她了。那该如何是好？

举报他们？坐牢我不怕，就怕这些年的苦心经营全泡汤。万一他们没事呢？再熬个几年，自己也开发一些新客户，一定也还能挣到不少钱。至少能保住这个厂，给小军打个基础也好。

要不先去外面躲一阵儿，等巡视组走了再回来？如果他们没事，我肯定也就没事；如果他们有事，被抓起来，我也没啥大事，大不了就是欠钱，该还还，该抵抵，公司没了就没了，不至于坐牢。不，还是会坐牢，麻子不可能那么好心，一定会拉我垫背，把我们的合同交出去，告我行贿，告我拉拢腐蚀他。不，还是不对，要是光头知道我跑了，他为了保住乌纱帽，一定会想办法弄死麻子，免得他乱咬。

可是，我跑了，小军、杜鹃、黄姐他们怎么办？光头和麻子不会找他们麻烦吗？要不把他们都带上一起跑？可都跑了公司怎么办？谁来给我们传递巡视组、麻子、光头他们的信息？要不让小华代管一段时间？那也不行。谁代管谁遭殃。光头和麻子一定会把他们抓去审问，搞不好就会丢命。

那怎么搞？直接把麻子干掉？杀人偿命，天网恢恢，迟早会被查出来。再说，麻子死了，银行的钱就必须得还了。现在可是没钱还。没钱还，银行就会拍卖地皮厂房，公司同样保不住。还有，供应商们能不能像上回那样爽快答应，也还是个大问号。要是他们起诉我，公司照样保不住。有没有既能保命又能保公司的办法呢？……

谢建伟待在黑漆漆的办公室里想了一整夜。

第二天早上上班不久，还不到九点，保安就领着快递员到了谢建伟办公室。

"怎么这么早？平常不是十点才来派件吗？"谢建伟很纳闷。

"急件一般送得早点儿，特事特办。"快递员笑着说。

谢建伟不再说什么，签名，收下，扔一边。保安和快递员前脚走，谢建伟后脚快速拿来包裹，小心翼翼一层一层剥开。他十分担心包裹里装着炸弹。

一个精美的黑匣子，活像一个骨灰盒。里面到底装着啥东西？这快递员到底是谁？他慌慌张张追出去，想把快递员拦下。跑至保安室，快递员正钻进一辆黑色捷达。有开捷达送快递的吗？保安问谢建伟什么事。谢建伟笑着说："没事儿，那家伙忘收运费了。"

谢建伟绕着匣子转几圈，没打开。他认定这匣子里一定装着要命的东西。至于到底是什么，也只有打开了才知道。

他藏好匣子，给黄姐、杜鹃和小军打电话，让他们速到他办公室。小军已上班。杜鹃和黄姐都还在家里，他让她俩带上换洗衣服和日常用品，都不要开车，都要化妆成老太婆的模样再出门。接着打给仇小华，让所有保安全部到岗，一律不准外来车辆、人员进入园区。把卸货区设置在厂门外。所有货物都要开箱查验，一旦发现可疑物品，立即报告。最后，让仇小华把这快递员的全程录像调出来，存入 U 盘。

小军第一个到。谢建伟递给他一个沉甸甸的布口袋和一个封了口的信封，轻描淡写地说："你把这个带上，路上千万不要打开。等下让送货的司机送你到南城华波物流园大门口，区亮叔叔在那儿等你。你把这口袋和这封信交给他。你现在啥都不要问，到了区亮叔叔那里，自然啥都清楚了。你写份辞工书再走。辞工书落款时间写上个月十号。"

小军不理解谢建伟到底什么意思，却也不问，写好辞工书，扛起口袋就走。

杜鹃和黄姐还没到，谢建伟又接着打电话，为他想了一夜的办法做最后的准备。打完电话，很想打开匣子，可最终还是忍住了。

稍后，他亲自到厂门口把杜鹃、黄姐接进办公室。一路上谁都没认出来。卸完妆，谢建伟说："……因此，从现在起，直到明年春节，你们两个哪儿都不能去，二十四小时待在公司。杜鹃你等下把厨师放了，给他一笔钱，让他回老家休息一段时间。你们两个就住在餐厅里，想做饭就做，不想做就到公司食堂吃。这里安静，没人来打扰。千万不要让任何人知道你们住在这里。我也住这里。但我不会见公司任何人。公司暂时由你们两个代我主持。解决不了的，随时问我。进出注意，千万别让人发现。不管谁找我，都说我回老家了。后面的事，我们后面再说。"

杜鹃和黄姐离开，谢建伟打开匣子。

果然。

第三十九章

老谢哄麻子斗智斗勇
区亮待小军亦师亦父

匣子里有一把手枪和一封信。

他漏出弹夹。弹夹里仅一颗子弹。难道只要我一个人死吗？难道你们就不担心我把合同交给小军、黄姐和杜鹃他们吗？你们一定是忙中出了错。没关系，你们想不到，我帮你们想到。放心吧麻子，我会把合同原件寄给你的。我也会好好死给你看。想到这里，唰一下撕开信封。

信是麻子用电脑打印的，说只要他没事，保证让建伟公司好好活下去，让小军来继承。

谢建伟自是不会相信麻子的鬼话，却也不生气。他装好弹夹，解开薄薄的羽绒服，把枪藏进口袋里。收捡好信件、匣子、快递单和包裹袋。若无其事地给麻子发微信："东西收到，谢谢成全。供应商们已逼我走投无路，我也正想和你告个别。你我兄弟合作一场，情同手足，相信你能帮公司渡过难关。为了防止合同落入他人之手，对你不利，我把合同寄给你处理。我死后，担心小军受不了，做傻事，请你无论如何都要保他周全。跪谢！"

"牢记牢记！一定一定！"麻子回完就把谢建伟删了。

那边，小军到了，区亮闭窗不动，直到货车走远，才唤他上车。上了车，小军给谢建伟报平安。谢建伟说："从今天起，我不找你，你就不要找我，千万不要给我和公司里的任何人打电话。你让区叔叔给你买个新号码，把这个老号码注销。我有事会给区叔叔讲。你啥都不用担心，只管好好工作，好好生活。"说完，匆匆挂掉。

回到公司，区亮和小军一起打开布口袋，里面全是百元现钞。区亮和小军都很吃惊，不知道谢建伟葫芦里卖的什么药。小军好像意识到了什么，急忙打开信封，抽出信，递给区亮。

区亮老弟：

你好！

首先给你说声对不起，当初没让你给我供电池，的确是我打了小算盘，请你原谅老哥的不是。其实志瑜给我的单价比你的还高。现在我遭到报应了，那是我活该。我这里的情况你都清楚了，也就不多说了。

我今天把小军交给你，请你看在我们同事一场的分上，收了他。小军是你看着长大的，他的脾气和德行你多少还是了解的，他总的来说还算比较懂事。但他还年轻，还需要磨练，很多地方都还很不成熟，希望你把他当自己的亲儿子来待，该骂骂，该打打，不要姑息。

在这世界上，我已找不到第二个像你这样的好人了，我把小军托付给你，由你来做他的师傅和人生导师，我完全放心。两百万就算我帮他交的学费。我知道，太少，可我现在实在是拿不出更多的了。要是这次我能侥幸脱身，以后再行补偿。

在这里，老哥跪请你相信，从今往后，不管我的公司还能不能活下去，也不管我还能不能活着见到你们，小军这辈子都由你来安排，都跟着你走。我说过了，就当是你的儿子。他要是不认，你告诉他，他不是我谢建伟生的，我谢建伟从来没有他这个儿子。这封信就是凭据。

大恩不言谢，多余的话我就不说了。我现在得抓紧时间为最坏打算做准备，但愿我们还能再见。

拜托了，老弟。请把这信也交给小军看看吧。

最后，我衷心地祝愿你好人一生平安！

一个不称职的父亲，一个不合格的哥们：谢建伟

2016 年 12 月 7 日　夜

信读完，区亮心脏都快跳出胸腔，他感到呼吸困难，一句话都说不出来。他把信递给小军，缓缓起身，走到窗边。窗外下着小雨，灰蒙蒙一片，他已分不清眼前那片熟悉的楼群，哪些是凯旋国际，哪些是幸福公馆。东官大道粗壮的车流声，好像奔流不息的涧水在吼叫，不断地把他翻飞的思绪裹卷又撕裂，撕裂又裹卷，远远近近，缥缥缈缈……

小军看完信，情绪更激动，禁不住把他那一米八的身子跪下去，哭着说："区叔叔，救救我爸爸……"小军虽有两年留学经历，年龄也不小了，可他从小到大一直生长在温室里，没经历过磨难，逆商较差，感情脆弱，和同龄人相比，他实在是嫩得太多。

区亮迟疑片刻，转过身来，扶起小军，安慰说："你放心，区叔叔会尽力的。不要太难过，也许事情并不像你想象的那么糟糕，欠账还钱，不违法不犯罪。退一万步讲，即便还有别的事，到时不尽如人意，你也不要害怕，你至少还有区叔叔，还有你妈妈，还有我们这个大家庭，你不是一个人。你要坚强些，勇敢些。好了好了，不哭了，振作起来，走，带你去见喻芳阿姨，还有乐红阿姨。"

区亮让喻芳和乐红多给小军一些关爱，帮他平稳度过这段难熬的日子。喻芳和乐红都表示，一定关爱到底。

喻芳建议把小军带回家住，区亮很感动，眼里竟有了泪花。一定要把这个"捡来"的儿子培养成明君公司接班人之一。区亮和喻芳都这么想。

小军见过喻芳和乐红，区亮立马安排他去外贸部上班。区亮让他从业务员做起，他要把他培养成外贸部部长，尽快接管整个外贸部，在职位上同范童平起平坐。

这边，谢建伟上午把合同寄走之后，一直在想麻子收到之后的反应和采取的行动。他十分希望麻子高高兴兴地把合同销毁。

麻子在下午四点多钟收到合同，更加相信谢建伟在微信上对他讲的那番话。一直以来，谢建伟在麻子面前，说话做事都很低调，从来都是有礼有节，在麻子看来，谢建伟很尊重他，也很懂事，能屈能伸，能明辨大是大非，具有极强的牺牲精神。麻子收到合同的那一刻，很感动，险些放弃让谢建伟自杀的念头。他按照谢建伟的提醒，不要让合同落入他人之手，当即销毁了合同。

时间过得似乎不如往日快，好不容易才盼来晚餐。黄姐做的晚餐不如二级厨师做的可口，谢建伟却不挑剔，敞开肚皮吃，还喝了几口酒，那吃相有点像赴死之人最后的晚餐。他晚上还要干体力活，干完体力活还要自杀，自杀也是需要力气的，不多吃点，到时哪来的力气？他现在什么都准备妥当，只等深夜来临。黄姐和杜鹃不知道他为什么要吃这么多，也没看出他的吃相有什么不对劲。

夜渐深，他感觉肚里空落落的，嘴里泛着清口水。今天晚饭饭后的这四五个小时，不同以往的四五个小时，这四五个小时他的每个细胞都处在高度亢奋之中，能量消耗很大。他想吃点夜宵可黄姐和杜鹃早已睡下。他不想惊动她俩，只好拿花生糖就酒。一口气嘭嘭嚼掉五盒，酒喝得不多，顶多二两。吃好喝好，摸摸肚子，感觉不错。再看表，差不多十二点了。正好，出发。

第四十章

老谢开枪别墅烧光引爆朋友圈
债主登门工厂包围点燃欢乐窝

　　谢建伟关掉灯，还像往常那样，提着他那能装下十本产品目录的黑色大公文包，不慌不忙、大摇大摆走出办公室，锁好门，又不慌不忙、大摇大摆走过前台自动大门。司机小王和宾利早已候在门口。

　　宾利开离厂区，后面跟来一辆黑色车。是不是上午送枪的捷达？谢建伟反转身，背靠驾驶位座椅。小王按令踩急刹。紧随其后的黑色车来不及刹车，一下冲上来，近在咫尺，谢建伟一眼看清，没错，就是那辆送抢的捷达。小王问他为什么要点急刹，他微笑着说，没事儿，试下刹车。这车从买来还没换过刹车片。还不错，都四五十迈了，一脚刹车还能站住。

　　到了那栋不常住的老旧秀珍别墅，使用面积不过两百平，是从法院手上拍卖来的，不到两百万，比市中心给杜鹃买的那套四房一厅便宜一百多万。别墅之所以如此便宜，一是因为地理位置较偏，后期商业没跟上，吃喝玩乐极不方便，二是因为另一别墅的一个售楼小姐，一天售卖时，突发奇想，对顾客讲，那别墅区是片坟场，古时密密麻麻不知埋了多少人，风水不好，容易闹鬼。顾客信以为真，逢人便讲。一个讲，两个讲，一传十，十传百，到最后全东官人都知道了。别墅很快滞销。祸从天降，那别墅开发商不得不全力反击，登报，上电视，找考古专家、历史学者、名人明星，八方辟谣，可是没用，大家宁可信其有不可信其无。万般无奈，只好降价。小王下车给谢建伟开门，紧跟而来的捷达熄火灭灯，停在百多米之外。

谢建伟下车对小王说："明天早上你不用接我，去找杜总，她有事跟你讲。"边说边用余光扫视捷达，心想，看吧，都给我看好了，接下来有你们好看的。

谢建伟进屋，开灯，全开。爬上二楼，灯不开，轻轻拨开窗帘，漏出一条小缝观察楼下。两个跟屁虫在抽烟。放心了。合上窗帘，开满灯，收拾一通。下楼去，搬来朋友白天准备好的棉花和汽油，从二楼到一楼，大铺大泼。卸下厨房已经敲松的窗户，把一个高凳和一个背包顺出窗外，关掉手机，穿上长衫，戴上鸭嘴帽，套上鞋套，拉下电闸，打开手枪保险。

现在，他只要扣动扳机，他和别墅很快就会在这世上消失。这一刻，他的确想到过死。他感到身心俱疲，这个世界已经没有多少人和事让他放心不下了。父母已走，前妻他嫁，小军有区亮，至于黄姐和杜鹃，他从来都没动过真情。这个世界，温情不多，麻烦不少，尤其是供应商的几亿欠款，想想头就炸。走到今天这步田地，全因利令智昏，忘了自己姓甚名谁、几斤几两，原本以为一切尽在掌控中，殊不知，一切都由不得自己胡来，现下一切更是只能听天由命。他觉得让自己死一千次一万次都不过分。

可他还不想这么快死去。他还想看看递给他手枪的人的下场，也想看看供应商们能不能再支持他一回。还有银行，等麻子和光头出事后，看看能不能借订单重启银行合作。他现在有足够的信心让麻子和光头出事。他只须把麻子、光头、捷达、秘密会所和处理过的合同复印件提交给巡视组，便可跷起二郎腿，坐看风起云涌。他认为收拾一下麻子和光头，不让他们继续为非作歹，也不失为一种贡献，尽管有些冒险。

站在漆黑的厨房中央，他又想了会儿心事，才爬出窗外，背上背包。接着站上高凳，点燃烟。左手烟，右手枪，双保险。烟和枪都对准一大堆干柴。干柴上铺着厚厚的油棉。他没再犹豫，快速扣动扳机，投进烟头，极快速地把手枪和高凳扔进厨房，转身，快跑，一路向东。他刚才是从南门进来的，现在从东门出去。

跟屁虫听见枪声，赶紧起身，猛地扑向别墅，想看看谢建伟到底有没有死。可哪里进得去？别说大门紧闭进不去，就算敞开着，也进不去。二人才跑几步，冲天大火瞬时包围了整栋别墅。领头的边退边喊"快跑"，还不笨，还知道引火上身不好玩。

捷达一路向南仓皇逃窜，还没存够冬粮的老鼠们也仓皇逃窜。别墅熊熊燃烧，在一望无边星星点点的城市一角，宛若旷野上的一堆篝火，热烈而孤独。这个点，凌晨一点多，天这么冷，除了老天爷，谁会在乎它？周围其他别墅，大部分时间均无人居住。今夜入住的人，这会儿都在黑甜乡里做美梦；巡夜的保安，早已巡累，都待在岗亭里打盹儿，连穿着奇装异服的谢建伟，背着那么大个背包，大摇大摆走出东门，也没有一个保安好奇，都懒洋洋地睁只眼闭只眼，直到消防队赶来，另一只闭着的眼睛才大大睁开。打 119 的是别墅区外高层住宅楼的夜猫子。

远水救不了近火。远道而来的消防车，水枪还没装好，别墅差不多全烧光了。

第二天醒来，谢建伟从电视台早间新闻报道得知，他已经死了，他留给现场的手枪和一堆散乱白骨，引起了争议，有人说他是开枪自杀的，有人说是被大火烧死的……

唯有麻子和光头不议论，他俩举杯相庆时一致认为，肯定是先放火后开枪自杀的。他俩无论如何想不到，现场白骨是谢建伟伪造的。

麻子和光头也就高兴了两三天，谢建伟的实名检举信一到巡视组手里，他俩立马就被监管了，接着就约谈，很快就挖出了一大堆他俩涉黑和渎职的罪证。到底是谁举报的？他俩丝毫没怀疑到谢建伟头上。

麻子和光头不想和死人过不去，更不想给自己头上扣屎盆子，因此也就没交代同谢建伟的交易。谢建伟和他的公司暂时是安全的。

然而，这个世界，到处都有正直的勇士，也从来不乏落井下石之人。麻子气数将尽，可终归还没尽，之前饱受麻子欺压的勇士们，纷纷站出来，揭发他，竭力为他铺就一条豪华的黄泉路。在他们揭发的名单中，谢建伟和他的建伟公司名列第一。

雷厉风行的巡视组见情况基本属实，立马请黄姐、杜鹃和几个副总前去做进一步调查。

　　谢建伟死去，别墅烧光，建伟公司高管被抓等新闻，很快挤爆朋友圈。这是从不玩朋友圈的谢建伟之前所没想到的。更想不到的是，黄姐、杜鹃他们才被带走不到俩小时，公司大门就被供应商包围了。监控视频上看得很清楚。有的要求见财务，有的要求见采购，有的要求见仓管，有的要求拿货拿材料抵货款，有的要搬电脑，有的想卸空调，有的说谢建伟办公室的红木家具和名人字画贵得离谱，随便一件，都价值几十上百万……

　　谢建伟终于慌了神，心想：这下完蛋了，弄巧成拙，看来这个年是过不清静了，黄姐和杜鹃肯定经不住逼问，很快我就会暴露，幸好她俩都不知道小军的去向，幸好司机小王已回老家。其实找到他们也没事，他们既没参与公司管理，也没做啥坏事，更不知我与麻子、光头他们的所作所为，好吧，既然老天爷执意要灭我，那就结束吧，死了清静。

　　天终于擦黑，他又穿上风衣，戴上鸭嘴帽，翻过围墙，几天前他从别墅"自杀"回公司，也是从这段围墙翻进来的。原本打算直接去他和杜鹃的欢乐窝，欢乐窝是他送给杜鹃的。可翻出围墙后，却绕道去了商场。他买了一大堆木炭。他之前也买过木炭，那时是用作烧烤。他今天买木炭，是要生一堆大火，把门窗都关起来，烤暖冰凉的身心，然后在饱含一氧化碳的暖气陪伴下，美美地睡它个千年万年，再也不醒来。

　　木炭燃起来了，房间里也暖和了，现在他只要闭上眼睛，按平常那样睡一觉，所有的烦恼都将一笔勾销。可他突然有了新烦恼，睡不着，无论如何睡不着。他烦他自己简直不像一个男子汉，一个真正的男子汉怎么能够让女人替自己受罪呢？他也烦他自己不是一个好父亲，怎么能够就这样轻飘飘地死去呢？只有懦夫才这样死去！为啥不给小军树立一个敢作敢当的榜样呢？我连死都不怕，还有啥子可怕的？想到这里，他赶紧打开门窗，浇灭碳火，换身体面衣服，匆匆出门。

　　他决定打的去公司，"活着"去公司。上车他又想起几桩心事来，觉得不了不快，非了不可。眼看离公司大门仅有四五百米了，他立马叫停的士。他想看看有没有警察封厂，以及供应商堵厂。结果，没有警察，也没有供应商。大大方方走到保安亭。保安见到他，以为见到鬼，吓得直哆嗦。谢建伟见状，笑了。"放心，死不了。"说完掏出手机，还是原号码，打给仇小华。

仇小华一看是谢建伟，接起来就叫："哈哈，老谢！我就知道你没事。怎么样？要不要我陪你一起跑？现在跑还来得及，明儿个，说不定明儿个就有警察来了噢。"

谢建伟苦笑道："跑个啥子跑嘛，要跑早跑了。"

谢建伟命令道："你把所有保安叫来园区大门，有重要事情宣布，立马！"

第四十一章

老谢了却余愿自首
老杨骗得巨款照赌

谢建伟让所有保安立马分头行动，召集全体员工至公司停车场开会，住在公司外的也叫来，不管有没有睡下，统统叫来。

全体员工悉数到场，已是夜里十二点。谢建伟站在收货区高台上，深深三鞠躬。"尊敬的兄弟姐妹们，大家辛苦了！"今天他没等大家鼓掌，不断地往下讲，"这么晚把大家召集起来，实在是不得已而为之，真是对不住了，请大家再原谅我一回吧。明天一早我就要去自首了，这一去恐怕就再也见不到大家了。在离开公司之前，我想拜托大家几件事。第一，明天上班，大家该干啥还干啥，就算警察来了，大家也不要惊慌。好吗?

"第二，今后要是你们有机会创业，请大家最好不要和朋友做生意。如果非要和朋友做生意，那一定记住，朋友不代表品质，好朋友更不代表好品质，我所说的品质是指产品的品质。我们公司之所以走到今天这地步，就是因为我那朋友的整批电池都出了严重的品质问题。这个事情大家应该都听说了，就不多讲了。

"第三，我们这个厂至少要值一个亿，地皮、厂房都是我们自己的。现在国家有政策，如果这个厂要破产，首先会把大家的工资结清，然后才考虑银行的贷款和供应商的货款。所以，请大家放心，大家该拿的工资，一分都不会少。另外，请大家千万要注意，在这期间，不要闹事，拿了工资就安安静静地离开。谢谢大家！拜托了！

"我就讲这么多。最后祝大家身体健康，家庭幸福，一生平安！"说完又给大家深深三鞠躬。

　　大家都默不作声，有序离开。谢建伟目送大家，发现有不少人在抹泪，心跳顿时跳得没了规律，七上八下乱跳，眼睛痒痒的难受。可他仍旧坚持目送大家离开，直至最后一个。

　　送走一两千人，他带着仇小华和采购五人回到办公室。他让采购们讨论一下，看看哪些供应商较为弱小，而货款不少。

　　半小时后，讨论结果出来，十三个供应商，总计货款近两千万。谢建伟让采购们赶紧通知十三个供应商，叫他们务必马上赶来公司。他要拿所有车辆、住宅和其他物资来抵货款。

　　十三个供应商来了十一个，另外两个关机，联系不上。

　　办完所有手续，路灯已阑珊。谢建伟送走十一个供应商，回到空荡荡的办公室，打开保险柜，把所有手续放进去，取出仅有的几万块现金，分给仇小华和五个采购："给你们的加班费，拿着，不哭，拿着，都拿着……"

　　然后，谢建伟让五个采购回家休息，让仇小华一个人留下来陪陪他。他交给仇小华三件东西：一把钥匙、一张银行卡和一封信。钥匙是他办公室保险柜的。银行卡里有一百万，是今年八月份存进去的，他刚才清理保险柜时才想起来。这是他前妻的卡，密码他不知道。他原本打算明年春节回家给父亲上坟时，再交给前妻，算是补偿。他让仇小华回家时转交给她。信是写给小军的，刚才采购们讨论供应商，他就写信。信的主要内容就三点，一是要求小军好好做人，二是要求小军每年都要给爷爷奶奶上坟，三是要求小军尽早成个家，将来一定好好孝敬他妈。

　　谢建伟离开公司去自首时，再次叮嘱仇小华，让他务必尽全力安抚好其他供应商的情绪，在警察没到来之前，千万不要起冲突。仇小华也叮嘱他，让他记得老实交代，争取宽大处理，不管怎样都得把命保住。谢建伟很感动，没想到最后为自己送行的竟是仇小华。仇小华并没因自己倒下而离开，更没有提出非分的要求，好像不那么小气了。这么一想，他又东摸一下西摸一下，最后从内衣口袋里摸出一把钥匙来，递钥匙也递话："这是杜鹃家的钥匙，我在她书房抽屉里放了五万现金，拿去补贴一下家用，你儿子眼看就要上大学了，你马上又要面临失业……我建议你去找区亮，春节后他要搬厂，搬去嵩山湖，正缺人手。跟着他干，不会吃亏。"

"我也是这么想的，可我担心他不要我。毕竟……唉，算了，不说了，到时再说吧。你不用管我了，你管好你自己，我们大家就放心了。走吧，来，把包拿上。"

"你去吧，麻烦把房间打扫一下，尤其是书房里的那些碳，全都清出去。别的没啥事了，我走了，你回去睏一会儿。"

谢建伟走了，头也不回地走了。背影越来越小，越来越模糊。但在此时仇小华的眼里，这背影却越来越清晰，越来越高大。

仇小华很想给区亮打个电话，最终却打给了杨志瑜。

杨志瑜正在验收生产线。他花了一百多万，买回一条二手生产线。他已把这条二手生产线翻新，打算通过一中介公司去银行融资一千万。新买这样一条线至少三千万。有了这一千万，公司就可度过难关。仇小华告诉他谢建伟投案自首去了，他立马来了精神。他这段时间一直担心谢建伟找他麻烦。谢建伟真要找他赔偿损失，他也无话可说，毕竟是他的电池漏液，腐蚀了玩具机芯。

这天，"东官出口玩具质量安全示范区""东官出口婴童用品质量安全示范区"正好通过考核验收，东官市成为省里首个同时成功创建两个行业的国家级质量安全示范区的城市。一个生产儿童玩具的客户，告诉杨志瑜这个好消息时，兴奋到手舞足蹈，而杨志瑜却哭笑不得，鸡皮疙瘩漫天飞，心想，他是不是在讽刺我呢？

四五年来，电池一直都没再漏液，最近怎么老是漏液呢？

原因找来找去找了大半月，到底找到了祸首——隔膜纸。隔膜纸穿孔了，导致正负极短路。隔膜纸是阳阳买的。阳阳买的隔膜纸怎么就一定会穿孔呢？她收了人家好处，不穿孔才怪。她怎么能这样呢？她怎么就不能这样呢？谁叫杨志瑜那么信任她，非要把采购大权也交给她？这能怪杨志瑜吗？他一天到晚都在麻将桌上忙得天昏地暗的，阳阳是他最贴心的人，不交给她，还能交给谁？一张小小的隔膜纸能有多少油水？为了这点可怜的油水，差点把整个厂都给毁了，值吗？谁说只是一张小小的隔膜纸？难道她就不会整合整合，把锌粉、钢壳、电解液、二氧化锰等主要材料集中到一个供应商那里采购？

谁说不值了？厂毁了关她啥事？又不是她的厂。厂不毁，腰包不肥！各算各的账，她只算她个人的账。在她那里，个人的小账大于一切。她接近杨志瑜，别以为真是爱上了他那瘦不拉几的二两肉。她啥都不爱，只爱钱。杨志瑜发现隔膜纸出了问题又怎样？阳阳仅几口枕头风一吹，杨志瑜头脑一热，大笔一挥，好的好的，买单买单。

二〇一七年元旦后不久，杨志瑜的贷款顺利到手，他又大刀阔斧地干了起来。他也要转型升级。他不是拿翻新后的二手生产线来转型升级，二手生产线根本生产不出电池，只能当摆设，做亮点，忽悠供应商和客户。他的转型升级项目是生产充电器。他只做了简单的市场调查，便拉起一条生产线来。

春节后，他又去深鹏成立了分公司，商业计划书说，多多公司要以所有使用电池的电子电器产品为载体，依托全球各大电商平台，借助"一带一路"国家倡议驱动，大力弘扬祖国传统文化，覆盖全国，走向世界。

五月初，他把所有供应商和客户再次请来公司，全方位、立体式地展示他的大刀阔斧和宏伟蓝图。最后他宣布："多多股份明年将在深交所挂牌上市，在座的各位老板都有机会成为多多的股东。来吧，让我们共同举杯，祝福我们共同的多多明天更美好！干杯！干……杯……"

六月底，居然轻而易举完成了他既定的目标：六个老板购买了他百分之二十的股份，他净收五百万。

钱一到手，他就带着阳阳一会儿欧美日一会儿新马泰，满世界乱转。朋友圈赞不绝口，"啊！这格局！""啊！这国际视野！""啊！这回真把世界踩在了脚下！"……

好了，够了，朋友圈不能再发了……杨志瑜心下如此一叹，转瞬销声匿迹。

第四十二章

区亮游嵩山湖感慨万千
小华听怪人谈火冒三丈

围湖而建的国家高新技术产业开发区嵩山湖，历经十多年高质量建设和发展，在世界科技产业版图上，早已风生水起。它是响当当的科技中心、研发高地和总部基地。它在区亮心目中的地位不亚于北京中关村和美国硅谷。区亮于今年六月中旬把公司迁到了嵩山湖。

现在是八月初，他不惧暑热，一口气把这山、水、园融为一体的科技新城游了个遍。他带上仇小华，一人骑一辆共享单车，从礼宾大道出发，向着东官市区方向游走。生产力大厦、图书馆、学术交流中心、行政中心、文化长廊、商务办公区、东官理工学院、嵩山湖酒店、北部科技园，以及人文景观：四百年前的明朝已成市的香市、宋代石桥通济桥和沟谷景区的渡桥，还有自然景观：东官新八景之首的松湖烟雨、松湖花海、桃源公园、状元笔公园、中心公园、月荷湖公园、嵩山湖湿地公园、松湖生态园和阳光沙滩等。

一圈走下来，区亮感叹说："这真是没得说，'科技共山水一色，新城与产业齐飞'，青松气质，科技高山，湖兮福兮，好一个嵩山湖啊！"

"去年你已做一个亿，下一步打算往哪儿走？"游园结束坐下来休息时，仇小华好奇地问。

"哪还有啥下一步？没下一步了。我这双只有个大专文凭的腿，走到这里，已经把吃奶的力气都使出来了，再也走不动了。要远走高飞，也是他们年轻人的事了。我现在哪儿都不去，就在这里落地生根，稳打稳扎再干个十年八年。科技发展日新月异，不，准确说，是分分秒秒都在变化着，进步着。

十年后我们都五六十岁了，老了，知识更新的能力及速度必然差远了，思维自然也跟不上了，靠边站，是首选。大不了做做参谋，做做顾问。一代人有一代人的使命，我们这代从农村走出来的七〇后，白手起家，全凭血汗和毅力，能打个基础，建个三五层，已是很了不起了。高楼大厦，非奇才难以建成。你说是吧？"区亮说得很认真，没有丝毫调侃的意思。

"我才不信，你是个啥子人，我还不了解？再说，那谁，七八十岁从零开始，种柑橘，不也创业成功了吗？你看你现在基础多好啊，我就不信你这七〇后还比了人家那二〇后。我反正看好你，这辈子只要你不嫌弃，我都跟你干到底了，保证把市场调查这块工作给你整得巴巴适适的。不过，我心里一直装着一句话，不知当讲不当讲。"仇小华气鼓鼓地说，好像老毛病又犯了。

"啥当讲不当讲的，有话直说，不绕弯子。"区亮感觉"下一步"这话题无趣，本打算不聊了，听仇小华这样一说，又来了兴致。

"我觉得你这人太怪了，有时候怪得简直不像个正常人。"

"哟，又跳出来一个说我怪的人。说说看，我到底哪里怪了？"

"那我就不客气了。"

"请。"

"人家开业、搬家、周年啥的，都要搞个庆典，剪个彩，再不怎的也要请个客，热闹热闹。你呢，一次不搞，这是一怪。"

"继续。"

"人家搬厂都要看个风水啥的，你呢，打死不搞。要是有个七灾八难的，怎么办？这是第二怪。"

"继续继续。"

"人家过年都兴搞尾牙，我听喻芳说，你不但不搞，反倒把人家送来的东西给退了。这是第三怪。"

"还有呢？"

"你现在都不差钱了，怎么还要开那辆破奥迪？你不嫌丢人，我们还嫌丢人呢。这是第四怪。"

"还有吗？"

"当然有。我让你去看看老谢，你打死都不去。他的那两个合伙人也都判了无期，我不晓得你到底怕啥？他把儿子都送给你了，难道你一点都不感动吗？还有，黄姐和杜鹃，尽管她们都没事，可名声坏了，日子都不好过，人家让你帮帮忙，给个工作做，你尾巴翘得老高，说啥都不肯帮。人家又没得罪你，你怎么一点同情心都没有呢？"仇小华说到这里已完全没把区亮当老板和哥们，看他那生气的样子，好像是在替谢建伟、黄姐和杜鹃鸣不平。

谢建伟犯行贿罪和非法持有枪支、弹药罪，按律应获刑七年，但因其自首及检举有功，最终只判了五年。

"说完了吗？"区亮笑着问，心想，说半天，这才是重点。这家伙长本事了，居然懂得搞铺垫打伏击了。

"大概就这么多吧。这么多了，还不够啊？我是实话实说呢，你可别生气哈。"

"我才不会生气，高兴得很，不然我这怪人不是白叫了吗？"区亮说完，又笑了。

"那是那是。"仇小华也笑了。

"想听听我为啥这样怪吗？"

"废话！这还用问吗？"

"那你给我听好了。"区亮清了清嗓子，摆出一副大说特说的架势。

"先说第一怪。搞庆典摆酒席这事，花钱、折腾人不说，关键是人家给你送了礼，你还得还礼，这一来二去的得耽误多少事、消耗多少精力？我知道，很多人给我送了礼，也没指望我还，尤其是供应商们。可哪个供应商不知道这是在变相敲诈他们？我不想恶心人，也不想被人恶心，所以不搞。你又不是没被恶心过，我们的很多客户，一天到晚总想着借机发点小财，你送少了还不行，采购们总还要和你讨价还价。赶情送礼，原本是随心随意的事，可那个别客户总是狮子大开口，几个庆典一搞，生意做得不多，礼金却不少。你说冤不冤？'己所不欲，勿施于人。'我反正是这么想的。所以不搞不搞，坚决不搞。

"再说第二怪。我知道，人们都说一命二运三风水。可你也知道，我这人命苦，是个劳碌命，闲不住。再加上从不相信天上会掉馅饼，所以运气这东西肯定也与我无缘。命该如此，再加上运气又不好，还看风水干吗？我认为人就是风水，人好风水自然好。我这人就这命这运，风水自然也就这样了。看啥看，不看。招一群风水好的人来工作就是了。你说是不是？"

"是是是，你现在成功了，说啥都是对的。"

"少扯淡。我们来说第三怪。第三怪是啥子？哦，尾牙。尾牙那就更恶心了。你自己公司搞活动抽奖啥的，凭啥让人家给你赞助礼品礼金？你没钱吗？没钱还搞啥尾牙？员工们辛苦了，年终要犒劳犒劳。你还晓得员工们辛苦了呀？那为啥连工资都不发，说跑路就跑路？小华你是知道的，有的公司我们早就没合作了，可他们每年都要给我们传个尾牙联络函。而且还有个特别声明，只收礼金，不收礼品，礼金不得低于一千元。你说，这都是些啥子事？简直是乱弹琴嘛！这和乞丐有啥区别？动不动就伸手找人家要钱，恶不恶心？你说这尾牙我怎么搞？"

"呵呵，是的，相比那些借钱都要给员工发年终奖的老板，这些老板的确简直就不叫人。好吧，不搞拉倒！"仇小华笑着说。

"我不是和你开玩笑，这真是得拉倒。好吧，不说这个了，我们来说说破奥迪。我们五个散伙后，陪我时间最长的就要数这破奥迪了。可以这样说，它为我们明君公司立下的功劳一点都不比我少，尤其是在最初那两三年，它的功劳可比我大多了。另外，我是一个没出息的人，感情很脆弱，和它相处久了，它就像我的一个兄弟，我舍不得离开它。除非哪天它老得动弹不了了。这种可能性很小，因为我肯定活不过它。也许你认为我太矫情太虚伪，可我的心不这么想，它对我很忠诚。我说了这么多，你现在怎么看，还怪吗？"

"还没说完呢，还有老谢他们没说。"

"今天不说了，以后再说。"区亮抬头看向远方，做出一副不再搭理仇小华的模样。

"呵！不怪才怪！怪人！比天还大的大怪人！"仇小华见区亮真不打算说了，不禁火冒三丈，气呼呼地大嚷。嚷完就跑，生怕区亮追上来抽他。

区亮坐着不动，满眼含笑，目送背微驼的仇小华跑远，心想，谁说我没去看望老谢？谁说我没帮助黄姐、杜鹃她们？对不住了兄弟，有些话真不能对你讲。

第四十三章

明君造闭循环智能装备替人
区亮助布莱特爱心产品扶弱

　　区亮不仅去探过谢建伟，而且还探过好几回。每回他都带上小军。他探望，不全为鼓励谢建伟好好改造，还别有目的。一是提醒自己随时保持清醒头脑，做实业得老老实实做，不跟风挣快钱急功近利，不冒险走捷径，不慕横财乱心智，不攀高枝免诱惑，脚踏实地步步高；二是拿谢建伟做反面教材，每回他都引出谢建伟的后悔话，让小军引以为戒。他认为他自己是正面的。一正一反，小军定会深受启发，迟早悟透何为创业之道。

　　而黄姐和杜鹃，他让朋友帮忙，进了同一家健身房，黄姐做清洁卫生，杜鹃接待客户。都干得不错。黄姐和杜鹃处得也不错，经常一起去探视谢建伟。这是交友之道，依他的脾气秉性，自是不会坐视不管的了。

　　不仅如此，为了齐家之道之家和万事兴，区亮不远千里回到老家，专程拜访小军妈。访后不久，深明大义的小军妈，不计过往恩怨，长草短草一把绾住，根根斩，根根断，鼓足勇气去探监，带去的家乡特产，如万州烤鱼、奉节脐橙、巫山雪枣、云阳桃片糕、梁平张鸭子、忠州豆腐乳、五桥土扣碗、太龙牛肉干、太平怪味胡豆、白羊油炸馓子和双石麻花、全安酸辣粉等，样样都令谢建伟鼻子发酸。谢建伟只拿了小半，大半留给了小军。

　　小军妈临别时，问谢建伟将来有何打算，谢建伟说："如果你愿意，我想跟你复婚。"见小军妈低头不语，又说："出狱后，区亮同意我去他公司看大门。小军在他那里，我也很想他。我不是不放心他，有区亮在，我一点儿都不担心他的将来。这段时间我在牢里深入思考过区亮的所思所想所为，他的创业之道、生活之道、交友之道、育人之道等等，概括说来就是经营之道，以及最后他的自我升华之道，条条大道都是文明大道、阳光大道，更是康庄大道、幸福大道，这所有道，无一不是小军学习的榜样之道，也是我学习的榜样之道。还有，我跟区亮的想法一样，也不想离开东官，我希望你能来东官。区亮曾跟我讲，'我心安处是故乡'，我觉得很有道理。我在东官，甚至在这牢房里，我的心都是安稳的。东官是包括我们五个月光老同事在内的无数人实现梦想的地方，它给了我们太多，要是我不那么贪婪、荒唐，始终坚持走正道，珍惜珍重，也不至于落到今天的下场。只要身体条件允许，到时我一定好好珍惜，发挥余热，与区亮一道，也像他那样，力争踏上自我升华之道。"

小军妈泪流满面抬起头来，盯着谢建伟，久久难言。直到狱警三催四催，她才依依不舍地离开了。

这些事，除了喻芳、乐红、小军知道外，公司其他人均不知道。谢建伟、黄姐和杜鹃较为"敏感"，区亮不想让不知内情的旁人瞎猜测、胡乱想，影响工作情绪，扰乱经营秩序，给他本人和公司带来不必要的麻烦。

明君公司现在的经营秩序是良好的，基本完成了区亮先前的构想。这个构想是在他面瘫出院后做出的。他总的构想是，实行"中心负责制"，把公司分成五大板块和一个部门，打造一个闭循环，让各板块相互协作，自动运转。他只管把好舵、投好资、分好钱。他和喻芳已再次达成共识：让员工先赚钱。

五大板块，五个中心：营销中心、研发中心、采购和财务中心、制造中心、辅助中心。一个部门：PMP。

小军任营销中心总经理，兼外贸部副总经理，范童还是内贸部副总经理。总经理、副总经理定战略，经理揪头发，主管拿结果。

乐红任采购和财务中心总经理，喻芳仅管理资金。大军任辅助中心总经理。仇小华划归辅助中心。PMP部负责整个公司的项目管理。

五大板块，唯一让区亮忧心的是制造中心，普通员工缺口太大。他已注意到，近几年来，普通员工一年比一年难招。年纪稍大的，十分愿意干，可反应笨拙，效率低下，连最基本的要求都做不到；年轻人头脑灵活、手脚麻利，可他们眼高手低，屁股上长钉子，老坐不住，玩性大，晚上打游戏，白天打瞌睡，玩耍是主业，工作是副业，稍稍多读几句书，就想坐办公室，不愿做似乎低人一等的工人……问题一大堆。而基本工资一涨再涨，加班工资随之水涨船高。要是再不把智能装备搞上去，实现自动化或半自动化，再往后，生产怕是难以为继。

就怕想不到，既然想到了，那就解决它，改善它。这是区亮一贯的行事风格。一阵智能制造的热旋风，火速在明君公司刮起。

待小军的美国客户布莱特莅临明君公司时，大量机器人等自动化装备已投入运营。这既开了布莱特的眼界，也加强了他牵手明君公司的信心。

小军的业务能力很强，随谢建伟。他之前做业务员时，同美国一家医疗设备公司的总经理布莱特聊得相当愉快。布莱特对小军的工作十分满意。布莱特组团来华考察供应商的日子是十一月中旬，是早就定好了的。他将为他的"爱心产品"做最后的努力。在他的中国供应商名单里，明君公司排在首位。他重视明君，倒不是因为小军和他聊得好，而是因为锂电池成本占了"爱心产品"总成本的三成还多。

上午十点，布莱特一行五人见到小军为他精心准备的欢迎词、国旗、鲜花、水果、礼品、产品资料、公司介绍 PPT、前台接待和工程技术人员，好一阵欢呼。

区亮送走杨志瑜，匆匆走进会议室。杨志瑜一大早跑来找区亮，说又有新项目上马，急需资金周转，让区亮帮他贷款。区亮没工夫解释，一口拒绝。

布莱特身高一米七五上下，五十来岁，不胖不瘦，肤色偏黄，眼窝不深，看上去不太美洲，倒有几分亚洲，语速较快，持续微笑。他机智、幽默、风趣的言行举止让人倍感亲切。

区亮见过很多美国人，像布莱特这样的确少见。区亮好奇地一打听，结果让他不得不在心里反复赞叹：原来如此！原来布莱特是大学教授，是生物医学方面的专家，他走出校园来创业，不以盈利为目的，他想拯救那些落后国家和地区刚出生的病婴。

病婴在送医途中，常因缺乏供暖而死亡。布莱特调查发现，全球每年因此死亡的婴儿竟达两三百万之多。可这些落后国家和地区的购买力低下，"爱心产品"婴儿急救供暖滑行床，只能以微利甚至无利出售。因此，他需要所有的材料供应商都献出一份爱心，远低于市场价供给，微利，最好不考虑利润。否则，他的拯救行动终将化为泡影。他花了差不多一年的时间，亲自同一百多家中国供应商谈判，最终相中了近二十家"爱心供应商"。

区亮在见到布莱特之前，只献出了一部分爱心，他不能完全确定布莱特在邮件里所说的话都是真实的。美国人做生意一向精明，他担心布莱特打着献爱心的旗号压价。当时作价留了一手，利润做了十个点。

今日得见布莱特，聆听了详细介绍和美好愿望，区亮深受感动，主动提出降五个点。一组电池差不多降了两美金。每年货值一两千万，这笔账可有得算。同时，为了让布莱特相信他的爱心和诚意，他把刚出版不久的自传体小说《根叹》送给布莱特。布莱特拿到书，立马"沸腾"了，不住地惊呼："作家！作家！"

也就是从这一刻开始，直到说再见，布莱特都始终保持主动：一会儿要加区亮微信，一会儿要区亮和他一起捧着书合影，一会儿要他的团队和区亮团队到公司前台名字牌前合影留念。午餐时，又拿出书来，非要区亮给他签名，特别强调要用中文签。区亮签名，他就在区亮身后专注地看着，不时做几个夸张的动作，边做边让他的同事拍照。饭后，他再次主动邀请大家合影。合影时，依然不忘恭恭敬敬地端着《根叹》。

布莱特的这一系列热情举动，区亮始料未及，这之后好长一段时间，布莱特的身影都还在他眼前晃来晃去，连梦里都有他。

布莱特的婴儿急救供暖滑行床早已试验成功。半月后，布莱特回到美国，第一张大货定单就下给了所有中国供应商。所有中国供应商的第一批货，都在十二月底之前发出了。

区亮很少玩微信，朋友圈几乎不发，连他出了书都没发。可这一次，婴儿急救供暖滑行床锂电池的货前、货中、货后，共九张图片，竟连发了好几天，并配了一段文字，"打造人类命运共同体，我们在行动。首批不以盈利为目的的'爱心牌锂电池'终于出发了，目的地：美国波斯顿。愿婴儿急救供暖滑行床能救助到落后国家的更多家庭，愿我们的爱心越走越远，历久弥坚。"

第四十四章

老杨融资见所未见
区亮生气忍无可忍

杨志瑜读到了区亮发的朋友圈，先点赞，后评论："好样的，兄弟！顶！明天我去你公司，也给你献点爱心。"

不找我贷款就阿弥陀佛了，我才不要你的啥子狗屁爱心。来吧，要来你就来吧。糖衣吃进去，炮弹吐出来。区亮心里这么想，手上却写道"欢迎！"

转天，杨志瑜真来了，还破天荒地送来了一瓶五粮液和一个美女，杨志瑜和美女都尽情地往脸上堆笑。

"这就是大名鼎鼎的区总！这是我们市场部经理陈阳阳。"杨志瑜介绍完，陈阳阳叫了"区总好"，握了区亮手，递了名片，大家才各就各位坐上茶桌。区亮坐主人位沏茶，杨志瑜和阳阳并排坐在区亮对面。

这是啥意思？区亮一眼认出陈阳阳，杨志瑜的小情人。阳阳今天的穿着打扮有些另类，小臂上那大个头的仙女纹身暂且不表，专瞧她那深 V 衣领所属区域，低得简直叫区亮垂头丧气，因此他只好皱起眉头，装出难受样，别过脸去，找五粮液的账算。

"嘿！我说老杨，我们之间可不来这套噢，走时记得拿走！"

"你又不是不知道，我刚动了痔疮手术，喝不了酒。你不喝，给谁喝？谁配喝这么好的酒？好了，不扯这鸡毛蒜皮了，说正事。"杨志瑜话还没说完，手机又响了。进门不足五分钟，泡茶的水还没烧开，电话竟接了六七个，每个都要出门去接，不知是怕打扰区亮，还是怕区亮听去了他什么秘密。

区亮似乎早已习惯了他的这种间歇式沟通方式，不急不躁，边沏茶边等。

"区总，我们公司在搞优惠活动，我给您讲讲吧。"阳阳一边夸区亮和公司，一边从包里掏出一张盖有多多公司印章的报价单说。说完，快速走到区亮身边，展开报价单，俯身开讲。区亮正在洗茶烫杯，腾不出手来接报价单，也来不及躲闪，只好抬眼看报价单。

这时，喻芳来找区亮审单签字，付供应商货款，才走到门口，也不管区亮在不在，亮开嗓门就叫："区亮，签字。"

区亮受了惊吓，赶紧摆头看向喻芳，与此同时，持杯的右手失控，滚烫的茶水，一下倾到左手。"啊！"他尖叫一声，甩掉不锈钢杯夹，杯夹打到瓷杯上，落到鸡翅木茶盘上，一通乱响，哗啦啦、哎呀呀……

"放这儿，我自己看。"区亮又紧锁眉头，脸红脖子粗地对阳阳说。

喻芳被区亮"啊"声怔住，停下不走了，也不看手上的单据了，抬起头来，看向区亮，自然也就看到阳阳胸前那一片风光，不由后退，边退边说："有客人在呀，那我等下再来。"

"啊……是……客人……老杨他们公司的……市场部经理。"区亮猛地站起来，结结巴巴说，"老……老杨也来了，在……在外面接电话。"

"噢……噢……那你们聊，我等下再来。"喻芳潦草说完，匆匆离开，径直去到乐红办公室。

区亮快速平静下来，不管喻芳，也不同阳阳说话，只管把红脸粗脖埋进报价单。报价单说：为回馈老客户，年底大促销，公司决定从二〇一八年一月一日起，所有型号都降价，但年销售额低于五百万的客户，不得享受这优惠价……他不想看后面的文字了，只看单价。一看吓一跳，哟，下调幅度这么大，百分之二十，这是要干吗？这和卖原材料有啥区别？

杨志瑜接完电话进门来，见区亮看报价单，忙问："怎么样，给力吧？"

"还行，明年争取多卖点，跟着你发点小财。"区亮很想笑，可无论如何笑不出来。他结合上个月杨志瑜找他贷款的事一分析，立马就认定多多公司财务赤字，杨志瑜这是急于套现，说不定很快就会跑路，不知又有多少供应商要倒霉。可碍于面子，他什么都没讲。他感到很难受，巴不得一脚把杨志瑜踹出去。

"哟，杨总！"乐红突然闯进来，也不敲门，也不看区亮和阳阳，就冲杨志瑜嚷，"哟，老杨，艳福不浅啊，都啥时候的事呀，也不给我们介绍介绍。"嚷罢，鼓起大眼打量阳阳，上上下下左左右右，像瞧稀奇瞧古怪那样，表情极尽夸张。阳阳不敢抬头。区亮在心里狂笑。杨志瑜眼球乱转眼皮跳。乐红打量完，扶上杨志瑜和阳阳的肩膀，问："区总，不会是你做的媒吧？不错不错。"

"喜乐神，不开玩笑，老杨的，市场部经理，陈经理，陈阳阳。"区亮笑着怒道，怒罢低声说，"来，坐，一起，喝杯茶。"

"没事儿，都不是外人，玩笑嘛，随便开。"杨志瑜笑着说。

"是的，内人。"乐红坐下，瞅一眼杨志瑜，又瞅一眼阳阳，继续调侃。

阳阳的脸，一会儿白，一会儿红，始终不说话，只是笑，因此笑得不阴不阳。

杨志瑜见阳阳有些尴尬，干掉杯中茶，速速告辞。

杨志瑜走后，区亮对乐红说："碱性电池，你让玉梅马上开发新供应商，老杨他们公司，剩下的日子恐怕不多了。"

不几天，杨志瑜又兴冲冲找到区亮，说他现在搞到了几十吨价格十分便宜的电解锰，现金购买的，手头紧，差周转金，让区亮帮他介绍放高利贷的，四分利息，最多借半年。

区亮嘴上说没问题，心里却想，别说我不认识放高利贷的，就算认识，也不会介绍给你。这人一定是急疯了！

之后，杨志瑜几乎每天都要给区亮打电话，问高利贷落实情况。问完就催款，让区亮把快要到期的电池款提前付给他。区亮见他难，就付了。才付没两天，又打来催问。区亮不堪其扰，让喻芳把所有货款一次性付清。可还是没法清静，杨志瑜见区亮资金充足，竟开口借钱，三百万，千保证万保证，一个礼拜绝对还。

这下终于惹火了区亮，老子见过无耻的，还从没见过这样无耻的！他在电话里吼道："借个锤子借，杨志瑜，做人不能这样，得有个原则底线，你我都是上过当受过骗才走到了今天的，千万不要把我当三岁小孩，更不要绑架我的思想，不要以为你这个研究生就比我这个大专生聪明多少，更不要以为我啥都不知道。我告诉你，你这样搞下去，迟早有一天要倒大霉。我劝你还是趁早刹车。不然到时候怎么死的你都不知道。我不提醒你，恐怕这个世界上就没人提醒你了。希望你好自为之，别再赌了。你的烂电池把老谢都赌进'鸡圈'了，把我的客户也赌死了好几个，你怎么还不吸取教训呢?"吼完就挂，不给杨志瑜机会说话。

杨志瑜赌博的事，是最近多多公司一个搞技术的副总告诉区亮的。区亮见杨志瑜越走越偏，就想从旁了解一下。那技术副总是个实诚人，见区亮很是关心，就把杨志瑜干的那些糗事全讲了。

从此，区亮的耳根子就清静了。

如今区亮对清静感和亲近感要求很高，新进员工、社会人士、供应商和客户，能否被他接纳，关键看有没有这种感觉。

第四十五章

联合国办案区亮惊恐疑惧
锂电池退货明君有苦难言

新年伊始。

新年得有新气象。区亮亲自为员工宿舍书写春联，并指导大家如何贴春联，以防上下联贴反。在贴对联时，他顺便检查了每间宿舍，结果让他大吃一惊。

有的男生集体宿舍，地上、床上、书桌上、餐桌上、衣柜上、饮水机上、储物柜上、洗手间和阳台，到处是垃圾：矿泉水瓶、零食包装袋、餐巾纸团、烟盒、烟头……区亮一时不知如何批评才好，就说："你们是不是在研究垃圾，打算将来开个什么废品回收公司呀？"

而有的女生集体宿舍，墙上粘满了便利贴，各种快餐店、便利店、干洗店、美容店、药店、书店、健身馆、羽毛球馆、保龄球馆、咖啡馆等门店的联系电话，应有尽有；床上、书桌上、餐桌上，各种零食、毛绒玩具、迷你音响、无线耳机、化妆品、手机、电脑、Kindle……想放哪里放哪里，想怎么摆怎么摆，统统实行不区分放置和无差别对待。区亮感叹说："不错，不错，你们才是真正生活过的人啊！"

为此，春节放假前，区亮针对宿舍脏乱差的问题更新了《宿舍管理制度》和《不可触碰的"高压线"》，并十分霸道地要求全体管理人员必须加入义工组织。否则，一律辞退。

二〇一八年的春节，于区亮来说，是个提心吊胆的春节。他不仅担心杨志瑜，也担心自己。他做梦都没想到，明君公司居然被联合国盯上了。听那意思，好像他有通敌嫌疑。国保大队工作人员说："我知道你现在老家，也知道你正月初八从万州飞广穗。开工后，我们会去你们公司调查。电话里不方便说太多，到时再说。"

区亮想：怎么回事？咱们中规中矩做生意，怎么就通敌了呢？我又不是谢建伟，关你联合国啥事？难道是小军在我这里，联合国要父债子还？不对呀，谢建伟欠联合国的玩具，政府不是早就给解决了吗？再说，就算小军是谢建伟儿子，他也没有通敌呀？难不成是联合国故意找茬？也不对呀，中国政府怎么可能让联合国故意找茬呢？中国政府只会保护中国公民，哪有十根指头向外掰的？区亮一头雾水，脑袋都想痛了，也没想出个所以然来。

这节还怎么过？不过了，回去。他把机票改签到大年初三，一大早就飞回了东官。

妮妮明年高考，有望上深大，要借寒假搏一搏，也就没回老家，安安静静待在东官家里，争分夺秒复习。妮妮主动留下来，喻芳当然得陪着。喻芳和妮妮见区亮没打招呼提前回来，很是吃惊。问他怎么回事，他只说家里太冷，受不了，只字没提通敌之事。

终于开工。国保大队工作人员如约而来。东官人春节开工都兴封"利是""利市"或"利事"。区亮入乡随俗，也封给国保工作人员。可人家不敢收，怕收了"利事"不利事。

国保人员办案都很客气，全是笑脸，不住地说"打扰了""谢谢配合"。不仅客气，也节约，知道开公司办厂不易，连茶水都舍不得多喝两口。

经过一番有问必答，情况终于弄清楚。原来是明君公司外贸一部经理阿欣的第一个客户，被联合国制裁了，不是明君公司被制裁了，更不是区亮通敌。通敌一说，纯属区亮误解，自己吓唬自己。

这个客户把在中国采购的很多产品卖给联合国的打击对象。对象到底是谁？国保人员不肯透露，只说按规定得保密。

区亮让阿欣把客户资料、往来邮件和往来账目统统提交给国保人员后问："那接下来要是这个客户找我们订货，我们还能卖吗？"

国保人员犹豫了一下才回答："算了吧，还是不卖了吧，尽管知道你们做个客户不容易。"

区亮的营销思维突然活跃起来："那客户问起来，我们该怎么办呢？不回复终归不是个事吧？"

国保人员很有耐心："回还是要回的，就说不卖了，他一定懂的。"

可区亮感到很无辜，不禁要抱怨："吓我一跳，我这运气也太好了吧，这样偏门、冷门的事能都遇到，钱没赚几个，把一个人吓得半死！"

阿欣也怨："可惜我儿子的奶粉钱哪！"

一开工就整这挡子破事，今年估计够呛。区亮的迷信思想又占了上风。

他正这么想着，麻烦事真的又来了。一个国内客户说区亮供给他的锂电池全面"开花"。电池在美国、日本、德国和澳大利亚，爆炸的爆炸，燃烧的燃烧。客户纷纷要求退货，并赔偿损失。

锂电池一旦进行多并串组装，很难拆解。都是个性化定制产品，几乎不会遇到第二个客户买同一款。因此，拆不起！怎么退？可不退不行啊，毕竟出了质量问题不是？真是电池出了大面积质量问题吗？

要是偶尔有一两个不良品，他信，毕竟是化学品，不可能百分百没问题。可遍地"开花"，而且是在同一时间，那他打死都不信。再说，同样的电芯，同样的保护装置，人家用了 N 年都没有出现过一例事故，怎么到了他们手上，就遍地开花了呢？

查。

几乎所有爆炸、燃烧都发生在充电环节。充电器不是明君公司配的，是客户自己在外面买的。那就从充电器查起。

结果让区亮大跌眼镜，充电器的电压普遍高出电池组的限制电压！更要命的是，区亮从一段视频中发现，一美国消费者使用的充电器居然高出限制电压五六伏！

这么高的电压，偶尔充一两次，问题不大，电池组有保护功能。可长期高压，保护装置的部分元器件肯定会损坏，从而失去保护功能，电池不被充爆才怪！

可包括美国代理商在内的所有国外代理商，都不认账，竟然都提出了同样的要求：不管消费者拿什么充电器充，电池都不能被充爆。也就是说，无论他打多少气给气球，气球都不能爆。有这样的气球吗？

区亮对国内的客户说："要满足这无理要求，也并非不可。一是提高保护板耐压值，二是在你们的产品上装分压器。可如此一来，成本会大大增加不说，产品结构恐怕得大改，你们承受得起吗?"

　　可不管区亮怎么说，国内客户始终怀疑电芯有问题，非要退货。这国内客户是区亮多年好友。区亮不想因此伤感情，一咬牙，价值一两百万的货，全退。客户的损失，全赔。他突然想起谢建伟在牢里对他说过的一句话"千万别和朋友做生意"。

　　本以为结了这冤假错案，便可舒口气，不料新的麻烦接踵而至。

第四十六章

工商局办事宽严相济
布莱特断供祸福难料

三月初，一天上午，区亮刚上班不久，前台小姐急匆匆跑来，大叫："区总，赶紧去下会议室，工商局来人了！来了好几个，气势汹汹的。"

执法人员不凶点，能叫执法人员吗？凶点好，凶点执法才有力度。区亮边走边想，这应该是突击检查，我又没做违法乱纪的事，怕啥？

执法人员说，明君公司涉嫌虚假广告。区亮说，所有网站都是实在资料，根本不存在虚假广告。执法人员把虚假信息给区亮看。明君公司网店上有这样一句话，"品质第一，100%全检"。区亮说："我们公司始终把品质放在第一位。为保证品质，我们的产品在出厂时，都是经过100%全检的。我们这是实话实说，有啥不对吗？不信你们去问我们品质部的员工，也可以去查阅我们公司的品质文件。"

执法人员说，二〇一七年新的《中华人民共和国广告法》里讲得很清楚，公司网站上不能出现第一、100%、最好、最多、最大等字样。一旦出现，一经查实，罚款至少二十万，最高一百万。

二十万！一百万！区亮急了："我们又没宣称全球第一、全国第一，连全市第一都没说，我们这个第一，只是表明我们公司对品质很重视。难道重视品质、把品质放在第一位有错吗？国家都在大力提倡高质量科技供给，难道我们不应该响应国家号召吗？100%全检怎么了？不应该全检吗？100%全检只是我们公司的一个制程要求，一个行为规范，又没讲我们的产品100%比人家的好，100%没问题，100%最便宜，100%保证不坏，怎么就虚假了呢？"

执法人员听区亮如此一说，认为的确很有道理。就说："我们也是没办法，最近有个人专门干打假，只要发现网站上有这些字眼，不分青红皂白，统统向我们工商局举报，我们手上接到类似案子一大堆，忙都忙不过来。要是我们不处理，他就告我们，我们也烦得很。不烦别的，就烦像你们这种貌似虚假广告，其实不是虚假广告的案子。我们知道不能乱处理，可不处理也不行。这样吧，你把你刚才说的这些话写在这张表上，我们就算结案交差了。"

虚惊一场的区亮情绪又上来了："呵，这样搞下去，迟早要把人搞疯。幸好我这小心脏还算强大，又善于给精神松绑，不然恐怕早崩溃了。来吧，该来的都来吧，只要不要我的命，我就不信，经历了'九九八十一难'，还取不来'真经'！"

接下来，四月，总的来说还算清静，除了居委会经常来查环保、消防和安全，以及美金换得的人民币少了之外，没什么别的麻烦事。

可五月下旬，烦恼又找上门来了。

十年前，因美国的七千亿救市计划，引发一场席卷全球的金融风暴，致使区亮他们"五人小组"分道扬镳。如今，国际形势风云变幻，越发扑朔迷离，美国政府又该如何表演呢？区亮他们又该遭遇什么样的麻烦呢？

区亮已注意到，为了推行再工业化，把海外的制造企业吸引回去，美国政府先是给企业和个人降税，企业所得税率由39%降至15%以下，个人所得税最高税率从39.6%降低到33%；然后是加息，施行货币紧缩政策；接着又搞贸易摩擦，加征中国商品进口关税。四月四日，美国政府公然违背世界贸易组织规则，侵犯中国合法权益，不管不顾发布了加征关税的商品清单，将对中国出口美国的1333项500亿美元的商品加征25%的关税。他们这样做的目的很显然，限制中国商品和技术进入美国。然而，限制远不只这些，摩擦还在继续。

区亮认为这回给他添的麻烦并不大，麻烦大的反倒是他美国人自己。美国政府这样搞，人民币对美元汇率持续下行，到五月中下旬，布莱特第二次下大货单给区亮等中国供应商时，美金换得的人民币，差不多少了十个点。于是包括区亮在内的所有中国供应商都要求涨价十个点。否则，没法供货。

而布莱特的婴儿急救供暖滑行床的单价又上不去。这可愁死布莱特了。好好的一个爱心产品，难道就这样夭折了吗？区亮说不知道，让布莱特去问美国政府。

布莱特气不过，竟当着他员工的面痛骂，"你搞搞越兰搞搞伊拉克也就算了，你去惹中国干嘛？中国是那么好惹的吗？中国多好啊，人家习主席都在打造人类命运共同体了，你从早到晚只盯着你那几个臭钱！你这样搞，只会搬起石头砸自己的脚！你砸你自己的臭脚，我不骂你，你砸到了我的脚，我不得不骂你！我还要登报骂你！你限制中国商品进口，中国就不会限制你美国商品进口吗？你才多大个市场？中国那市场多大！这个账都不会算，还充什么老大！你把什么狗屁芯片藏起来不买给中国，这样只会让中国更加强大！中国那么多优秀的科学家，难道还搞不出几张芯片？真是太自以为是了！你还要搞什么301调查，你以为现在的中国是当年的日本啊，日本当时的经济体量才多大？人家中国现在的经济体量是多大？你也不搬起指头算一算！你这样搞，迟早会栽到中国手上！中国迟早会超过你美国！猪！死猪！还有，你想做制造业老大，想得美！做什么老大，做白日梦还差不多！你才多少人？看看人家多少人？人家中国人口是你美国的五倍！你也不分析分析眼下的美国国情，美国的劳动力人口到底是个什么状况，能干的都往华尔街、硅谷挤，不能干的就躺在床上等救济，吸毒等死，有几个愿意去做工人？没有人，你搞个屁！搞乱！简直是乱搞！张着臭嘴瞎喊口号！他妈的！见鬼去吧！"

布莱特下面的一个技术员把布莱特骂政府这事告诉小军后，小军立马转告了区亮。区亮在北京出差，到中关村科技园办完事后又去了长城，这会儿他正登上八达岭最高烽火台，也不知道他哪根筋又燃烧起来了，竟突然哼起了古装电视剧《正义天下》片尾曲《人间自有公道》里的最后两句歌词："胜负谁知道，正义邪恶人间自有公道。"

最终还是中国政府帮了布莱特大忙，人民币贬值，补回了十个点的差额。这是后话。

五月的东官持续高温，一直在三十五度上下徘徊，从空调房走出去，感觉整个人都被一团火裹挟着，转眼就是一身汗。区亮想到从开年以来，麻烦不断，就把全体员工拉去清源洗一洗，泡一泡，漂一漂，看看能不能把身上的晦气洗掉。

清源两日游。星期六一大早出发，星期天下午回。

星期天上午，区亮站在清源牛鱼嘴的玻璃桥上，诗兴大发："登桥凭栏望东官，此去转头知天命，眼前俗世未了，何时才亲远？"

接着，台风艾云尼登陆海南，给东官也带来了不少雨水，气温很快降下来，区亮感到一身轻松，十分畅快。

好心情一直延续到父亲节，妮妮星期天不能回家，要补习，就给区亮打电话送祝福，"爸爸，节日快乐！您辛苦了！我爱你！"

"哗——"区亮泪海决堤，左眼挂着长江，右眼挂着黄河。啊！太好啦！妮妮终于长大了！妮妮终于在东官长大了！烦吧烦吧烦吧，来吧来吧来吧，一切都不是事！

端午节后，天气逐渐转热。不知是麻烦事也怕热、不想出门呢，还是清源水真给区亮带来了好运气，在接下来的七八月间，他心静如止水，那感觉就像他上回潜入深海，外面世界的杂音一丝一毫都听不见。他利用这个静心期一口气写成了一部自传体小说《东官大道》。喻芳看完，高兴地说，"呀呀，我的妈呀，这哪是啥小说呀，分明就是给我和妮妮的情书嘛。"就转头的工夫，她眼里竟噙满了泪水。十年过去，明君公司同乐乐一样，已长大成人。如今的喻芳，越来越淡定、优雅、从容，那些一点就炸的情绪，那些河东狮吼的场面，那些烦到极点就要离官回家的打算，以及那些在不堪重负时、总想着扔下公司逃离现场的念头，都已远去。

第四十七章

老杨欠下巨债逃跑
同事喝上小酒责难

九月初，杨志瑜的宏伟蓝图，如下山夕阳，转眼入土。明天醒来，夕阳还会变成朝阳。可杨志瑜要是再不跑，明天醒来，他一定看不到东官的朝阳。许多人都摩拳擦掌，发誓要他脑袋搬家。

放高利贷的和好几家供应商都在找他，找他要钱，一个个都放出狠话："要不来钱就要了他命。"

八个股东也在找他。八个股东参与经营的就两个，股份都不多，就两三个点。可再不多也要找他。这些年杨志瑜一直没给股东们分红。股东们一说分红，他就描绘美好蓝图，让大家着眼未来，往大处看，别让蝇头小利蒙蔽了双眼。因此，大家不仅要找他出钱，还要找他出气。其余六个股东都是客户，客户股东不找他要钱，只找他要货。客户股东们早看清了他的一举一动，因此只囤货，不付款。

多多创始人殷老板手中的股份，早被杨志瑜逼干净了。杨志瑜为了一票否决权，在出让百分之二十股份、融资五百万后，不断地给殷老板施压，总要发展，让殷老板出资。殷老板不傻，知道杨志瑜葫芦里卖的什么药，索性不和他玩了，把股份全卖给他，见好就收。

客户也在找他，找他要钱。他的公司账户和个人账户已被银行冻结，货款只进不出。于是他就拿公司员工的身份证去银行开户，让好心的客户把货款转到新账户。好心客户见他可怜，就依了他。可好心客户没想到他开出的发票没纳税。税务局找不到他，只好找好心客户，十六个点（二〇一八年五月一日起，增值税税率从原来的 17% 降到 16%），这可不是一个小数字。好心客户的货款已付清，拿什么来抵交税金？找杨志瑜退款。可杨志瑜一会儿开机，一会儿关机，很难找到。

杨志瑜收完好心客户的货款，贱卖掉奔驰车，带着公司所有印章，屁股一拍，跑了。也没跑多远，就住在临省一家宾馆里。

接着，杨志瑜请来一供应商老马。他和老马有些交情，让老马拿出一百万买下多多厂的生产设备、办公设备和客户清单。

老马有钱，却也不乱花，他不讲交情，只讲价，使劲讲，说什么都只出五十万。杨志瑜跑路心切，没挣扎几下就答应了。答应的前提是，老马用杨志瑜的新名字卢阳办一张身份证和户口本。杨志瑜妈姓卢，阳字取自小情人阳阳。老马爽快答应。

杨志瑜拿着卢阳的身份证和户口本，办妥银行卡、手机卡、港澳通行证和护照，才用老手机给阳阳打电话。他让阳阳跟他一起远走高飞。阳阳拒绝了他："不好意思，我要结婚了。"

"和谁结？"杨志瑜惊得手机差点掉地上。

"疤子。"阳阳哈哈大笑。

"杨志瑜，三加二减五等于几呀？你等于几呀？你现在恐怕连狗都不如吧？"疤子抓过手机，怒骂完，也哈哈大笑一通。

轰！杨志瑜的精神大厦瞬间坍塌。他这才明白，他今天的下场原来全都拜阳阳所赐。

没错，这一切都是阳阳一手策划的。

阳阳和杨志瑜在三江新村五巷麻将馆相识，那时的她，的确只是为了好玩，并无非分之想。后来，杨志瑜做了多多电池厂总经理，打电话让她来工厂上班，她同杨志瑜一样，仿佛一夜之间就长大了。她不再把杨志瑜当情人，只当摇钱树。

她一边伺候杨志瑜，一边等待机会。

机会终于在疤子出狱后出现。

她让疤子找到深鹏那家老赖客户，想办法让客户拖款。此时她已是业务部经理，她有权不给客户供货。客户从没见过这样的供应商，却也没见过像疤子这样的斗鸡眼，只好忍气吞声，被迫做了老赖。

客户被迫做成老赖，她便鼓动杨志瑜采取非常手段收款。接着就让疤子出场，邂逅杨志瑜。就这样，疤子顺利进入多多电池厂，做了杨志瑜的"收款神器"。

疤子稳定下来，她便引诱杨志瑜上疤子的"茶馆"。然后一步步把杨志瑜带进赌博深渊。杨志瑜每输一百万，她和疤子各分得二十万。

杨志瑜在赌桌上忙得昏天黑地。她在工厂里忙得昏天黑地。她串通保安、仓管和财务，把电池偷出去，让蛮子对外销售，低价销售。买主都是她介绍的。

她不只偷卖电池，还吃供应商回扣。谢建伟进监狱的导火线就是她吃回扣吃出来的。前面已讲过，不再赘述。

杨志瑜逃跑后，经多方核实、汇总，他总计欠款达四千多万。高利贷和供应商各占了近两千万，银行占两三百万。高利贷是杨志瑜打的借条，与其他股东无关。供应商们都知道，八个小股东都占股不多，工厂都卖了，他们也是受害者，也不好意思一个一个去追要，只好立个案，给自己留个念想。银行财大气粗，开张红字凭证，应该问题不大。他这四千多万的大部分都输在了赌桌上，只有一小部分被阳阳吃掉和偷掉。

多多公司技术副总把欠款之事讲给区亮听，区亮却一反常态，出奇的安静，什么话都没说。他不相信杨志瑜有这么大能耐。他想，这年头，借个钱多难？四千万，要是老杨真能欠下四千万，我给他点四千万个赞！他认为技术副总言过其实。他要亲自调查。

喻芳怼他吃撑了不饿，没事找事做，他却不以为然。他虽身在东官，心却总是游离在万州、成都、贵阳、昆明、武汉和北京等地，这些地方有他和杨志瑜一起度过的美好时光。以前从不游离，最近老是游离。一二十年相处下来，猛然天各一方，不知何时才能再相见，他那颗多愁善感的心怎么受得了？

他很快就调查清楚了，技术副总所言大都对，就一样不对。银行不会开红字凭证，多多厂的固定资产早就抵押给了银行。杨志瑜耍了老马。老马出资低于固定资产总价的百分之三十，不合法。银行行使撤销权，收回了厂房和所有固定资产。

"这个老杨，怎么变成这样了？一肚子的花花肠子！这流氓要得也太……唉，说他啥好呢？真是狗改不了吃屎的习惯！"区亮又生气了。

"那……那谁说的？流氓不可怕，就怕流氓有文化！唉，他也真是！"乐红叹道。

"好像是王朔吧。"区亮低声说。说完就觉得没劲透顶，心想，管他谁说的，谁说的都不重要，重要的是理对就行。唉，我这嘴插得。不住地摇头。

"别摇了，眼晕。"仇小华笑着说，"我怀疑老杨这家伙小的时候打了假疫苗，也有可能是前些年吃了假奶粉，不然，他脑子怎么可能进水？"

"也有可能是吃了别的东西！"乐红跟一句，拉下脸来。

大家都不说话了。

夜已深，酒未干，肥妈川菜馆的灯光已暗，都想着和往事干杯，可眼前总觉得少了点什么。于是沉默。沉默于再也回不去的过去。

大家都说不喝了，去压马路。

走过车流、人流如织的鸿福路口，走过宛如一袭裙摆飞扬的兰花大剧院，走过集壮阔、生态、人文之美于一身的东官广场，走过人人都可自由出入、免费借阅、冬暖夏凉的图书馆，走过黄旗山下助力东官民企、外企和城市腾飞的花园式国际会展中心，走过高楼林立、居家办公两相宜的第一国际，穿过绿树环绕、宽敞笔直、贯穿了整个东官中心区的东官八景之一——东官大道……哪里走得到尽头？鼾声已响起，灯火已阑珊，这城市的森林，一片连着一片……

"哇，变化好大呀！"乐红惊叹道。

"是啊，都新一线城市了，变化能不大吗？感觉最近这十年的变化，至少顶过去的一千年。房地产、航空航天、道路桥梁等各种基础设施、不计其数的日用商品等物质财富，这十年的总和，甚至比整个'唐宋元明清'都多。感谢这个伟大的时代！感谢东官这片海纳百川、厚德务实的热土！"区亮激动地说。

"是的，变化真是太大了。就拿工资来说，二〇〇八年年底我们散伙的时候，做销售的，一个月底薪才千把块，有的才几百块，钱虽少，人却很好招，一招一大堆。现在多少？都涨到三四千甚至五六千了。都这么高了，还招不到合适的人。能干一点的，干不久，认为钱很好赚，动不动就单干。尤其是男的，企图心更强。我认识一个老板，做外贸，下面一个销售人员，男的，很优秀，老板很器重他，准备把他培养成经理，于是带他满世界跑，去过不下二十个国家，让他多长些见识，花了不少代价。可这小子不厚道呀，才干一两年就自立了门户，带走了好几个大客户，老板气得直吐血。后来听说这小子搞了个黄色网站被拘了，也不知是真是假。那些不能干不作为的业务员，老板又看不上，他们大都是来混日子的，你不解聘他们，他们估计一辈子都不离职。包吃包住，五险一金，吹着空调，不挑不抬，一个月还能拿几千块'淘宝钱'，一天到晚，淘淘淘，拍拍拍，多好！我们公司还算好的，人气比较旺，KPI 考核，淘汰机制又做得不错。不然，和这个老板相比，应该也好不到哪里去。"大家只是感叹变化之大，没想到仇小华越说越生气，把大家的情绪都带动起来了。

最近招工量大，仇小华主动请缨去了人事部。区亮起初没同意。乐红说他有丰富的应聘经历和经验，懂求职者心理。区亮想了想，觉得有道理，便同意了。

没想到这家伙开始有老板思维了。区亮嘴上没说，只在心里暗暗高兴。

"小华，你说得没错。我还发现，现在很多年轻人都很挑工作，哪怕就一丁点不满意，他们便不来；还有，他们好像也不急于找工作，好像有工作没工作都无所谓；他们不作为，主管、经理们还批评不得，一批评就走人；不过，找工作也很难，现在的公司很难养闲人，这就要求新人有经验，上手要快，立马出成果见效益。可新人都有个学习期和适应过程，对于那些'慢热型'，很容易被淘汰。因此我感觉是招工难，找工作也难。尤其是那些小微企业和条件相对较差的应聘者，他们就更难。现在很多小微企业的老板，都得亲自上，有的公司甚至就只剩下老板一个人。"乐红补充道。

"你们说得都没错，像过去那种动不动就几千上万人的大工厂将会越来越少，中小企业必将成为绝对的主流。中国企业的平均寿命不到三年，开公司像闹着玩儿似的，急功近利大有人在，遇到一点点挫折就关门大吉的也不在少数。不像日本企业，他们都从长计议，不只看眼前利益。你们可知道，日本超过百年的企业居然有两万多家！不过，我们国家总的趋势和潮流还是向好的，优胜劣汰也很正常。在转型升级的过程中，制造变智造，制造变创造，要做到'高质量科技供给，高质量经济发展'，那就不只是东官，整个中国恐怕都要涅槃重生，这就要求每一个企业主和每一个员工，不仅要提高能力，还要端正态度，不断地更新思想，转变观念。这个过程痛苦是痛苦了点，可一旦转型升级成功，那种获得感和幸福感必定是满满的。正如十月怀胎很辛苦，可一朝分娩，那快感……呃，简直没得说，对吧，乐红？"区亮微笑着说。乐红生了个男孩，她和大军都欢喜得很，一有空就把儿子当玩具耍。

"呵，绕半天绕到我这里来了，算你狠！"乐红故作生气，心里却甜如蜜。

三人有说有笑，又走了一段，才各叫各的"滴滴"。

杨志瑜究竟跑到哪里去了呢？怎么也不来个电话？别人信不过，难道还信不过我吗？不会去香港了吧？他有个表姐在香港。多年不见，也不知道还有没有联系……区亮回到家，也不洗漱，让空调收好油汗，胡乱地往床上一趟，以为可以睡个好觉，不料杨志瑜搅得他翻来覆去睡不着，脑子越想越清醒，直到天亮才眯了一小会儿。

第四十八章

老杨逃到香港表姐家装大款
表姐渴望投资表姐夫泼冷水

杨志瑜正是区亮想象的那样，的确去了香港他表姐家。

表姐大学毕业后，进了东官一家生产假发的港资企业，做会计，顶头上司是一帅哥，香港人。表姐工作能力强，人又生得靓丽，很受帅哥上司器重。一个靓，一个帅；一个钟情，一个怀春；一个青春难禁，一个欲火难熬。日子一久，很自然就走到了一起。婚后七八年，假发厂关停，夫妻二人只好带着一双儿女回到香港尖沙咀。表姐夫到一家公司继续做财务，表姐没再出去打工，带着孩子开了一间副食店，以补贴家用。一家人的日子过得并不宽裕。

杨志瑜赌掉老婆，表姐当他是恶魔，不怎么待见他。可毕竟是亲戚，杨志瑜又奉上了一堆大礼，她也就不好做得太过，因此还是把他放进了屋，管了他饭。

饭后，表姐愁眉苦脸地问："杨儿，你来香港干啥子？"

杨志瑜说他现在发达了，来香港看看有没有什么合适的投资项目。

发达了呀！啊！发达了！表姐的心立马背叛了先前坚定的立场："我就知道弟弟本事大，上学那会儿，我们一大家子就数弟弟最能读。我经常在朋友们面前炫耀。他们一听说我有个研究生弟弟，都拿崇拜的眼神看我。大姐真替你感到骄傲。"

"谢谢大姐。还是你命好，都香港人了。"杨志瑜紧张了半天，这才放下心来。

"这有啥……你也可以成为香港人的呀。只要有钱，鬼都帮你推磨。你说是吧?"

"那是那是。"

"你打算投资哪方面?看看我这里有没有适合你的。"

"随便啥都行,只要能赚钱。"

"不会吧……难不成白粉生意你也做?"

"呵呵,那倒不至于。"他嘴上这么说,心里却想,要真有门路,又何尝不可?

"要不我们一起做副食吧。我早就想扩大规模了,可一直差钱,也找不到合适的合伙人。你看哈,内地那边现在富裕了,有钱人实在是太多了,来香港吃喝玩乐购物的一年比一年多,副食店的生意越来越好……"表姐盯着杨志瑜不转眼,目光里充满期待。

"要多少钱?"杨志瑜迫不及待打断问。

"至少五百万吧。"

"你现在手头有多少钱?"

"不多,也就一两百万。"说完补充一句,"我说的是港币哈。"

"那就干脆再整大点,我出一千万,怎么样?"

"你不会是在开玩笑吧!"表姐吃惊不小,禁不住拍了杨志瑜臂膀一巴掌,"天啦!你是怎么发的财呀?"

"也没啥,就是帮人家大老板写写自传,把大老板写高兴了,钞票就大大的有了。署名都是署那些大老板他们自己的名字。他们要名利双收。不过呢,我自己也写了些。我的笔名叫卢阳。我现在还算比较有名气了,我的身份证都改成卢阳了,刚改不久。你看过我写的文章吗?"杨志瑜故作不当回事地说。

"厉害了,我的弟!你都成大作家了呀!呵呵,现在都跟我一个姓了呀!好呀好呀!唉……你姐我这些年越活越窝囊,都十多年了,一次内地没回过。不敢回,没面子。真是不好意思,我哪有那心情看啥文章呀,看店看孩子都看不过来。你姐夫一有空就出去游山玩水,一群驴友到处跑。我就是我们家的老妈子。唉……不说这些了,一本心酸账。那你怎么不继续写了呢?多好的事啊!"

"这事说来话长。好吧,也不瞒你。事情是这样的,我写了一篇文章,揭露了人家的丑恶面目,人家说要找我算账。在内地待不下去了,只好来投靠你。"

"我打电话回去听姑妈说,你不是开了间工厂吗?那工厂怎么办?"

"便宜卖了。本来可卖三百万，我一百万就卖了。也不差那几个钱，只想快点离开那个是非之地。这年头，不敢说真话呀！世风日下呀！"

"原来是这样嗦。那是不能再回去了。先躲一阵子再说。"

"可我只能在香港待一个礼拜呀。你有办法给我弄个长期的吗？"

"在这里投资开店就可以长期了呀。"

"那好啊，那我们赶紧弄吧。"

"行啊，明天我们就去看店。就在这附近，不远。你先看电视，我去做饭，你姐夫快下班了。吃了饭我们去看电影，《我不是药神》，听说火得很。"

表姐家没多余的房间，晚上杨志瑜就睡在客厅的一张老式布沙发上，他感觉凹凸不平，挪动了好几次，才勉强把身子放平稳。

杨志瑜躺下，表姐就把开店扩大规模的事说给了表姐夫。表姐夫不屑地说："你还真相信天上会掉馅饼呀？你家那些亲戚，哼！"

这话把表姐的火爆脾气点炸了："你个锤子，这么多年过去了，还是老眼光看人，真是狗眼看人低！自己没本事，看人家也没本事，你以为个个都像你一样不务正业呀，一年四季只晓得挂个烂拐棍到处耍！不说你还好，说起你就来气！真是的！"

"你先别急，我也不和你吵，免得让小杨听到，明天我去东官最高山屏银山，正好打听打听。店可以先看，等我回来后再决定要不要干。我也没有别的意思，毕竟谨慎点没错。我不想发财，但也不想背时。好啦，不说了，你也别生气了，我就顺嘴那么一说，睡觉。"表姐夫平心静气地说。

表姐出了气，又见表姐夫说的在理，也就息了怒。

这地球说小不小，说大其实也不大。表姐夫向东官的驴友一打听，还真是巧了，一平头驴友正是杨志瑜之前的供货商，纸箱、不干胶贴纸和打包带等等，什么包装用品都做，杨志瑜欠了他三百多万货款。

平头驴友讲完杨志瑜的所作所为，好奇地问："你一个香港人，打听他干吗？"

"朋友托我打听打听而已。你知道他去哪儿了吗？"表姐夫恨到眼球发痛，好想把杨志瑜交出去，可一想到表姐的感受，终究没狠下心来。

"听说他和内地一个开锰矿的老板关系不错，锰矿老板在非洲那边也有矿，据说去了非洲，具体哪个国家，不太清楚。"

这个人渣！表姐夫也不爬山了，掉头就往家里赶。

第四十九章

赌鬼亡命天涯终落网
雏鹰壮志凌云皆圆梦

然而，当表姐夫晚上回到家里时，杨志瑜已经跑了！

"怎么回事？"表姐夫认为一定是表姐故意放跑了杨志瑜。

"你这样看着我干吗？我怎么知道？上午我们看完店回来，吃过午饭，我让他在家休息，我去了店里。结果晚上回来，他人和行李都不在了。手机也关着。不知道去了哪里……"表姐也郁闷着，不知道哪里出了纰漏，她以为是她昨晚骂表姐夫的声音过大，让杨志瑜听见了。

"别说了，先听听这个。"表姐夫和平头驴友的对话，他用手机录了音。

"天啦！幸好你提醒我了，不然我们这回真就被他给骗了！"听了录音，表姐吓出一身汗，不停地说，"这死东西，真是六亲不认啊！连我都敢骗！他这种家伙，一定不得好死！一定死无葬身之地！"她已经气得不行，说不下去了。

表姐夫拍拍她的肩膀："好了，别气了，这种东西不值得你气。"

可表姐还是想不通，她不认为是她昨晚骂表姐夫的话吓跑了他。他这不还没骗到手嘛，怎么就跑了呢？

"不行！我要报案！我要把他龟儿拦在香港！我非要找他问个清楚不可！"表姐从沙发上弹起来，冲进浴室对表姐夫叫道。

"求你别再费劲了行吗？我都想过了，他只要不上天不入地，想念他的人那么多，迟早会被逮住。好了，累了，洗洗睡。"表姐夫顶着一头气鼓鼓的泡沫，气鼓鼓地说。

表姐好想给姑妈打个电话，告杨志瑜的状。可每次气冲冲地拿起手机，号码还没拨完，心就软了："姑妈都六七十岁了，要是把她老人家急出个好歹来，那麻烦可就大了。"

杨志瑜是惊弓之鸟，经不起半点风吹草动。昨晚表姐夫回来笑呵呵的，今天早上出门却黑着一张脸。在看店时，表姐又向他透露了表姐夫去东官爬山的消息。杨志瑜就认为表姐夫不是去爬山。表姐夫在东官那么多年，东官还有什么山没被他爬光？他一定是去调查我了！

他早已办好去加蓬的签证，本打算钱一骗到手，立马从香港飞走，可他现在还走不了，不知什么原因，近一个礼拜都没有飞加蓬的航班。他就住在尖沙咀。为省钱，他要了没有窗户的房间。关门关灯，黑压压的一丁点光亮都没有，像钻进了地洞，连监狱都不如。他每天睡了吃，吃了睡，什么都不想，只想时间一到，立马飞去加蓬。

加蓬是世界第三大锰矿资源国，锰矿储量约两亿吨。中国每年要从加蓬进口大量锰矿砂。很多中国老板在加蓬投资开锰矿。杨志瑜要投奔的这个中国老板，正是他之前锰粉的供应商之一，在加蓬南部开锰矿已有七八年。

这中国老板在一次矿难中丢了左臂，看上去有一股子"侠气"，矿友们在背后都叫他"独臂大侠"。独臂大侠一年大约有三分之一的时间待在加蓬。这段时间他正好不在，他手下一个年轻人到利伯维尔机场接上了杨志瑜。

杨志瑜在矿场受到了热情款待。不到一个礼拜，他又威风起来。他认为到了这里就彻底安全了。于是就用新号码给区亮打了通电话，说是报个平安。他同区亮加上微信之后，立马发了一组照片：一张是他全服武装、手持步枪的单独照，一张是他和几个警察的合照，一张是他和一群美女的合照，看上去都神气十足，风光无限。

这几张照片彻底激怒了区亮。他回到万州，把杨志瑜的所作所为和可能面临的生命危险告诉了他老母亲，并把他老母亲弄去医院演了一场生命垂危的戏。

区亮把戏发给杨志瑜说："我带我爸到医院看病，碰巧遇到了你妈，你妈让我给你捎个话，叫你赶紧回来。我说行，他就在东官，明天就能飞回来。我叫你妈要坚持住。她说她就你这么个儿子，你不回来，她不闭眼。我看你还是赶紧回来吧。我去机场接你，保证啥事没有。等办完你妈的后事，再回加蓬去……"

杨志瑜起初说什么都不肯回来，直到区亮说服他前妻，让他亲生女儿勇敢站出来，通过视频叫了他一声"爸爸"，他才投了降。

中国第一个农民丰收节这天，区亮带上乐红、仇小华，在广穗机场接到杨志瑜。

杨志瑜见到他们仨，什么都明白了。

回官路上，杨志瑜讲了一些鲜为人知的往事。六岁那年，他父亲病逝，知青母亲一个人带着他，日子过得紧巴巴的。可再紧巴，母亲也忍着，绝不去求城里的外公外婆舅舅舅妈。事实上，求也没用，他们都不待见母亲，母亲执意要嫁给农民父亲，他们都很生气。小伙伴们欺负他，他向母亲告状，母亲总是说"不怕，我们好好念书，等长大了，出息了，自然就没人敢欺负我们了"。因此他读书一直很用功，总想着尽快出人头地，不受欺负。研究生毕业后，分配到月光集团，工资远远低于他的预期。为了报答一直不肯再嫁的母亲，他搞起了第二职业，帮一家私人开的化工企业搞配方，结果被人举报，他不想丢铁饭碗，只好放弃第二职业，公司有规定，管理人员不能在外搞第二职业。之后不久，他就坐上了麻将桌，上去容易下来难，越陷越深，怎么拔都拔不出来，整个人完全不受控制，像着了魔似的。后来在凤港的赌博也是这样。直至到了加蓬，远离祖国，远离亲人，似乎才彻底清醒过来。但内心是虚弱的、无助的、胆怯的，同小时候的那种无力感差不多，总想着利用一些强大的力量来填满它，比如他在加蓬花大价钱弄到的警察、步枪、军装和美女。

"你们都不用再劝我了，我去自首，我去认罪，我去改造。"杨志瑜说到这里，戛然而止，眼里竟有了泪花。

区亮、乐红和仇小华，也不再说什么，一个个的眼圈也泛着红。

杨志瑜向检察院交代了三桩罪，一是聚众赌博；二是他仇富，见不得谢建伟那副得意忘形的模样，故意提供劣质电池给他，害他损失了几个亿；三是利用黑社会强买强卖。第一条不关他的事，他没罪。疤子和阳阳才犯了聚众赌博罪。疤子和阳阳各获刑两年；第二条，故意损坏财物罪成立，因数额较大，获刑三年；第三条，强迫交易罪成立，获刑一年。两罪并处四年有期徒刑。其他从犯也一一落网，大多都是赌徒。

半年后，杨志瑜分到谢建伟所在的监狱。一天，区亮去探视杨志瑜，顺便也探视了谢建伟，讲了杨志瑜的事。谢建伟苦笑道："没想到我俩又住到一块儿了，说实话，现在很怀念我们在三江新村的那些日子……"

"我也很怀念。老杨说他也很怀念，他也希望将来出狱后，去我那儿上班。我说很好，这样我们大家又都可以共事了，将来还可抱团养老呢……"区亮与谢建伟又"回顾过去、展望未来"一番，才开开心心道了别。

走出监狱大门，阳光正明媚，三五只喜鹊飞来飞去，抬头仰望，蓝蓝的天空，白云苍狗，气象万千……不会有啥喜事将要降临吧？区亮的笑靥才露出一点点，不料喻芳便打来了电话，疾风骤雨般地大声欢呼道："深大！深大！"

妮妮如愿考上"深大"，区亮不由想起胡师傅的女儿来。胡师傅还在庞贝市场卖菜。一面走向停车场，一面拨打电话，不寒暄，不称呼，直接问："女儿到底上没上啊？"

"上了上了！中戏中戏！"胡师傅跟喻芳一样激动，喉咙里仿佛也装了个高音喇叭。

"好啊好啊！恭喜恭喜！"区亮喉咙里虽没装高音喇叭，但瞧他那张笑脸，三庭五眼似乎都在笑，一路笑到东官大道，仍在笑，比妮妮考上"深大"还开心。

东官大道，双向八车道，一边向南，一边向北，车来车往，不舍昼夜。十年间，来自四面八方的行道树，或长高，或长粗，或独处，或群居，或苍翠如盖，或插入云端；美如画卷的隔离带，一步一景，迎春花、龙船花、三色堇、福禄考、万年青、榕树、椰树、铁树，你中有我，我中有你，或独领风骚，或抱团取暖，一簇簇，一丛丛，或月牙，或太阳，或错落有致，或茵茵如毯，日日新，月月新，年年新。区亮靠着右边慢车道，不疾不徐，也不关车窗，台风刚走，空气凉爽，任一曲《春天的故事》迎风飞扬，一路向南，是公司的方向，也是家的方向。